De mil maneiras diferentes

De mil maneiras diferentes

Cecelia Ahern

Tradução
Giu Alonso

Rio de Janeiro, 2024

Copyright © 2023 by Greenlight Go Limited Company. Todos os direitos reservados.

Copyright da tradução © Giu Alonso por Casa dos Livros Editora LTDA. Todos os direitos reservados.

Título original: *In a Thousand Different Ways*

Todos os direitos desta publicação são reservados à Casa dos Livros Editora LTDA. Nenhuma parte desta obra pode ser apropriada e estocada em sistema de banco de dados ou processo similar, em qualquer forma ou meio, seja eletrônico, de fotocópia, gravação etc., sem a permissão dos detentores do copyright.

Copidesque	Laura Folgueira
Revisão	Daniela Georgeto e Julia Páteo
Arte da capa	"Making Origami", by Claire Desjardins
Design de capa	FAVORITBUERO GbR
Adaptação de capa	Maria Cecília Lobo
Diagramação	Abreu's System

Dados Internacionais de Catalogação na Publicação (CIP)
(Câmara Brasileira do Livro, SP, Brasil)

Ahern, Cecelia / De mil maneiras diferentes / Cecelia Ahern ; tradução Giu Alonso. – 1. ed. – Rio de Janeiro : Harper Collins, 2024.
320 p. ; 23 cm.

Título original: In a thousand different ways.
ISBN 978-65-5511-540-6

1. Romance irlandês. I. Alonso, Giu. II. Título.

24-88980   CDD: 828.99153

Índice para catálogo sistemático:
1. Romance irlandês   828.99153
Bibliotecária responsável: Gabriela Faray Ferreira Lopes – Bibliotecária – CRB-7/6643

HarperCollins Brasil é uma marca licenciada à Casa dos Livros Editora Ltda. Todos os direitos reservados à Casa dos Livros Editora LTDA.

Rua da Quitanda, 86, sala 601A – Centro,
Rio de Janeiro/RJ – CEP 20091-005
Tel.: (21) 3175-1030
www.harpercollins.com.br

Para Blossom

azul

Marcho ao ritmo da maçã que rola de um lado para o outro na minha lancheira. Rola e bate, rola e bate. Está na minha mochila, sem ser comida, desde segunda-feira, porque faz meu almoço parecer saudável, mas na verdade passou a semana toda lá, tomando pancadas e ficando mais machucada a cada dia que passa. Meu irmão mais novo, Ollie, vem arrastando os pés atrás de mim, de cabeça baixa, chutando uma ou outra pedrinha que ousa bloquear seu caminho. Quando consigo ver nossa casa, diminuo os passos; a escola fica longe demais de manhã e perto demais à tarde.

Observo a janela do quarto dela. As cortinas estão fechadas de um jeito bagunçado, como se tivessem sido puxadas com força demais, e alguns ganchos se soltaram dos ilhós, deixando vãos na parte de cima. Os Ganguly, da casa ao lado, têm cortinas bem arrumadas e chiques, parece aqueles desenhos que você faz pequenininho de como uma casa deve ser. O gramado deles é bem cuidado, com lindas flores coloridas nas margens e um portão vermelho que combina com a borda ao redor das janelas. Bem diferente do nosso.

Nossa grama precisa ser cortada. Está mais alta do que a cerca do jardim, como se estivesse desesperada para ver por cima da divisória, talvez para escapar, mas pelo menos o mato alto esconde algumas das lixeiras transbordando. Colocar o lixo para fora e cortar a grama era tarefa do papai.

Empurro nosso portão barulhento e passo pelas lixeiras fedidas até a porta azul, o número 7 no 47 de latão ligeiramente torto. Pego o leite morno no degrau da entrada e levo para dentro.

São quase três da tarde, mas a casa está silenciosa e escura, com cheiro de manhã dormida. A mesa da cozinha está decorada com açúcar derramado, as tigelas de cereal ainda na pia, com Sucrilhos encharcados flutuando em leite adoçado e amarelo. As cadeiras continuam em ângulos estranhos ao redor da mesa, a cena congelada às oito e meia da manhã.

Ollie joga a mochila no chão e se ajoelha diante da caixa de brinquedos, cheia dos carros sem rodas, muitos quebrados, herdados do meu irmão mais velho, Hugh, e das bonecas decapitadas e desmembradas com as quais não brinco mais. Ele brinca com os soldados e lutadores de luta-livre, fazendo barulhos de explosão baixinho ao retomar a batalha de onde parou. Nunca vi uma criança sussurrar quando está brincando, mas ele raramente fala, fica sempre ali, esperando, como a grama e as lixeiras; crescendo e transbordando em silêncio.

Coloco minha mochila perto da cadeira, ao lado da mesa onde farei minha lição de casa. Limpo a superfície e arranco o cereal duro grudado nas bordas das tigelas antes de colocá-las na lava-louça. Abro as cortinas; a luz cinzenta revela partículas de pó flutuando no ar. Eu as observo, com os ouvidos atentos ao silêncio. Meu irmão Hugh vai chegar em casa já, já. Por ser mais velho, suas aulas acabam às quatro. Sempre fica tudo bem quando ele está em casa. Mas ele não está aqui agora. Minha pulsação palpita nas têmporas, como se em código Morse, tentando me dizer alguma coisa. Nada está diferente, mas algo parece errado.

Hesitante, dou uma espiada lá para cima, com medo do que vou encontrar. No topo da escada, nosso tapete, normalmente marrom, parece azul. É como se houvesse uma neblina, baixa e imóvel, repousando nos degraus. Respiro fundo para verificar se é fumaça, mas não tem cheiro. Subo no primeiro degrau e a nuvem azul se move devagar na minha direção. Ollie para de brincar e fica me observando. É uma regra tácita nesta casa: ninguém sobe enquanto ela estiver dormindo.

— Vai lá pra fora — digo.

Ele obedece e eu corro escada acima, atravessando o azul, me movendo tão rápido que faço a névoa girar em pequenas espirais ascendentes. O tom azulado jorra por baixo da porta como se houvesse uma máquina de fumaça lá dentro. Com o coração disparado, coloco a mão na maçaneta. Ela não gosta de ser incomodada. Tem dificuldade para pegar no sono, então, quando está dormindo, não podemos acordá-la. Quando ela está dormindo todo mundo fica feliz, mas este não é um dia normal.

Abro a porta. O quarto está todo azul, tomado por uma estranha luz matinal que me dói no fundo dos olhos. Procuro a fonte da luz ao redor, talvez algum novo aparelho para ajudá-la a dormir, mas não consigo encontrar nada; além disso, não é nada calmante. É uma iluminação espessa, como se eu estivesse presa nela, e é fria. Num instante, me sinto tão triste, tão sozinha, vazia e sem ânimo, como se quisesse me render, me deitar e morrer ali mesmo.

Vejo a forma do corpo dela sob o edredom; ela está de lado, virada para as cortinas fechadas, pequenos bolsões de luz acinzentada passando pelas partes que se soltaram dos ilhós. Vou pé ante pé até a lateral da cama e vejo seu cabelo escorrido e oleoso caído por cima do rosto. Com dedos trêmulos, afasto suavemente os fios.

— 190, qual a sua emergência?
— Ela está azul. Ela está… ela está… azul.
— Com quem estou falando?
— O rosto dela… os braços… a-a-azuis.
— Qual o seu nome?
— Alice Kelly.
— Certo, Alice, qual é o seu endereço?
— Ela está azul, ela está toda azul.
— Você pode me dizer seu endereço, querida?
— Briarswood Road. Finglas. O 47 está torto.

— Vou mandar uma ambulância imediatamente. De quem você está falando, Alice? Quem está azul?

— Lily Kelly.

— É a sua mãe?

— É.

— Você está com ela agora?

Balanço a cabeça em negativa.

— Alice, você está com sua mãe agora?

— Não.

— Você pode ir até ela por mim?

Balanço a cabeça de novo.

— Quantos anos você tem, Alice?

— Oito.

— Certo. Sua mãe sofreu um acidente, Alice?

— Não sei, acabei de chegar da escola.

— E onde está sua mãe agora?

— Na cama. Ela está azul.

— Você pode me fazer um favor e ir até sua mãe, Alice?

Balanço a cabeça pela última vez e desligo.

Há batidas na porta de entrada. Não consigo me mexer. Estou tremendo. Coloco a cabeça entre os joelhos e abraço as pernas. A campainha toca algumas vezes. Alguém bate de novo e então ouço passos subindo as escadas. A porta do meu quarto se abre, eu prendo a respiração, depois há silêncio e as pessoas vão embora. Elas tentam a próxima porta. O quarto dela.

Primeiro uma batida, depois passos. Então…

Gritos. Gritos dela?

Tapo os ouvidos e fecho os olhos, enfio o rosto com mais força entre os joelhos. Sinto nas manchas ali o cheiro da grama de quando Hajra me derrubou no chão na hora do recreio. Inspiro, trêmula, incapaz de inspirar o suficiente com todo aquele aperto no peito. Os gritos param e ouço uma conversa. Vozes altas. Fico o mais imóvel que consigo. Alguém continua murmurando lá enquanto outra pessoa desce. Parece que faz muito tempo, nunca fui boa em esconde-esconde, sempre precisava sair correndo para fazer xixi. Minha bexiga está cheia, ameaçando transbordar. Os passos voltam pela escada e minha porta se abre.

— Alice — diz uma mulher, sem parecer estar com raiva. — Alice, você está aqui?

Ela entra no quarto.

— Meu nome é Louise, sou paramédica. Eu vim com a ambulância que você chamou.

Não consigo me mexer. Se ela abrir a porta, tenho medo de que o azul vá me pegar, já deve ter se espalhado por toda a casa. Tirei os sapatos para me livrar do azul, mas um pouco dele ficou na minha mão quando encostei no cabelo dela. Mantive a mão esticada, na vertical e longe do corpo, como se estivesse jorrando sangue. Não quero que passe para mais nada, mas, se essa moça é paramédica, talvez possa ajudar.

— Aqui — digo.

A porta do armário se abre e sou banhada pela luz do dia.

Um rosto amigável surge e se abaixa. A mulher está vestida de verde e um amarelo luminoso.

— Aí está você.

Olho para o meu quarto, confusa. Imaginei que o azul teria se espalhado por toda a casa, escorrendo como lava. Cheguei a agradecer por Ollie estar lá fora. Mas não tem azul nenhum.

— Oi.

— Quer sair? Sua mãe ficou preocupada com você. Ela está bem, mas se assustou quando nos viu no quarto dela. Foi por isso toda aquela gritaria. Ela estava dormindo. Quer contar pra gente por que você ligou?

— O azul — digo, confusa.

— Que azul?

Dou uma olhada na minha mão estendida. A mulher acha que estou lhe oferecendo e aceita. Ela está com o azul agora e nem percebe.

— Vem pra cá e vamos conversar sobre isso — chama ela, me guiando para fora. Nós duas nos sentamos na cama. — Aqui, vamos te deixar quentinha.

Ela puxa meu edredom e o enrola em meus ombros.

— Ollie está ótimo, ele está lá embaixo brincando de luta-livre com Tommy, meu parceiro. Está acabando com ele, na verdade.

Ela sorri.

Eu relaxo um pouco.

— Sua mãe disse que teve dificuldade pra dormir ontem à noite, então foi se deitar enquanto vocês estavam na escola. Ela não ouviu você entrar.

Ouço-a reclamando lá embaixo. Agora estou com medo por diferentes razões. Como se atreve a isso, como ousa aquilo. Louise olha para a porta, ouvindo também.

— Seu pai está no trabalho?

Dou de ombros.

— Você não sabe onde ele está?

— Ele não mora aqui. A gente não vê mais ele.

— Você volta da escola a pé sozinha todos os dias?

— Eu venho com Ollie. Espero por ele no portão da escola e a gente vem andando junto.

— Que boazinha. E a sua mãe fica esperando vocês aqui?

Eu concordo. Às vezes.

Outra olhada na porta, só por via das dúvidas, mas sabemos que ela não subiu porque conseguimos ouvi-la gritando no térreo. Não é apenas a brincadeira de luta-livre que está acabando com o Tommy.

— Sua mãe tem dificuldade pra dormir?

Eu dou de ombros.

— E tem que se deitar durante o dia.

Concordo com a cabeça.

— E você ficou preocupada com ela?

— Ela estava azul.

— Ah, entendo — fala ela, como se finalmente tivesse entendido tudo. — Quando seu pai foi embora?

— Um tempo atrás.

— Então ela está se sentindo triste desde que seu pai foi embora — diz ela com gentileza.

Não é uma pergunta, então não respondo. Ela não ficou assim depois que ele foi embora; ela ser assim foi o motivo de ele ir. Meu pai dizia que não aguentava mais morar com ela, que ela precisava de ajuda. Mas não falo isso em voz alta.

— Bem, você fez certo em ligar para nós.

Não fiz, nada. Dá para ver na cara de Lily, quando Louise me leva para o andar de baixo, que fiz besteira. Eu não queria que eles fossem embora com ela tão brava assim comigo, mas não tem jeito: Louise e Tommy se afastam, acenando e levando suas vozes alegres e minha segurança com eles. Eu gostaria que Hugh chegasse agora, mas talvez ele tenha futebol depois da aula, o que significa que só vai chegar depois do jantar, daqui a algumas horas.

Lily observa pela janela enquanto a ambulância se afasta, puxando o cinto do roupão em volta da cintura com tanta força que parece que vai se cortar ao meio. Assim que a ambulância desaparece e os vizinhos param de olhar, ela se vira, se aproxima de mim e me dá um tapa na cabeça.

Hugh e Ollie já estão tomando café da manhã quando desço. Depois da confusão de ontem, eu fiquei exausta e dormi até tarde. Ainda me sinto meio sonolenta. Paro ao pé da escada.

Há cores em torno dos meus irmãos.

— O que foi? — pergunta Hugh, com a voz abafada pela torrada que está na sua boca, enquanto apoia o pé na cadeira para amarrar o cadarço do sapato.

Minha respiração fica presa na garganta e por um momento não consigo respirar. Mas aí o ar volta.

— É o azul de novo?

Faço que não com a cabeça. Contei a ele em segredo sobre a cor do quarto dela ontem. Ele não riu nem me chamou de esquisitona, acreditou em mim, mas não tinha nenhuma explicação para me oferecer.

— Então qual é o problema?

— Nada.

Ele me observa por um tempo e depois volta a amarrar os cadarços.

— Torrada? — pergunta ele.

— Aham.

Eu me forço a comer, com o coração disparado, tentando não olhar para os dois, mas é difícil, porque meu olhar não para de ser atraído para eles. Fico observando, como se estivesse vendo meus irmãos pela primeira vez, duas criaturas exóticas brilhando na cozinha toda cinza.

Ela está na cozinha com duas mulheres da assistência social que apareceram do nada. Hugh, Ollie e eu estamos na sala de estar com a sra. Ganguly, nossa vizinha do jardim bem-cuidado e das cortinas perfeitas. As portas duplas entre nós e a cozinha estão fechadas, mas dá para ouvir o que elas estão dizendo e vê-las se movendo atrás do vidro texturizado como se fossem bolhas alienígenas. Embora eu consiga ouvir as palavras, não entendo de verdade o que estão dizendo. Frases adultas; mesmas palavras, ordem diferente.

— Você ligou pra elas? — pergunta a sra. Ganguly.

— Não. Alice chamou uma ambulância alguns dias atrás — explica Hugh, me salvando com entusiasmo, como sempre faz. — Ela pensou que minha mãe estava doente. Eu diria que elas só vieram pra ter certeza de que está tudo bem.

A sra. Ganguly estreita os olhos, avaliando as novas informações.

— Não é bom mexer com essas pessoas. Se acharem que tem alguma coisa errada, vão tirar vocês dela, vão separar vocês três. Mandar cada um para uma casa diferente.

Ollie ergue os olhos do chão, os lutadores paralisados no meio de um ataque.

Não sei por que ela está tão brava. Talvez porque tenha sido forçada a ficar de olho na gente enquanto as pessoas conversam e está com o *biryani* com frango no forno, porque é a noite desse prato, e precisa voltar para ver o ponto antes que o frango queime, e o sr. Ganguly não ficaria nada feliz. Ela só veio falar com Lily sobre as lixeiras fedorentas e a grama alta, e as duas estavam discutindo quando as mulheres chegaram e perguntaram se ela se importaria de ficar de olho na gente enquanto conversavam. O sr. Ganguly é legal, ele sorri e conversa com todo mundo, mas a sra. Ganguly vive com o rosto emburrado, zangada, como se não confiasse em ninguém.

Olho para Hugh, com medo. Não me importaria de ser tirada de Lily, mas não quero que separem nós três. Se isso acontecer, vai ser tudo culpa minha por ter chamado a ambulância.

— Não se preocupe, ninguém vai separar a gente — afirma Hugh confiante, com uma piscadela.

Na cozinha, Lily começa a gritar, e a sra. Ganguly aumenta o volume de *EastEnders*. Não consigo mais ouvir o que estão dizendo na cozinha, mas tudo bem, porque isso significa que a sra. Ganguly também não consegue mais ouvir o que eu e Hugh estamos conversando.

— Você viu o azul nela desde segunda-feira? — pergunta ele.

Faço que sim com a cabeça, olhando para os meus sapatos, os cadarços de repente muito interessantes. Mal consigo olhar para ela, também não suporto ficar na presença dela. Embora isso não seja novidade, a novidade é que, quando estou muito perto da cor ao redor dela, começo a me sentir diferente e não gosto disso.

— Por que você não disse?

Eu dou de ombros.

— Você vê o azul em mim? — pergunta ele.

Faço que não.

— É uma cor diferente.

Ele estava brincando, então fica surpreso com minha resposta afirmativa.

— Sério? Que cor eu tenho?

Não tenho medo de olhar para ele, de estudar sua cor. A dele não me assusta, não tenta se agarrar a mim, não me segue pela casa como a dela, como se fosse uma grande rede tentando me pegar e me puxar para baixo.

— Rosa — respondo.

— Rosa?!

Ele torce o nariz.

Ollie, que achei que não estivesse ouvindo, dá risada.

— Eca, Ollie, rosa é para meninas — diz Hugh, e Ollie ri.

É tão raro ouvi-lo rir, ele é sempre tão solene e sério, só Hugh mesmo para conseguir fazer isso.

As cadeiras arranham o chão da cozinha quando elas se levantam e o que quer que seja aquela conversa acaba.

— Elas provavelmente vão querer falar com a gente agora — comenta Hugh, parecendo um pouco mais sério que o normal. — Talvez seja melhor não mencionar a história da cor.

No início são apenas as pessoas com quem eu moro, e todas as manhãs me pergunto que cores me saudarão. Em geral, para

Hugh é a mesma cor: um rosa quente, que flutua ao redor dele como uma névoa tênue. Como a fumaça do cigarro que fica no ar depois que Lily fuma. A cor dele é calma, tranquila, alegre, carinhosa e se mantém grudada nele em diferentes partes do corpo, acompanhando-o não importa aonde vá, como se fosse um ímã.

Às vezes, quando supero o medo do que está acontecendo comigo, vejo como é bonito. Como o rosa de um céu ao entardecer ou de um nascer do sol.

Se Hugh me pega olhando para ele, pergunta com facilidade, sem achar estranho:

— Que cor agora?

— Rosa de novo.

Ele sorri, isso sempre o diverte.

— Quero saber quando estiver alguma cor forte e máscula tipo preto, azul ou… vermelho — diz, depois de pensar um segundo.

Então flexiona os músculos e faz tanta força que seu rosto fica vermelho e uma veia quase explode em seu pescoço.

Eu abro um sorriso, mas não quero que ele tenha as outras cores que citou. O rosa combina com ele, de alguma forma consegue manter a cor dela menos agressiva, como o anúncio de antiácido na TV quando o remédio branco apaga a chama vermelha do peito da pessoa. A cor dele apaga incêndios por toda parte.

— E o Ollie? — pergunta ele.

Eu o observo. Ollie sentado à mesa da cozinha, comendo cereal de chocolate, o cabelo todo bagunçado e os olhos sonolentos, batendo bonecos uns contra os outros. Não quero dizer, então só balanço a cabeça.

A cor dele geralmente é igual à dela. Ela a passa para ele.

— Uma enxaqueca com aura — diz Hugh, lendo no computador.

— Você tem enxaquecas?

— O que é uma enxaqueca?

— Uma dor de cabeça muito forte.

Faço que sim.

— Nos últimos tempos, sempre.

Não consigo me lembrar de um dia desde que essas cores apareceram que eu não tenha sentido dor de cabeça. Só quero ir para o meu quarto, fechar as cortinas e ficar deitada no escuro, mas não faço isso porque não quero ser que nem ela.

— É uma dor de cabeça recorrente que surge depois ou ao mesmo tempo que distúrbios sensoriais chamados de aura. Pode incluir flashes de luz, pontos cegos, linhas em zigue-zague que flutuam no campo de visão, pontos ou estrelas brilhantes ou formigamento nas mãos ou no rosto. Isso acontece com você?

— Acho que sim.

— É como uma onda elétrica ou química que processa sinais visuais e causa essas… o que você chama de cores.

— Ah.

— Você precisa ir a um neurologista — diz ele, rolando a tela e lendo. — Aí faria um exame de vista, uma tomografia computadorizada do crânio ou uma ressonância magnética. Recomendam tomar remédios ou evitar situações de estresse, aprender a relaxar. Dormir mais, comer melhor. Beber muita água.

— Posso beber mais água — digo.

Nós dois sorrimos porque não é tão engraçado assim.

— Então — conclui ele, girando na cadeira para me encarar —, provavelmente é isso.

Eu assinto. Enxaquecas com aura. Talvez seja isso.

Bebo o que parecem ser infinitos copos de água, tentando me livrar daquilo como se fosse um resfriado, mas não parece ajudar. Na verdade, as cores se intensificam a cada semana.

Lily diz que não vamos ao médico por causa de uma dor de cabeça e joga uma caixa de paracetamol em mim.

* * *

As cores se espalham da minha família para todos os outros. Isso me faz querer parar de olhar para as pessoas. As cores rodopiando, dançando, girando, piscando e tremeluzindo em diferentes padrões e ritmos me distraem. Elas me deixam enjoada, às vezes tonta. O brilho e a luz constante cansam meus olhos e me dão dor de cabeça. É como se centenas de pessoas estivessem transmitindo as próprias estações de rádio ao meu redor. O ar em volta delas parece efervescer e então transborda e me atropela quando se aproximam.

Isso começa a acontecer com minha melhor amiga, Emma. Sempre divertida e instigante, sua animação, que costumava ser viciante, agora me deixa exausta. As cores dela são descontroladas e vertiginosas, amarelos brilhantes e verdes hiperativos, às vezes ziguezagueando como relâmpagos, como se ela tivesse mergulhado em algo tóxico. Isso, misturado com a rapidez com que fala, a energia excessiva, a forma como sempre quer controlar nossas brincadeiras, nossos personagens, o que eu digo, como brincamos, me esgota.

— Vamos, Alice — diz ela, puxando meu braço com força. — Levanta. Vamos brincar lá fora.

— Mas a gente acabou de entrar.

Ela sempre pulou de brincadeira em brincadeira a cada três minutos? Preciso que ela se concentre, preciso que fique quieta e parada. Preciso de calma. Preciso de um amigo. Mas não aguento mais isso. Eu me afasto cada vez mais. É triste, mas na verdade fico aliviada quando ela começa a andar com outro grupo de garotas e eu escapo das tardes torturantes com uma garota hiperativa e controladora, que tem cores que tentam me dominar e me dão dor de cabeça.

Vejo uma cor verde-escura lamacenta flutuando no ar perto de um arbusto. Eu me aproximo de onde a cor está pairando, uso o pé para afastar a folhagem e encontro um rato moribundo, a pata tremelicando, o sangue ainda úmido.

Estou indo para a escola sozinha. Hugh foi na frente com os amigos e Ollie está atrás de mim, ainda mais distante do que o normal após a visita da assistência social. Imagino que não confie em mim; ele acha que estou tentando separar a família. A escola está se tornando um pesadelo. As cores giram ao meu redor, o tempo todo, vindas de todos os seres vivos. Trinta alunos na minha turma. Centenas no pátio na hora do intervalo. Sem mencionar as pessoas por quem tenho que passar na ida e na volta da escola. Fujo de todas elas para que suas cores não peguem em mim. É exaustivo. As cores são tão vivas e intensas que às vezes não consigo me concentrar no que os professores estão dizendo. Não fazem barulho, mas parecem tão chamativas e me distraem tanto que não consigo ouvir. É como se alguém estivesse sempre me interrompendo quando estou conversando com outra pessoa, um cutucão incessante e irritante no ombro.

Começo a usar óculos escuros enquanto vou e volto da escola. Algumas pessoas comentam no início, mas depois param quando se espalha a notícia de que eu sou especial ou meio cega. Fico tão acostumada com eles que começo a usar no pátio, durante o intervalo. Não faz as cores desaparecerem, mas deixa tudo mais opaco e menos intenso. Fico sentada em uma área tranquila, reservada para alunos que não estão se sentindo bem, que estão com o braço ou a perna quebrada ou que têm algum tipo de necessidade especial. Minha necessidade especial é ficar longe de todo mundo. De absolutamente todas as pessoas.

— O intervalo acabou, Alice, pode tirar os óculos escuros e guardar na mochila — diz a sra. Crowley.

Ela é de Cork e tem um sotaque cantado. Todo dia ela usa um vestido florido e um cardigã diferentes, com grandes óculos de aro vermelho e batom no mesmo tom. Ela usa muitas cores, talvez para colorir a monotonia que a rodeia.

— Não posso — respondo.

Simplesmente não posso fazer isso hoje, não posso tirar os óculos durante a aula. Minha cabeça está doendo tanto que sinto a pulsação nas têmporas. Eu me pergunto se, caso me olhasse no espelho, veria o movimento.

— Por que não?

— Está claro demais aqui.

Algumas crianças riem, o que não me ajuda em nada. O dia está nublado, e tudo, incluindo a parte de fora da escola, é cinza, mas isso só torna as cores das pessoas mais fortes ou, pelo menos, mais visíveis.

Ela revira os olhos.

— Tira.

E segue com a aula.

Continuo com os óculos escuros. Ela vai escrever alguma coisa no quadro e, quando se vira e vê os óculos ainda no meu rosto, perde o controle. Uma surpreendente e repentina explosão de raiva surge em cima da cabeça dela. Enquanto a sra. Crowley grita, me mandando tirar os óculos de novo, pisca ao redor dela um vermelho metálico forte, da cor do seu batom, que me lembra uma máquina mata-moscas da loja de kebab perto de casa, daquelas que atraem os insetos, os eletrocutam e matam.

Sinto a presença de Lily antes de ouvi-la ou vê-la. Ela tem a habilidade de deixar o ar diferente — e não no bom sentido, como Hugh. Ao som da chave na porta, Ollie pula do sofá, animado. Está ansioso desde que chegamos em casa e ela não estava. Não estamos acostumados com sua ausência, mas, ao contrário dele, fiquei feliz. Não sei de onde ele tira essa vontade de estar com ela e perto dela.

— Mãe! — diz ele, correndo para a entrada.

Fico surpresa por ele não ser esmagado contra a parede, considerando a força com que Lily abre a porta. E então ela a bate com tanta força que a porta quica, sem fechar, mas o barulho parece fazer a casa inteira tremer. Ollie se afasta dela depressa e volta para o sofá. Tento me encolher ao máximo. Pode ser que, quanto menor eu estiver, menos zangada ela fique.

— Nunca fui chamada na escola por causa do Hugh — grita Lily, cuspindo de raiva. — Nem uma vez sequer na vida. Você tem 11 anos e se comporta que nem uma pirralha. Não tenho tempo para isso!

Eu mordo a língua. Ela tem todo o tempo do mundo. Não faz nada nunca; é difícil reconhecê-la sem estar grudada no sofá. Não é a primeira vez que Lily precisa ir à escola por minha causa; depois de duas suspensões, não pôde mais ignorar as cartas e teve que fingir ser uma mãe responsável.

Brilhos vermelhos metálicos piscam acima de sua cabeça enquanto ela grita comigo. *Zap.* Mais uma mosca morta. Talvez ela tenha pegado isso com a sra. Crowley e trazido para casa. Eu observo, intrigada, sem ouvi-la de verdade.

Já se passaram três anos desde que as cores surgiram, e agora entendo melhor. Sei que estão ligadas ao humor, mas ainda estou tentando compreender totalmente. Por exemplo, às vezes uma pessoa exibe uma cor ao seu redor, embora não esteja agindo como alguém com essa cor em geral se comportaria. Tem aí um algoritmo que ainda não peguei. Como a sra. Harris, a recepcionista da escola, que sorri para todos, é alegre e otimista, ri e faz piadas, mas vive com um amarelo-mostarda suspeito acima da barriga, abaixo dos seios. A pessoa que ela é e a pessoa que parece ser estão em conflito. É em tudo isso que penso enquanto Lily grita comigo. A porta ainda está aberta e todo mundo vai ouvir, a rua inteira.

Que sou desobediente e burra. Que vou ser reprovada em todas as matérias, que nunca vou ser ninguém na vida.

Não estou reagindo como ela quer. Não estou chorando, pedindo desculpas ou dando respostas malcriadas. Lily quer que eu me envolva no seu drama, que fique chateada e decepcionada como ela. O vermelho ao seu redor escurece e fica maior, como um ferimento à bala, com o sangue jorrando e se espalhando por uma camiseta branca. Não sei como impedir que isso aconteça; ela é completamente incontrolável e imprevisível. Suas cores não são como as de Hugh, mudam o tempo todo e vão de azuis frios para vermelhos quentes e raivosos em um segundo. Elas também têm uma forma diferente. As de Hugh são uma névoa calma, as dela rodopiam e soltam fagulhas. O redemoinho vermelho se move na direção de Ollie, que assiste à TV como se ela não estivesse aqui, como se não estivesse explodindo diante dos nossos olhos. Nunca vi uma cor se mover assim, como se estivesse viva e procurando alguém em que se agarrar.

— Ollie, sai daí! — digo em advertência, no meio da gritaria dela.

O vermelho está por toda parte, brilhando como fogo. Quero proteger os olhos, então os fecho. Lily grita ainda mais alto, e sinto o calor dela. Abro os olhos, mas o vermelho é quente e parece fogo, por isso tapo o rosto com as mãos.

Ouço o barulho de alguma coisa quebrando e, quando vejo, ela está pisando em uma caixa aberta de ovos que acabou de comprar. Quebrando-os em pedaços, a expressão furiosa, o corpo inteiro retorcido de raiva. Por que eu simplesmente não tirei os óculos escuros na sala quando me pediram? Todo mundo tem dor de cabeça, não é grande coisa, para de tentar chamar atenção. E, com isso, ela se vai.

A névoa vermelha segue atrás dela como a cauda de um vestido. Parte dela permanece na sala, pairando no ar como fumaça de cigarro. A névoa se movimenta avidamente na direção de Ollie e se conecta a ele na hora. Fico observando, com o coração disparado. Aquela coisa viva estava procurando outra pessoa para sugar. Ele fica de pé, furioso. Oito anos de idade e consumido por tamanha raiva que o corpo dele fica reto e rígido, como uma tábua de passar roupa.

— Eu te odeio! — grita ele comigo, o ódio preso no peito e na garganta. Ollie nem parece ele mesmo, e sim um pequeno demônio possuído. — Você estraga tudo!

Ele joga o controle remoto em mim e fico tão surpresa que já é tarde demais para me esquivar. O controle me atinge bem na cara, logo abaixo do olho. A pele fica com uma cor desagradável à medida que a tarde passa.

Hugh quer saber o que aconteceu, mais tarde, quando chega em casa.

— Foi ela que fez isso?

Nego com a cabeça.

— Foi um acidente.

Achei que proteger Ollie faria com que aprendesse a confiar em mim, mas a facilidade com que omito o que fez só prova para ele que sou uma mentirosa.

Quando acordo, meu olho está inchado e semicerrado, como um pêssego que deixei no fundo da mochila por tempo demais. Eu digo a uma preocupada sra. Crowley que estou com enxaqueca e ela me deixa ficar com os óculos escuros na aula naquele dia.

— Vou abrir um *food truck* de panquecas — diz Lily, com as bochechas coradas, brilhando de saúde, a testa suada de tanto bater ovos.

Não sei quem é essa mulher que diz ser minha mãe, mas gosto dela. Cheia de energia e vigor, de ideias de negócio e de esperança.

— Vou fazer panquecas em festivais; crepes, na verdade. Crepe dá pra rechear, sabe — explica ela. — Mais opções. Aumenta as ofertas e as oportunidades de lucrar.

Ela está suando no peito, embaixo dos braços, mexendo sem parar sua terceira tigela de massa.

Prepara um crepe para mim e o dobra em quatro. É tão fino que a princípio quase consigo ver do outro lado. É delicioso.

— As opções de recheio são infinitas — continua, e sopra o cabelo do rosto suado. — Salgado ou doce. Ou só com açúcar de confeiteiro. Banana, caramelo, morango, Nutella... Depois os salgados: queijo e presunto, chili mexicano... Aqui, prova este.

Lily coloca outro crepe à minha frente e começa a preparar mais. Estão deliciosos, mas no quarto acho que não consigo dar mais uma garfada. Mesmo assim, eles continuam chegando sem parar no meu prato, e eu os passo para Ollie. Ela quebra mais ovos, mede mais leite, peneira mais farinha, espalha mais sal. Está usando quatro frigideiras agora, para preparar vários crepes de uma só vez, calculando quantos clientes pode atender ao mesmo tempo e em um dia ou noite inteiros.

Não consigo mais comer e, quando ela se vira para colocar outra panqueca no topo da pilha, não aguento mais e me preparo para ela ficar irritada, mas a nova panqueca cai em cima da anterior sem uma palavra. E não para por aí: oito panquecas são empilhadas no meu prato. Logo percebo que não importa se respondo ou não, se participo da conversa ou não. Não importa nem se estou presente. Ela está falando, não conversando, entretida no fluxo de alguma coisa. Tem alguma coisa acontecendo na cabeça dela, algo grandioso e transformador. Minha animação diminui um pouco. Seus pensamentos e movimentos são maníacos, não há conexão possível por trás de seus olhos.

As cores dela estão fascinantes: roxos e índigos profundos parecem imitar seus movimentos. Elas giram e se misturam, mudando de consistência como se estivessem na tigela com os ovos, a farinha e o leite.

Lily lista os festivais a que pode ir, fala sobre os diferentes tipos de veículos, dos equipamentos que vai precisar, onde pode conseguir, quem ela conhece. Os custos da van em comparação aos custos dos ingredientes; a quantidade de ovos, os sacos de farinha e açúcar. Tudo isso comparado com o lucro. Ela fala sem parar, a mil por hora. Quebra mais ovos, mistura mais massa, unta mais frigideiras. Gotas de suor escorrem da testa e do peito.

Parei de lamber as tigelas, parei de provar as panquecas. É meia-noite de uma sexta-feira; Hugh está trabalhando, Ollie está quicando nas paredes, cheio de açúcar. Ela começa a preparar mais crepes e abre outra bandeja de ovos. Ollie e eu fugimos da cozinha. Ollie tem dor de barriga e adormece no sofá. Fico sentada ao lado dele enquanto ela continua falando sozinha, fazendo listas em voz alta. Então, de repente, tão rápido quanto o frenesi aparentemente começou, ele termina. Ela abandona tudo, utensílios e panelas, e vai dormir às três da manhã.

Presumo que vá ficar na cama até tarde, mas estou errada.

No sábado de manhã, Ollie e eu somos mandados para o quintal e ela tranca a porta atrás de nós. Se vamos nos comportar como animais, seremos tratados como tal, é a lógica dela. Eu não teria me importado de ser mandada para fora se tivesse conseguido ir ao banheiro primeiro. Fico sentada no degrau frio de concreto, de costas para a porta, com as pernas cruzadas, tentando manter tudo lá dentro.

Ollie chuta uma bola de futebol contra a parede dos fundos, de novo e de novo.

— Posso jogar? — pergunto a Ollie, precisando de um jeito de passar o tempo antes de fazer xixi na calça.

— Não. A culpa é sua.

Ele acha isso porque foi o que ela disse, e Ollie acredita em tudo o que ela diz.

Que tipo de menina de 11 anos não sabe ser útil, ela gritou para mim. Ficou irritada por eu não ter limpado a cozinha depois da confusão que ela fez. As tigelas abandonadas na pia, os batedores todos sujos, as cascas de ovos, a farinha espalhada por todo lado, a massa no chão e nas paredes como se um violento assassinato de panquecas tivesse acontecido ali.

Na verdade, eu pretendia limpar tudo mais tarde. Ela nunca acorda cedo, com certeza não aos sábados e especialmente depois de uma noite como a de ontem. Não achei que fosse sequer colocar a cara para fora do quarto, mas ela saiu da toca e me pegou. Agora está andando pela cozinha com um monte de vermelhos girando ao seu redor como máquinas de lavar roupa e secadoras ligadas enquanto murmura consigo mesma, tendo uma discussão com alguém que só existe na sua cabeça. Afazeres domésticos sempre a irritam. Passar roupas, apesar de ser algo que ela faz poucas vezes, a deixa com calor e irritada, o vermelho saindo dela como vapor. Vermelho, vermelho, vermelho: o demônio doméstico.

Ela joga as panquecas direto no lixo, com o elaborado plano de negócios que havia traçado.

Ollie traz as cores vermelhas quentes e raivosas dela para o quintal, então eu me afasto e o deixo em paz, esperando que a brisa leve tudo embora. Cada vez mais o ódio, os medos e a raiva dela se tornam dele. A tristeza dela, a tristeza dele. Os sentimentos sempre são transferidos para ele, que os absorve avidamente, consumindo até a última partícula. A perda dela hoje é uma grande perda dele. Ontem à noite, Lily lhe vendeu um sonho, abriu uma cortina secreta e lhe deu um vislumbre de uma nova vida, um novo mundo onde ele estaria ao seu lado em um *food truck* de panquecas, em festivais de música, à beira-mar, salpicando chocolate, picando morangos, espalhando creme e derretendo queijo em panquecas quentes antes de entregá-las aos clientes pagantes. Brincar de lojinha é uma das atividades favoritas de Ollie, e ele se daria muito bem num lugar assim. Ele viveu tudo isso na sua cabeça infantil, em uma onda de animação movida a açúcar, quicando pelas paredes antes de cair no sono no sofá. Provavelmente sonhou com isso e pulou da cama ansioso e animado para que essa nova era começasse. Em vez disso, tudo desapareceu, foi tirado dele e jogado no lixo sem hesitação, porque a mulher de ontem fugiu de casa no meio da noite enquanto ele dormia. Eu deixo que ele sinta raiva.

Vou a pé até o parque com Hugh e Ollie. Ollie adora o parquinho, é capaz de ficar sentado em um daqueles gira-giras por horas, dando voltas e mais voltas com o rosto voltado para baixo, observando o chão girar a milhões de quilômetros por hora. Fico enjoada só de ver. Estou feliz por estar com Hugh agora. Feliz por estar perto dele; há tons de rosa por toda parte. Não falamos do que aconteceu hoje de manhã, quando Ollie e eu fomos trancados para fora, nem da ideia do *food truck* de panquecas da noite anterior. Para quê? Raramente falamos do que acontece em casa, porque falar não resolve nada. Só ficamos aliviados por ter saído e estar longe daquilo. Ollie está girando sem parar, de cabeça baixa, empurrando com um pé só, quando ouvimos:

— Oi.

Eu olho para cima. Uma garota bonita e sorridente se aproxima de Hugh.

— Oi — diz ele, com um tom de voz diferente. — Alice, essa é a Poh. Poh, essa é minha irmã, Alice.

Ela para perto dele, com o ombro na zona cor-de-rosa, como se estivessem compartilhando um suéter felpudo de menininha.

— Já ouvi falar muito de você — diz ela. — A brava da escola.

Ela diz isso de um jeito simpático. Quase como um elogio.

— Se ela não prestar atenção, vai acabar sendo expulsa — diz Hugh. — Mais uma confusão e acabou.

Reviro os olhos e passo a observar Ollie, mas continuo prestando muita atenção em Hugh e Poh pelo canto do olho. Esse encontro não foi acidental, foi planejado. Eles estão de mãos dadas. Aí começam a se beijar. Ela fica um pouco tímida na minha frente, e Hugh diz que ela não precisa se preocupar, que não estou olhando, o que é quase como uma ordem direta para mim. Então vejo em Hugh uma cor nova que nunca vou conseguir esquecer. Um redemoinho vermelho profundo surge em torno de sua virilha e me deixa envergonhada. Ele aumenta até ficar de um vermelho quente e latejante.

Tenho que desviar o olhar. Às vezes, ver as cores das pessoas é como vê-las nuas.

Observo o sr. e a sra. Mooney conversando no estacionamento. Ele dá aula de História, ela, de Inglês. São casados e vêm juntos de carro para a escola todo dia de manhã. Tudo ao redor dela é rosa, ela é uma pessoa legal. Enquanto conversam, ela manda todo o rosa do seu peito para ele e produz mais para si mesma. O rosa para no sr. Mooney e fica flutuando ali, como se houvesse um campo de força ao seu redor, bloqueando a entrada de tudo. Sem ter para onde ir, o rosa paira no ar entre os dois. Ele dá um beijo rápido nela e deixa a sra. Mooney parada no estacionamento, enquanto uma nuvem cor-de-rosa não correspondida volta para ela.

No verão, vamos passar alguns dias em Wexford com meus tios, Ian e Barbara, e meus primos. Fico sentada na areia quente, os pés e os dedos se contorcendo entre os grãos, ouvindo as ondas quebrando, e observo as pessoas felizes, quase nuas, mais leves e mais brilhantes sem as roupas e sem o peso dos problemas do mundo sobre os ombros.

Elas inspiram luz e exalam escuridão.

Ela está com Ollie na cozinha. Ouço os dois rindo. É o som que me atrai, um som peculiar e estranho nesta casa. Felicidade sem culpa. Eu os observo da porta, porque não quero que ela me veja, senão pode parar, quebrando o feitiço. Eles estão preparando alguma coisa no forno. Não é uma sessão maníaca de panquecas, é um momento de calma.

— É só dar uma batidinha na borda e quebrar — explica Lily calmamente.

Ele quebra o ovo e mexe, depois enfia o dedo na massa e rouba uma lambida.

— Ei, seu ladrãozinho!

Ela molha o dedo na massa e espalha um bocado no nariz dele. Ele ri.

Os dois estão rosa-pálido.

Assim que as cores surgem ao redor dela, ele suga tudo, como se fosse um aspirador de pó, tirando tudo dela e mantendo ao seu redor, como se fossem um cobertor.

Ela tem momentos de gentileza, mas não é gentil. Ela tem momentos de cuidado, mas não é uma cuidadora. Um bom momento não faz dela uma boa mãe, e é por isso que nunca a chamarei assim.

— Ouvi dizer que você arrumou uma namorada — diz Lily para Hugh um dia.

A ponta das orelhas de Ollie fica vermelha, então sei que foi ele quem contou. Hugh também sabe. Não que fosse segredo, mas a vida é mais fácil quando não se conta nada para ela, assim ela não pode usar o fato contra você.

— Os vizinhos viram vocês grudados, disseram que parecia que você estava tentando engolir a cabeça dela.

Não é verdade. O sorriso torto dela, não apenas as cores, me diz isso.

Hugh espalha um bocado de geleia em uma fatia de pão, esmaga a outra fatia por cima e depois dá uma mordida imensa, arrancando pelo menos metade do sanduíche enquanto olha para ela.

— Quando você ia me contar dela?

Ele aponta para a boca cheia. Não pode falar.

— Você tem medo de apresentar a menina pra mim? Está com vergonha de mim? Da sua casa?

Ele faz que não com a cabeça e continua mastigando.

— Preciso ver se ela é ok. Já que seu pai se mandou, alguém por aqui tem que mostrar a ela quem manda.

Enquanto ela fala, ele dá outra mordida.

— Quando posso conhecer a garota?

Hugh engole, e eu me pergunto o que vai dizer, mas ele está pensando. Dá para vê-lo calculando todas as possibilidades.

— Quando você quer marcar?

Fico surpresa com essa resposta. Ela também. Estava procurando uma briga. Sempre procurando briga, sempre se defendendo de ataques imaginários, e, quando eles não vêm, parece que fica ainda mais chocada.

— Vou ter que pensar — responde ela, na defensiva.

— Quando você achar melhor — diz ele.

— Qual o nome dela?

— Poh.

— Poh? — repete ela, devolvendo o sorriso torto. — Como assim, ela é uma Teletubby?

Um vermelho metálico relampeja no peito de Hugh, depois desaparece.

— Eu sabia que você ia dizer isso — retruca ele com um sorriso.

Isso também a surpreende. Até seus insultos são previsíveis. Ele é impenetrável, cada resposta que dá é um balde de água fria nas chamas dela. Quase consigo ouvir o assobio do fogo sendo apagado.

Hugh enfia o último pedaço do sanduíche na boca e pronto; três mordidas grandes e acabou. Ele pega os fichários da escola e cobre a mesa da cozinha com eles.

— Me avise quando quiser conhecer ela.

Ela nunca marca uma data, é claro.

Hugh e suas táticas.

Hugh nos leva ao parque mais vezes, só para encontrar Poh. Sempre me perguntei como seria ter uma irmã mais velha, e ela é legal. Nunca reclamamos, mas, mesmo que esteja com Hugh, não estou mais. Poh tem toda a atenção dele. Todos os tons rosados vão para ela, e todos os vermelhos, os vermelhos quentes, continuam ali em volta da calça dele. Estou grande demais para brincar nos balanços ou no escorrega, e Ollie não cabe mais em praticamente nenhum brinquedo de tão alto que está. Ele fica girando sozinho enquanto eu permaneço sentada em um banco ou balanço e apenas observo.

Tento não olhar para Hugh e Poh, mas é difícil.

Não conheço muita gente apaixonada. Eu achava que sim. Conheço muitas pessoas que deveriam estar apaixonadas, mas elas não se parecem em nada com Hugh e Poh, que dão e recebem cores um do outro o tempo todo. Na mesma quantidade, ninguém é egoísta, ninguém bloqueia, é um vaivém. É relaxante observá-los. Às vezes é suficiente ver outra pessoa ser feliz.

Ollie e eu estamos brincando de pega-pega no parque. Ollie fica irritado por não conseguir me pegar, por estar sempre correndo atrás de mim. Ele está frustrado e irritado, e eu não o culpo. Hugh e Poh se juntaram à brincadeira, e gosto quando eles param de se beijar para prestar atenção em nós. Ollie fica mais irritado à medida que nos esquivamos dele, os tons de rosa joviais, alegres e inocentes se transformando em um vermelho-sangue raivoso. Vejo o que está acontecendo, então deixo que ele me pegue antes que o relâmpago metálico estrague a brincadeira. Enquanto corro atrás de Ollie, sem querer piso no calcanhar do sapato dele, que sai do pé, e ele acaba correndo na grama molhada só de meia, encharcando-a. Ele tira a meia com um puxão e volta para o sapato aos pulinhos, gritando comigo por ter pisado no seu tornozelo. Então perde o equilíbrio e pisa com o pé descalço na grama. Uma névoa vermelha furiosa começa na cabeça e desce pelo corpo dele, mas, quando chega ao pé, fica marrom. No mesmo minuto, o marrom começa a subir de volta, dominando o vermelho, e eu fico ali parada, observando, boquiaberta, o lindo efeito degradê que acontece diante dos meus olhos. O marrom varre o vermelho como um maremoto, quase da mesma cor do solo sob a grama, como se Ollie estivesse criando raízes no chão, brotando. Quando o marrom chega à cabeça, ele olha para o pé na grama molhada. Mexe os dedos na lama. E ri.

Nas próximas vezes que Ollie perde o controle ou chega perto disso, eu o encorajo a ir para o quintal e tirar os sapatos. Ele fica andando por aí com os pés descalços, a cabeça baixa, observando os dedos desaparecerem na grama alta e chapinharem na lama antes de ressurgirem.

Lily observa pela janela aberta, fumando. Torço para que diga algo gentil, mas só joga o cigarro fora e fecha a janela com um estrondo. O cigarro cai na grama molhada e chia ao se apagar.

Eu me sinto atraída pela felicidade. Não a do tipo óbvio, como uma sala cheia de pessoas gargalhando — não, são corpos demais com coisa demais acontecendo por trás das risadas. Mas os momentos mais tranquilos, os particulares. Eu mato aula com frequência e vou ao parque perto da escola, onde observo uma mãe empurrando a filha no balanço, cantando, contando piadas; o farfalhar das cores mais puras da felicidade, o ir e vir de uma para a outra é tão relaxante como observar a maré. Uma bebezinha com seu brinquedo favorito, o amor rosa e dourado por um cobertorzinho que ela não larga. Quero me aproximar dela, enterrar os pés na caixa de areia infestada de bactérias, como ela faz, e mergulhar em sua luz.

Até que percebo.

Eu me dou conta de que, quando faço isso, estou roubando. E não se deve roubar a felicidade de outra pessoa.

Você tem que fazer a sua.

Devido ao meu comportamento inaceitável na escola de ensino fundamental I, a escola do fundamental II mais próxima não aceita minha matrícula. Apenas uma das quatro da nossa região me aceita, com a condição de que farei uma avaliação comportamental primeiro.

Sou educada com o avaliador e faço um bom trabalho, na minha opinião, sendo gentil e perguntando sobre a família dele, se vão viajar nas férias e coisas assim. Hugh me disse que era muito importante e que eu deveria me comportar. Não que eu precisasse ser lembrada. Eu só me comporto mal quando alguém está me provocando, quando as dores de cabeça estão muito fortes ou quando alguém transfere uma cor para mim e eu não consigo evitar.

— Você acha que sua mãe está vindo? — questiona ele.

— Não. Eu não sabia que ela tinha que estar aqui.

— Ela recebeu a papelada. Bom, tudo certo, vamos começar com a sua parte, então.

Ele pega algumas folhas de papel. O verdadeiro teste comportamental está nelas, com opções para marcar, o que me parece errado quando eu estou aqui, e ela não.

— Onde você estava?

Tudo começa assim que entramos pela porta. Eu saí com Hugh e Poh e fiquei de vela, mas amei cada segundo da companhia deles e não senti que estava incomodando. Ela está sentada no sofá, calma demais, encarando a porta à nossa espera. A alegria, a diversão, a tranquilidade de passar o sábado todo com Hugh e Poh termina abruptamente assim que chegamos em casa.

Há uma névoa vermelha em volta da cabeça dela, cuspindo como um vulcão.

Ela voa na direção de Hugh e eu me movo para bloquear seu caminho, protegê-lo, mas a névoa se move na velocidade da luz e, antes que eu chegue até Hugh, ela bate no peito dele como se meu irmão tivesse um campo de força ao seu redor, e o vermelho passa direto.

Como ele fez isso?

— Você estava na cama, eu não quis te incomodar — responde Hugh. Então deixa a mochila no chão e chega perto de Ollie. — Ei, Ollie, você já comeu?

São quatro da tarde. Ele está acordado desde as sete, vendo TV.

— Eu comi uma torrada — diz ele, porque nunca quer falar mal de Lily.

— Não tem pão — digo para ajudá-lo: está tudo bem, não precisa mentir, a gente sabe que você está com fome, mas ele me olha com raiva.

— Eu ia na lanchonete — diz Lily, torcendo o nariz com superioridade.

Ela fica na defensiva perto de Hugh, como se não quisesse que ele tenha uma opinião ruim dela, porque também deve saber que ele é melhor do que todos nós juntos.

— É uma boa ideia — comenta ele. — Quer que eu vá?

— Tudo bem.

A névoa vermelha começa a desaparecer dentro da cratera de onde veio. Hugh conseguiu, conseguiu mudar a cor dela, como faz isso? O verde emerge, como tinta verde mergulhada em água. Espalhando-se, espalhando-se. Como uma bactéria. Um verde-
-escuro, quase preto, mas não preto. Definitivamente não é preto. Já houve ameaças do preto, mas ele nunca apareceu, e não consigo

imaginar o que vai acontecer no dia em que surgir, mas o medo é constante.

— Posso ir também? — pergunto a Hugh, nervosa pelo que está por vir.

— Não — responde ela antes dele. — Mas leva o Ollie. Aqui... — ela lhe entrega uma nota de vinte euros — quero um hambúrguer empanado e batata frita com curry.

Espero que ela suba e volte para a cama, mas em vez disso Lily fica no sofá e muda o canal de desenhos animados para um programa de perguntas e respostas. Ollie me encara com raiva ao sair, com ciúme por eu ter ficado e ele ter sido dispensado. Ele não sente, como eu, que há uma razão para minha permanência em casa, e que ela não pode ser boa. Eu me sento na outra ponta do sofá, tensa e sem jeito.

Amarelo-mostarda. Verde cor de meleca. Percebo sarcasmo e rancor vindo por aí.

— Você recebeu uma carta da sua nova escola — me informa ela, acenando para um envelope rasgado na mesa lascada ao lado da porta.

Ninguém pensa em tirar a mesa dali; então ela continua sendo atingida toda vez que a porta se abre.

— Que escola? — pergunto, com a esperança de que o resultado do meu teste comportamental signifique minha permanência em uma escola normal.

— O internato para malucos — responde ela, e acende um cigarro. — As aulas começam em setembro.

Observar as cores das mudanças de humor dela pode ser lindo. Se não for direcionado a mim. Ou se eu conseguir de alguma forma me dissociar do que está acontecendo na minha cabeça. Eu posso estar na primeira fileira dessa performance mágica, observando-a passar do amarelo-mostarda para o vermelho metálico. A transformação.

A beleza dos tons de luz. Mas o som nunca é bonito, a sensação, a expressão, a energia por trás disso. Nada nisso é bonito.

No penúltimo dia de aula, antes de eu me despedir dos meus colegas para sempre, estou um pouco triste. É verdade que já briguei com a maioria deles — deixei Jenny com um olho roxo, joguei uma lata de refrigerante na cabeça de Faraj e outras coisas —, mas foi tudo em legítima defesa. Mesmo que tenham me avisado, Hugh mais do que ninguém, se eu tivesse entendido de verdade que tudo chegaria a esse ponto, que eu seria levada e largada em outro lugar, como uma prisão, talvez eu tivesse tentado ignorar as agressões. Mas sei o que acontece quando você ignora as coisas e não se defende. A situação piora. As pessoas pensam que você não consegue se proteger e te usam como saco de pancadas. Você tem que mostrar desde o início que não vai levar desaforo para casa.

Eu gostaria de ter feito isso em casa com Lily, só que não consigo me lembrar quando começou, sempre foi assim. Eu nunca quis que a escola fosse como em casa. Era a minha hora de ser eu mesma, só que também não sei com certeza se gostei da pessoa que era aqui. Fico grata por ninguém conseguir ver meus olhos lacrimejantes por trás dos óculos escuros.

Não consigo tirar os olhos da sra. Mooney e as cores ao seu redor hoje.

Quando estamos saindo da aula, passo pela mesa dela e digo:
— Parabéns.

A sra. Mooney olha para mim, surpresa e confusa, e percebo que não tem ideia do que estou falando. Ela ainda não sabe. Mas, no dia seguinte, nosso último dia antes das férias e meu último dia para sempre, ela me chama para sair da sala com ela. A turma toda faz *uuuh* enquanto eu saio, e James faz uma careta para mim. Eu jogo meu compasso nele, satisfeita quando atravessa seu suéter. Ele parece prestes a chorar.

A sra. Mooney fecha a porta, se senta no banco do lado de fora e pergunta em um tom bem baixo, quase um sussurro:

— Por que você me deu parabéns ontem?

— Porque você está grávida.

— Como você sabe?

— Eu só sei.

— Pode me contar, Alice. Diga como você sabe.

— Acho que ouvi alguém comentar.

— Nem eu sabia ontem, Alice — diz ela com gentileza. — Pode confiar em mim.

Eu confio na sra. Mooney. Ela é uma das raras professoras que me deixa usar os óculos escuros na sala, porque seu irmão sofria de enxaquecas terríveis.

— Consigo ver as cores do bebê.

Ouro. Ouro puro e cintilante em volta da barriga dela, como se tivesse uma coroa. Ninguém nunca tem ouro, pelo menos ninguém que eu já tenha visto. Só vi essa cor em bebês, recém-nascidos com poucos dias ou semanas de idade, passando por mim em carrinhos. Pepitas de ouro girando como halos ao redor da cabeça deles. Imagino que a ala da maternidade num hospital seja tipo uma caixa-forte.

A sra. Mooney demora um pouco para processar minhas palavras.

— Eu tenho essa coisa de ver cores — explico rapidamente, já arrependida de ter falado para ela. — É por isso que prefiro usar óculos escuros.

Ela me observa.

— Pra quem mais você contou isso?

— Pro meu irmão, Hugh.

— Você vai começar na Academia Clearview em setembro, não é?

— Sim. A escola pra esquisitões.

— Não diga uma coisa dessas.

— Foi isso que Faraj falou. — Eu olho para a turma. — E foi por isso que joguei a lata de Coca na cabeça dele.

— Não é isso. É um escola comportamental, Alice. Ajuda quem tem transtornos de conduta, sim, mas você é diferente. Agora percebo que você está sempre em apuros porque tem um dom.

— Tenho é uma maldição.

— Acho que é um dom — diz ela, com um sorriso capaz de me fazer corar. — Eu não teria feito o teste de gravidez se você não me dissesse aquilo ontem. Era algo que eu queria há muito tempo.

— Ah.

— Acho que a escola nova vai conseguir te dar toda a atenção especial que merece para te ajudar a lidar com isso, para você não ficar brava com todo mundo que não é inteligente o suficiente para entender. Peço desculpas por ninguém aqui ter entendido direito.

Eu não sei o que fazer com isso. Além do sempre compreensivo Hugh, acho que ninguém nunca me pediu desculpas em toda a minha vida. Nem fingiu entender. Isso me permite vislumbrar um mundo que poderia existir para mim, com pessoas que realmente me ouvem e me entendem. Fico frustrada por nem todo mundo ser como a sra. Mooney. Ela se recosta na cadeira, sorrindo, gostando disso.

— Bem, você vê mais alguma coisa?

Penso na pergunta.

— Ele não te ama — digo.

— Quê?

O sorriso dela desaparece.

— Eu consigo te ver dando todo o seu rosa para o sr. Mooney, mas ele não aceita. O rosa volta direto pra você.

Talvez, pela expressão no rosto dela, eu não devesse ter dito isso, mas é verdade e ela provavelmente sabe, no fundo. Melhor saber agora, antes que os gêmeos nasçam.

* * *

Hugh segura a carta da escola nas mãos.

— Isso é um absurdo!

Uma névoa vermelha cerca o topo da cabeça de Lily, como se ela fosse um vulcão jorrando lava quente. Eu observo Hugh. O vermelho vai na sua direção, ricocheteia nele e se move para mim. Eu me abaixo e me esquivo. Observo Ollie. Ele absorve tudo; a raiva dela agora é a raiva dele.

— Vai ser mais fácil sem ela — grita Ollie para Hugh, juntando-se à briga.

— Agora não, Ollie. Saia daqui.

Assisto a mágoa surgir no meu irmão mais novo, mas ele nos deixa mesmo assim.

— Não tem nada de errado com ela! — insiste Hugh.

Hugh raramente discute com Lily. Não parece pensar muito nela, não lhe dá muito espaço na sua vida. Está sempre ocupado, com coisas melhores para fazer do que agradá-la. Por outro lado, ela é a coisa mais presente no meu mundo, meu obstáculo para tudo. Fujo dela, desvio, me encolho, tento ficar do menor tamanho possível ou criar meu próprio espaço. Quanto a Ollie, ela preenche todo o mundo dele, sem deixar espaço suficiente nem para ele mesmo.

Mas eu nunca a vi dessa cor antes. Além do previsível vermelho lava furioso, há uma tempestade se formando, uma lama tão escura e turva que não sei se é verde, marrom ou preta. Ela se move de forma lenta, como muco, e se contorce como um tornado. Sua lentidão é perturbadora. Parece sugar todas as cores ao redor, as mais fracas escondidas na massa maior, vislumbres de cores e luz, promessas de felicidade e bom humor devoradas por esse ciclone. À medida que atrai as cores, ele ganha velocidade.

— Hugh — digo, com um alerta na voz.

Estamos na cozinha. Ela está preparando o jantar. Algo está borbulhando em uma panela no fogão. Ela realmente se esforçou hoje. Não está na cama. De todos os dias para Hugh desafiá-la, talvez hoje não seja o melhor. Devíamos estar dando os parabéns, fazendo Lily sentir que vale a pena acordar de manhã, mas Hugh não está com seu humor pacífico de sempre. Ele está me defendendo, mas não vale a pena, porque algo está se formando dentro dela que não quero que seja libertado.

Hugh pode bloquear. Eu posso me esquivar.

Mas Ollie vai absorver tudo.

— Eles falaram com os professores, falaram com ela. Foi assim que decidiram. Você não tem que ficar com raiva de mim.

— Quem são "eles"?

— Os médicos.

— Não teve nenhum médico envolvido.

— Os psicólogos, sei lá — retruca ela, envergonhada por não saber, irritada por ter sido pega na mentira. — A escola fez os testes.

— Eles falaram com você?

— Falaram.

— Não falaram, não. Você não apareceu.

— Bem, eles me ligaram, não foi?

Hugh levanta a voz.

— Quem são "eles"?

— Um homem, não consigo lembrar o nome dele.

— O que você disse pra ele?

— Eu disse pra darem ouvidos a tudo que os professores dissessem. Eles sabem o que é melhor, não é?

— Eles nem conhecem ela. Você deveria defendê-la, é o seu trabalho. Ela só tem 11 anos.

— Ela já tem quase 12 — argumenta ela, mexendo a panela, olhando para o conteúdo como se de repente ali estivessem todas as respostas do mundo. — Ela é violenta, sabe. Não é a irmãzinha doce que você vive protegendo. Ela arruma briga na escola, deu um soco em uma daquelas garotas dos Ward, e é melhor não mexer com aquela família. Ela vai arrumar problema para todos nós.

— Ela estava se defendendo. E o Ollie? Você sabia que ele jogou canetinhas na parede, porque coloriu fora das linhas? Você sabia disso? Fui tirado da minha sala para tentar acalmá-lo na sala do diretor. Porque o pessoal da escola sabia que, se te ligassem, você não viria. E ele? Você se importa? Você por acaso percebe? Já se perguntou por que isso está acontecendo?

O ciclone fica com uma cor arroxeada, com toques de cinza. Há uma tempestade se formando, e não gosto disso. Está no torso dela, e então se move. Ele sobe, espiralando em torno do corpo dela, se espalhando.

— *Academia Clearview, uma escola alternativa* — ele lê a carta —, *para a educação de alunos com comportamentos desafiadores decorrentes de distúrbios emocionais graves ou comportamentais. Modificação de comportamento* — diz, agitando o papel no ar. — Não tem nada de errado com ela — insiste, incrédulo.

Ela sorri. É um sorriso desagradável, que mostra os dentes amarelos e estragados.

— Você só está em pânico agora, está com medo de, depois que a Alice for embora, não conseguir se mudar para a universidade. Você já contou pra ela que vai embora?

Olho para ele, surpresa, e ela adora. A tristeza e o sofrimento de outras pessoas a alimentam. Dá para ver na maneira como as cores dela ganham impulso e força. A risada dela é cruel, e o ciclone a envolve, serpenteia em volta da cabeça, desce pelo peito, pelo corpo, pela barriga, por toda a volta dela até as pernas e os pés. Ela está imersa no tornado.

— Não tive tempo.

— Hugh vai se mudar para Cardiff, Alice — ela me informa, cheia de maldade. — No País de Gales. Não vai nem passar os fins de semana em casa.

— Você vai embora? — pergunto a Hugh.

Eu deveria saber. Claro que deveria saber. Ele tem 18 anos, se formou no verão e, embora Lily quisesse que ele começasse a trabalhar direto, Hugh tem estudado muito para entrar na universidade, além de trabalhar em um bar para guardar dinheiro. Seu cérebro é sua maneira de sair aqui. Enquanto eu me autossabotava, ele estava criando um plano de fuga. Sem mim.

— Vou buscar você e Ollie quando puder — afirma ele, a voz baixa como se não quisesse que ela ouvisse seu plano.

Lily ri.

— Ah, conta outra. Seu pai disse a mesma coisa e vocês mal ouviram falar dele desde que foi embora, não é?

Minha mente dispara, não consigo imaginar uma vida sem Hugh. Mesmo com a ameaça da escola comportamental, pensei que poderia voltar para casa, para ele, nos finais de semana, e que ele poderia me visitar, mas e se Hugh não estiver aqui, se estiver a quilômetros de distância e nem puder fazer visitas? Sinto o pânico crescer no peito. Lily está rindo, aumentando a confusão, adorando não ser mais o foco da raiva dele, tê-la desviado. Ela assumiu o controle e transferiu tudo para nós. Agora que ela foi completamente consumida, o ciclone começa a atingir Hugh como se tivesse tentáculos. Eu assisto, horrorizada.

— A gente conversa sobre isso mais tarde — diz ele para mim, tentando ser gentil, mas está tomado pela raiva.

O laranja dele é vermelho, o rosa sendo devorado, todas as emoções só dele, não dela.

Não sei o que está acontecendo com ela, mas é diferente de tudo que já vi antes. Ela é como um polvo, com tentáculos em tons de cinza, preto e roxo, e estão tateando tudo ao redor. É assustador. Estou tremendo, acho que vou vomitar. Ela não parece real, não parece humana. E Hugh continua discutindo, com a voz gentil, o doce e diplomático Hugh, sem a menor ideia de que ela está preparando alguma maldade.

O tentáculo do tornado toca o rosto dele.

— Hugh — digo, preocupada agora. — Sai daí.

— Por quê? — pergunta ele, vendo meu pavor. — Qual o problema?

— Olha pra ela — sussurro.

Os tentáculos chicoteiam e lambem o rosto dele como chamas.

Eu me movo rapidamente, derrubando uma cadeira e me encostando na parede.

— Alice, o que foi? São as cores?

Eu me encolho contra a parede. Costas achatadas, olhos arregalados, aterrorizada.

— Alice, relaxa. Respira fundo.

— Você disse que não tem nada de errado com ela, é? — instiga Lily.

Eles estão por toda parte, longos tentáculos da cor de hematomas, preto-arroxeados, me lambendo como chamas por todos os lados. Sabem dos meus truques de esquiva, cobriram todas as saídas.

— Ah, meu Deus — diz Lily, e começa a rir. Acende um cigarro, mexe a panela no fogão e dá uma tragada, depois se vira para mim, uma das mãos na cintura, a outra tragando o cigarro como se fosse um canudinho. — Qual o problema dela?

— Você está assustando ela.

— Bu! — zomba Lily, e os tentáculos chicoteiam.

Eu grito e cubro o rosto com as mãos.

— Eu nunca vi ela assim. Alice, olha pra mim.

— Você está mesmo me dizendo que não tem nada de errado com ela? — insiste Lily.

Os tentáculos lambem meu rosto e eu sinto. Por um momento, uma visão da loucura sombria e distorcida que permeia os pensamentos dela. Cem pensamentos disparam ao mesmo tempo, e nenhum deles faz sentido. Tudo muito rápido e se atropelando, ecos de palavras tagarelando na minha cabeça. Nenhum momento de espaço ou clareza, é barulhento, muito, muito rápido, muito, muito confuso, para sempre. Pensamentos rodopiantes e becos sem saída, sem conclusões ou soluções, sem fim para os pensamentos em espiral que criam mais pensamentos, e mais pensamentos, e mais pensamentos.

Ollie volta para a cozinha.

— O que tem para o jantar?

— Sai, Ollie, agora — digo.

— Não. Estou com fome.

Ele entra de qualquer maneira e vai direto para o fogão. Os tentáculos o envolvem, abraçando-o com mais força do que ela jamais fez fisicamente.

— Não! — grito, e mergulho atrás dele.

Ele não vai conseguir conviver com isso, ela vai sufocá-lo. Ela vai consumi-lo, e ele vai permitir.

Mergulho em sua direção e o empurro para o chão, tentando cobri-lo e protegê-lo. Quando os tentáculos o agarram com firmeza no chão e apertam, ele grita. Eu também estou gritando, sentindo a dor das cores dela nas costas. Até que percebo que bati no cabo da panela no fogão e derrubei água fervente em nós dois.

— Como você faz isso?

Estou deitada na cama, de bruços. Minhas costas estão em carne viva depois do incidente com água fervente. A maior parte caiu em cima de mim. Ollie pegou alguns respingos nas mãos e um pouco no rosto. As queimaduras estão embrulhadas em curativos do pronto-socorro. Tenho que ficar deitada de bruços por sei lá quanto tempo. Até parar de doer, imagino.

— Como faço o quê?

— Você bloqueia as cores dela. Não deixa entrarem em você.

— Sério?

— Sério, toda vez. A cor dela vem até você, mas é rebatida, ou passa por cima da sua cabeça, ou volta direto para ela.

Ele dá de ombros, mas fica pensativo.

— Não quero me aproximar dela. Não quero nada com ela. Mas o que você faz?

— Eu me esquivo delas.

— O que acontece com Ollie?

— Ele aceita as cores. Absorve todas até quando ela nem está fazendo nada. É como se ele quisesse isso.

Hugh pensa no assunto.

— Foi por isso que você pulou em cima dele?

— Aham. Eu não estava tentando machucar ele. Foi isso que você pensou?

Minhas costas doem quando tento me sentar para olhar para ele.

— Alice — diz Hugh, esfregando os olhos e o rosto com uma expressão cansada —, ninguém vai acreditar nisso.

— Sinto muito.

— Não, eu é que sinto muito. Sinto muito por isso estar acontecendo com você.

Sinto lágrimas quentes escorrerem, como se eu tivesse absorvido toda aquela água fervente e tivesse que me livrar dela sozinha, através do choro e do suor.

Ele levanta meus óculos escuros e me encara.

— Está me ouvindo?

Concordo com a cabeça e enxugo as lágrimas.

— Tente… tente encontrar uma forma de conviver com as cores. Não dá pra você continuar brigando com todo mundo. E também não dá pra continuar fugindo disso. Tenho certeza de que é difícil, eu não sei o que faria… mas você não pode continuar vivendo assim. Ainda é tão nova, tem a vida inteira pela frente. Talvez elas desapareçam, talvez não. Mas você não vai estar sempre aqui, nesta casa, com ela, então tem que começar a pensar em si mesma. São só seis anos — diz ele, tentando falar com um tom leve, mas percebo que é forçado. Parece uma sentença de prisão.

— Aí pode vir morar comigo.

— Tudo bem, não vou me meter em problemas.

— Não, isso não é suficiente. A educação é a saída.

Reviro os olhos.

— Ei — diz ele bruscamente. — Você quer sair daqui? Começar sua própria vida? Sem depender dela?

— Claro.

— Então estude bastante. Quando você sair de lá, vai poder ir para a universidade.

— Eu não sou que nem você, Hugh.

— Então comece a pensar como eu. Você tem que fazer planos a longo prazo, Alice. Pensar no futuro.

— Não consigo pensar tão longe. Na maioria dos dias, só quero chegar na hora de dormir.

Ele me olha, triste.

— Tudo bem, então viva um dia de cada vez.

— Como ela está pagando por essa escola, aliás?

Passo os olhos pelo folheto. Adolescentes felizes com professores felizes em salas de aula limpas e coloridas. Eu sei que não é verdade, assim como um Big Mac nunca é como o Big Mac das fotografias.

— Você recebeu uma bolsa — diz ele. — O governo está pagando.

— Como?

— A escola organizou.

— Uau. Eles queriam mesmo que eu fosse embora.

— Ou talvez algumas pessoas se importam de verdade. Mas existem condições — continua ele —, eles só vão pagar se você for à aula todos os dias.

— Então, se eu não for, eles não vão pagar e eu posso voltar pra casa?

— É, Alice, você vem pra casa, fica aqui com o Ollie e a mãe, mas, na maior parte do tempo, seriam só você e ela o dia todo, todos os dias, porque nenhuma escola por aqui vai deixar você entrar, então você não vai ter estudos, nem trabalho, nem dinheiro, e vão ser só vocês duas em casa o dia todo. O que você acha?

— Tá bom. Eu vou.

— De que cor ela é?

Hugh faz a pergunta enquanto voltamos do parque depois de me apresentar a Poh pela primeira vez.

— Verde — respondo. — Tipo musgo. Ou uma floresta. E amarelos sólidos.

— Isso é bom?

— É — eu digo. — É bom.

— Que bom.

Caminhamos em silêncio.

— Você me contaria, né, se tivesse mais alguma coisa?

Penso no vermelho latejante, confuso e flamejante em torno da virilha e das partes íntimas dele, e sorrio.

— O quê? Do que você está rindo?

— Nada — respondo, sentindo as bochechas esquentando, ficando sem jeito. Então vou embora.

— Me conta — pede ele, me perseguindo pela rua.

— Sinestesia — diz Poh.

Ela está animada. Encontrou alguma coisa em um livro, é tão estudiosa quanto Hugh, e fui convocada ao quarto dele. Ela tem passado bastante tempo aqui nas últimas semanas enquanto eles se preparam para se mudar.

Quase tudo que havia no quarto está em caixas, o que faz com que as coisas de Ollie pareçam solitárias. Hugh trabalhou durante todo o verão e mal o vi durante nossas últimas semanas juntos. Sinto uma pontada de luto e um nó na garganta quando olho em volta.

Poh está sentada de pernas cruzadas na cama, Hugh está sentado na cadeira de rodinhas e eu me jogo no pufe. O quarto cheira a desodorante masculino e chiclete de menta. Ele sempre masca um chiclete desses antes de encontrar Poh, e por isso sei que eles vão se beijar.

— *Uma pesquisa na Espanha descobriu que pelo menos alguns dos indivíduos que veem a suposta aura das pessoas experimentam, na verdade, um fenômeno neuropsicológico conhecido como sinestesia, especificamente sinestesia emocional* — lê Poh em voz alta. — *Nos sinestetas, as regiões cerebrais responsáveis pelo processamento de cada tipo de estímulo sensorial estão interligadas. Os sinestetas podem ver ou saborear um som, sentir um sabor ou associar pessoas ou letras a cores específicas. É a primeira vez que se dá uma explicação científica para o fenômeno da aura, um suposto campo energético de radiação luminosa que envolve uma pessoa, invisível para a maioria dos seres humanos.*

Ela olha para mim com os olhos arregalados. Hugh está na beirada da cadeira, com um sorriso no rosto.

— É isso, não é, Alice?

Eu dou de ombros.

— Talvez.

Ele sempre quis desesperadamente dar um nome. Não importa o motivo, a justificativa, isso não muda nada para mim. Pode ser isso, pode não ser. Assim como poderia ter sido uma enxaqueca com aura. Seja o que for, ainda tenho que lidar com a situação. Um nome não fará desaparecer.

Ela continua:

— *Acredita-se que a sinestesia se deva a ligações cruzadas no cérebro, levando a conexões entre áreas cerebrais que normalmente não são conectadas. Novas pesquisas sugerem que muitos curandeiros que afirmam ver a aura das pessoas talvez tenham essa condição.*

Talvez.

— Espera um minuto — Hugh a interrompe. — Curandeiros? Poh relê o trecho.
— Sim. Pessoas que veem aura são curandeiras.
Ele olha para mim e eu sei o que está pensando.
Não.
Digo isso em voz alta. Com firmeza. Alto.
— Não.

Ela está dormindo no sofá. São três da manhã e a TV ainda está ligada. Episódios consecutivos sobre pessoas que encontram tesouros em depósitos abandonados estão passando faz tempo. Dá para ouvir do meu quarto. Eu viajo amanhã. Minha mala está pronta, esperando perto da porta. Hugh foi embora há uma semana e esta casa parou de parecer um lar assim que nós nos despedimos.

Eu sei que Hugh estava triste por ir embora, mas não podia mentir sobre a alegria que sentia, o alívio por deixar este lugar para trás, todos os seus planos dando certo, exatamente como ele merecia. Consegui ver tudo isso em suas cores, e foi por todas essas razões que não consegui chorar quando o abracei ou o vi partir. Como uma miniqueima de fogos ao redor do tronco e da cabeça dele, cores brilhantes surgindo: rosa, amarelo, laranja, verde, índigo, azul, prata. Todos tons quentes, nada acinzentado. Um pouco de azul de tristeza no centro de todas elas, como o estigma de uma flor, sentimento que de modo egoísta torço que seja para mim, enquanto nas bordas as cores explodem e estouram. Ollie o abraçou com força. Tive que puxá-lo para longe de forma que Hugh conseguisse ir embora; sempre a cruel, tirando a felicidade de Ollie. Lily não se despediu de Hugh; não acho que tenha feito isso por maldade, acho que não conseguiu. Ficou no quarto dela, o tom azul ameaçador vazando por baixo da porta, então tapei a fresta com um cobertor. Ollie e eu já temos dor suficiente sem absorver a dela também.

Assim que fui para a cama e fechei a porta, ouvi-a se movimentar pelo quarto, como se estivesse esperando que eu fosse me deitar. Ela desceu, farejando o ar.

Agora está dormindo no sofá. Azul-arroxeado ao redor, vestindo sua tristeza e seu vitimismo como uma capa. Estou usando as velhas luvas de futebol de Hugh quando me aproximo dela. São enormes, grandes demais para mim, esfarrapadas e cobertas de lama seca há sabe-se lá quanto tempo, mas são grossas e impenetráveis. Não quero que a cor dela me contamine nem sentir a profundidade da sua tristeza. A dor fria, gelada e dolorosa da perda.

Eu pesquisei curandeiros no Google e procurei o que deveria fazer. Muita bobagem e palavras estranhas, difíceis de entender, mas a ideia é limpar as cores. Não sei exatamente como fazer isso, mas pensei que as cores se movem, então talvez eu possa, com as mãos enluvadas, só afastar as ruins na direção oposta, talvez jogá-las fora pela porta. Tenho pena do pássaro em que as cores podem ficar presas ou da pessoa fazendo um passeio tarde da noite, mas pelo menos elas estarão longe. Estou fazendo isso por Ollie, que vai ficar sozinho com ela. Hugh providenciou para que ele fosse e voltasse da escola com um vizinho que é da mesma turma, mas estou preocupada com ele. E durante o resto do dia? E à noite? E aos fins de semana? Ele tem 9 anos e não consegue se proteger dela, não da maneira que precisa.

Ergo as mãos enluvadas acima da cabeça dela, pairando a alguns centímetros de altura do seu rosto. Não preciso me preocupar em não conseguir ver as cores no escuro; elas brilham intensamente, como se ela tivesse rolado em um desastre nuclear. Começo a espanar as cores em direção à porta.

— O que você está fazendo? — pergunta Ollie em voz alta.

Assustada, me viro e o encontro sentado em uma poltrona no canto da sala, no escuro. Só consigo distinguir a silhueta dele, um brilho azul-arroxeado uniforme ao seu redor, igualzinho ao dela, como se Ollie estivesse sentado no escuro, observando-a e se carregando com a energia que ela emana. Sua presença parece estranha. Lily acorda com a voz dele, os olhos arregalados de medo ao ver as grandes luvas sobre sua cabeça.

— O que você está fazendo? — pergunta ela, sua voz sonolenta cheia de pânico.

— Nada.

Tiro as luvas, me sentindo idiota.

Ela sai correndo do sofá, trôpega e sem jeito em sua tentativa de se afastar de mim o mais rápido que pode.

— Mas que merda você ia fazer comigo? — grita ela, o vermelho metálico brilhando sobre sua cabeça como um raio.

Zap. Mais uma mosca morta. O relâmpago desaparece assim que aparece.

— Nada — repito, sem conseguir explicar.

Ela olha nervosa de mim para Ollie, depois de volta para mim, pensando que nós dois planejamos isso, que estão todos contra ela. Lily se afasta de mim, depois puxa seu cobertor cinza e amarelo sujo pela sala como uma criança e o arrasta escada acima atrás de si. Quando tranca a porta e metade do cobertor permanece para fora, percebo que não é tecido, mas sim a cor do medo que ela tem de mim.

— Isso pode ser bom — diz Hugh na noite anterior à sua partida, com a carta da escola na mão, enquanto a lê repetidas vezes. Ele está pior do que eu. — Eu vou embora, mas você não vai ficar presa aqui com ela. Ainda vou ficar preocupado, mas pelo menos você vai estar com adultos responsáveis.

Nenhum de nós menciona que estamos deixando Ollie para trás, sozinho e indefeso contra ela.

— Aqui, comprei uma coisa pra você — diz ele, me entregando um embrulho. — Para dar sorte.

Abro a bolsa forrada de papel fino e encontro um novo par de óculos escuros.

Ele me envolve em um abraço e, enquanto eu o aperto com força, penso que será a última vez em muito tempo que permitirei que alguém me toque. Estaremos juntos no Natal; quatro meses até meu próximo abraço. Inspiro o cheiro de desodorante de Hugh, tentando guardar suas cores de esperança e animação com a fuga e aventura que esperam por ele.

Lily me visita uma vez na escola. Uma vez em seis anos, durante meus últimos meses na Academia, sem explicação. Observo-a enquanto está do lado de fora, fumando um cigarro antes de entrar, e procuro por sinais de que esteja morrendo. Na verdade, ela parece melhor.

— Então — começa quando nós nos sentamos na sala reservada para as visitas dominicais. Ela está nervosa. Desconfiada. É estranho vê-la fora do seu território, além das linhas inimigas. — Você teve notícias de Hugh?

— Sim.

Ele me liga quase todos os dias. Começou a dar aulas de inglês em uma escola de ensino médio, mas não consigo me imaginar dizendo isso a ela. Segue-se um silêncio mais do que incômodo, pois as famílias ao redor não param de falar.

— E… Ollie, você tem notícias dele?

— Tive uma vez.

A família que o acolheu obrigou Ollie a me ligar. Acho que eles pensaram que uma conversa com a irmã ajudaria a deixá-lo mais calmo. Mal sabiam que nunca fui capaz de consolá-lo.

— Ele está bem — digo.

Ollie ameaçou incendiar a casa da família com que estava ficando se ninguém o tirasse de lá. Um menino de 15 anos que pensa que tem 24. Morando sozinho com Lily, seu comportamento só piorou, e ele não era bom de esconder suas riquezas recém-adquiridas, exibindo itens roubados por aí, para que todos vissem e soubessem exatamente o que estava fazendo. Foi decidido que a casa dela era um ambiente tóxico e que ele deveria ser colocado sob os cuidados da assistência social.

— Vim te contar que estou, hum, estou me esforçando pra melhorar — diz ela.

Bebo o chá açucarado porque não sei o que dizer. Melhorar é o completo oposto de uma doença terminal. Eu estava preparada para esta segunda opção.

— Quando Ollie foi tirado de mim, fiquei em um estado terrível. Terrível. — Ela estremece. — Eu tentei me matar.

— Como?

— Remédios. A sra. Ganguly me encontrou lá fora, no jardim.

Imagino a grama alta, as lixeiras transbordando, ela no chão.

— Fui diagnosticada com transtorno bipolar. Você sabe o que é isso?

Tenho uma ideia, por causa de algumas pessoas daqui, mas dou de ombros.

— Me disseram que é quando você tem humores extremos. Felicidades extremas e depressões extremas também. Falaram para eu te dar isto.

Ela enfia a mão na bolsa que protege no colo e desliza um folheto do Ministério da Saúde pela mesa de pinho. *Vivendo com a bipolaridade: para pessoas que convivem com alguém bipolar.*

Ninguém convive com ela. Ela mora sozinha. Fez com que todos nós fugíssemos. Eu abro o panfleto. Não sei bem se ela quer que eu leia agora ou não, então dou uma olhada, esperando que ninguém ao meu redor consiga ver. A família na mesa ao lado está brincando de adivinhações. É a vez do pai. Filme. Três palavras. Ele coloca as mãos nas bochechas e parece chocado em um grito silencioso.

56

Esqueceram de mim, adivinho rápido. Eles são idiotas, não entendem, e enquanto isso estou aqui olhando para um panfleto do Ministério da Saúde.

Anteriormente conhecido como depressão maníaca, o transtorno afetivo bipolar é um transtorno mental que causa mudanças anormais no humor, na energia, nos níveis de atividade, na concentração e na capacidade de realizar as tarefas do dia a dia.

Aham, eu diria que sim. Coloco o papel na mesa.

Pânico, eles ficam repetindo. Não, são três palavras, ele disse três palavras, não foi? *Pânico volume 2* então, *Pânico volume 3*, eles chutam, enquanto o pai balança a cabeça descontroladamente.

— Me receitaram uns remédios para tratar isso.

Dá para ver que ela está medicada, reconheço pelos outros alunos aqui. Muitos tomam medicamentos para TDAH, TDO, TOC, depressão e ansiedade. Os tons dela ainda estão lá, mas são atenuados pela cor calmante do remédio. Ela envolve os humores, os suprime, agarra-se a eles como glóbulos brancos atacando bactérias, só que o problema é que o remédio não sabe o que é uma cor boa e o que é uma cor ruim, abraça todas as cores que Lily tem, mesmo as boas, misturando tudo, fazendo que "blé" seja sua emoção principal.

— Se eu continuar bem, Ollie vai poder voltar pra casa. Eles precisam ver que estou me esforçando.

Hugh foi embora primeiro, depois eu. Aí Ollie. Foi preciso que o terceiro filho fosse tirado dela e que todos nós partíssemos para que ela olhasse para si mesma. Eu me pergunto se é porque sente nossa falta ou porque só não suporta ficar sozinha.

— O médico disse que provavelmente peguei isso aí — explica ela, olhando para o panfleto — depois de ter filhos.

Não sei como algo tão horrível pode vir de algo tão lindo, algo tão tempestuoso e sombrio pode vir de algo tão cor-de-rosa, tão tranquilo e pacífico como Hugh.

— Eu tive depressão pós-parto por sua causa. Não sabia disso até conversar com o médico esses dias, mas foi isso. E piorou depois que tive o Ollie.

Ela toma um gole de chá enquanto eu olho para o panfleto em cima da mesa, as letras embaçadas, sem ler. Meu coração bate forte com essa revelação. O que ouço é *a culpa é sua*. Tento entender se foi isso que ela quis dizer, se está tentando me manipular, as mãos em volta da xícara para se aquecer e curvada como uma viciada em crack. Estou cansada dela e de seus joguinhos; estar na Academia é um alívio, como estar num spa. Não sinto falta dessa confusão mental. Percebo como ela me esgota, o quanto tento constantemente entendê-la, decifrá-la. Como a simples presença dela me incomoda mais do que qualquer coisa ruim que qualquer outra pessoa possa dizer. Lembro a mim mesma que ela vai embora em breve, que vai sair deste prédio e eu ficarei livre dela, então respiro. Mas não vou deixá-la sair dessa impune.

— Então a culpa é minha.

Ela tem a coragem de parecer irritada.

— Não foi isso que eu disse. Não distorça minhas palavras.

— Então talvez seja melhor dizer de outra forma. Talvez depois de todo o tempo que você passou sozinha nas últimas semanas, e mesmo nas poucas horas que dirigiu para chegar aqui, você pudesse ter encontrado outra maneira de dizer isso. Uma maneira mais gentil.

— Deixa pra lá — diz ela, pegando a bolsa e se levantando. — Eu sabia que seria uma perda de tempo. Eu disse ao conselheiro que você não entenderia.

Este lugar começou parecendo uma prisão e depois se tornou uma espécie de refúgio. Vou ter que ir embora em breve, como vi todos fazerem antes de mim, alguns com hesitação, como um cervo aprendendo a andar, outros mais do que prontos para escapar dali, à la Andy Dufresne. Estou com Andy. Tenho planos, vou morar com Hugh e Poh até me estabelecer. Não tenho intenção de voltar para a casa dela. Nunca.

Teria sido mais fácil se ela tivesse dito que estava morrendo.

Lily cumpre sua promessa. Faz as mudanças necessárias na sua vida para tirar Ollie da família que o acolheu e trazê-lo para casa. Toma os remédios, controlando os sintomas com sucesso, "se comporta" e é recompensada com a volta do caçula para casa. Arruma um emprego. Trabalha à noite em um restaurante chinês, atendendo o telefone, anotando pedidos, organizando entregas, servindo as refeições. Eu teria pensado que lidar com o público, especialmente com o público bêbado do final da noite, não seria propício para que ela levasse uma vida tão livre de estresse quanto possível, mas ela parece ter paciência com os desequilibrados. Tem algo do que falar, um novo mundo fora de casa, só dela, mesmo que reclame dos clientes, do chef, da cozinha imunda. Ela flerta com o entregador.

Apesar dos sacrifícios que ela fez por ele, Ollie se mete em problemas o tempo todo. Ela não consegue controlá-lo, não consegue lidar com ele. Os dois são tóxicos um para o outro e ainda assim estão sempre, *sempre* juntos. Ele não vai embora e ela não o expulsa. Brigas intensas, nas quais Hugh tem que se meter, atravessam a noite e chegam até as primeiras horas da manhã.

Sendo justa, ela se esforçou muito para mudar sua vida de forma que Ollie voltasse para casa, só que ele nunca voltou de verdade.

Mas eu volto.

ferrugem

Bem no comecinho eu costumava ver apenas uma cor proeminente ao redor das pessoas.

Azul para Lily.

Rosa para Hugh.

Mas, aos poucos, o número de cores ao redor de um indivíduo aumenta e se mostra em camadas. Todos andam por aí que nem cebolas fluorescentes, com camadas sendo eliminadas e crescendo de novo. Com o passar dos anos, as cores se intensificam e, com elas, meus instintos se adaptam. Não de repente, mas em uma evolução lenta, e estou sempre aprendendo a decifrar os significados. Saio de meu mergulho de seis anos na Academia totalmente diferente, embora não da maneira que se espera. Com as capacidades limitadas da minha juventude, eu tinha apenas uma compreensão básica das pessoas, mas agora, adulta, estou mais sintonizada com as camadas delas. Quer eu goste, quer não.

— Não vim aqui pra falar de menstruação — por fim retruco, irritada, para o clínico geral. — Não estou aqui porque estou inchada, estou aqui porque vejo cores ao redor das pessoas. Cores. Dançando em volta da cabeça e do corpo de todo mundo. Está me entendendo? Cores alegres, cores tristes. E eu sinto quando elas se aproximam de mim, elas me afetam, e tudo o que as pessoas estão sentindo passa pra mim. Entendeu? Já expliquei tudo com todos os detalhes possíveis.

Estou gritando. Não me importo. Exigiu muito de mim vir aqui. Enfim saí da Academia e isso está na minha cabeça há algum tempo. Encontre um médico. Diga a verdade. Melhore. Me dê uma pílula mágica que vá fazer com que isso desapareça, qualquer coisa, eu tomo. Não preguei o olho ontem à noite; fiquei deitada na cama imaginando todas as coisas que o médico poderia fazer comigo assim que eu dissesse essas palavras em voz alta. *Eu vejo as cores das pessoas.* Ele poderia me internar, por exemplo, ou me colocar em uma lista de pessoas "mentalmente instáveis demais para trabalhar".

— Essas enxaquecas intensas e o que você descreve como altos níveis de sensibilidade podem ser sintomas de desequilíbrio hormonal ou TPM...

Enxaquecas com aura, sinestesia e agora TPM. Eu não deixo o médico terminar. É uma perda de tempo. Me levanto e saio correndo, batendo a porta.

— Não vou pagar por essa idiotice — digo para a recepcionista ao passar. E, para as pessoas assustadas na sala de espera, acrescento: — Ele é um médico de merda.

Poh sai de perto quando volto para o apartamento depois de um dia de trabalho em uma cafeteria. Baixando o olhar e mal me encarando, ela entra no quarto e fecha a porta com um clique suave. Olho para Hugh com desconfiança.

Ele puxa uma cadeira e faz um gesto para que eu me sente também. Diante de mim está uma seleção de cursos universitários, diplomas e certificados.

— Só me escuta — pede.

— Eu sempre te escuto, não sou surda.

— Alice — diz ele, com aquele tom de voz adulto e sério.

— Eu já te disse, não quero fazer faculdade.

— Tem muita gente — continua ele, repetindo as palavras que tantas vezes repeti. — Novos lugares, coisas novas, professores e palestrantes horríveis em posições de autoridade te dando ordens. Você odeia que te deem ordens. Gosta do que é familiar, quer manter as coisas simples, gosta de estar no controle, gosta da cafeteria onde trabalha — completa ele, expondo meus verdadeiros medos.

Hugh deixa tudo isso pairar no ar por um momento. Ele entende, eu sei, agora é minha vez de ouvir.

— Mas você tem 18 anos e não pode viver assim para sempre. Ninguém pode ficar no meio do caminho para sempre, Alice. A faculdade é totalmente diferente da escola. Você é adulta, pode ir e vir quando quiser, pode se sentar sozinha nas aulas, pode sair do campus pra almoçar, pode fazer o que quiser, ainda pode trabalhar meio expediente na cafeteria… na verdade, vai ter que fazer isso… mas vai para a aula, faz seus trabalhos e consegue seu diploma.

— E depois?

— E depois você pode ir.

— Pra onde?

— Pra qualquer lugar. Pra onde você quiser. Longe daqui. O diploma é a sua passagem para onde quiser ir. O mundo é seu parquinho.

— Eu não brincava em parquinhos nem quando era criança.

— Pois deveria experimentar.

Essa é a diferença entre nós dois. Ele experimentaria. Veria se gostava. Ele é aberto, eu sou fechada. Ele chama de "meio do caminho", eu chamo de segurança. Está preocupado comigo, está sempre preocupado. Não sou ambiciosa como ele, não tenho motivação. Não tenho hobbies, paixões, amigos ou uma ideia do que quero fazer, muito menos de quem quero ser. Sou melhor em me esconder, em ficar em casa, em me manter longe. Fico sozinha e não divido nada com ninguém. Me escondo pelas sombras. Ele quer que eu seja a minha melhor versão, sendo que já é difícil o suficiente apenas existir. Olho por cima do ombro dele para uma nova cor que surge. Não é uma de suas cores habituais e se move de forma diferente. É como uma mistura de concreto, lenta e espessa, com uma consistência lamacenta de mingau. Deve ser pesado; um peso crescente em seu ombro.

Ele se volta para onde estou olhando, para o nada acima de seu ombro, e depois olha para mim.

— O quê?

— Você precisa de uma massagem.

— Eu sei, meu ombro está me matando — comenta ele, começando a apertar o local com força. — Você consegue ver?

— Aham. — Pego um folheto ao acaso. Não quero ser um fardo. — Tá bom. Vou dar uma olhada nisto.

— Talvez você pudesse ser massagista — diz ele, alongando os ombros.

— Sim, uma massagista que não encosta em ninguém.

— Então assistente de massagista ou, melhor ainda, chefe. Você manda os massagistas fazerem o trabalho manual e só identifica onde dói.

Ele está brincando, mas sua percepção sobre minha capacidade de distinguir dor me machuca.

— Que tal um trabalho onde eu possa identificar a alegria?

Nenhum de nós consegue pensar em nada assim.

Ollie chega em casa às três da manhã e me encontra sentada no sofá, no escuro, olhando para a porta, esperando por ele. Lily ligou para o apartamento, chateada para dizer o mínimo, mas Hugh tinha saído com Poh. Ela queria que ele fosse confortá-la, conversar com Ollie, resolver a briga mais uma vez. Em vez disso, vim eu, relutante. Ele está vestindo uma jaqueta da Canada Goose e tênis. A jaqueta custa mais de mil euros e é idêntica à que ele deu de presente para Lily na manhã de Natal, junto a um maço de dinheiro enfiado em uma caixa de bombons.

Ele fica assustado ao me ver e depois disfarça com a bravata de sempre.

— Oi, aberração.

— Oi, traficante — respondo.

Ele bufa, vai até a cozinha e começa a bater portas. Quando passa por mim, estremeço. Meus braços se arrepiam, os pelos todos de pé. Meu irmão mais novo me deu um medo frio.

— O que você fez?

Ouço o tremor em minha voz. Ollie também. Ele aparece na porta, os olhos sombrios, se deliciando com meu medo como faz com as fatias de presunto na mão.

— Do que você está falando, aberração?

— Ollie — digo, tentando apelar para o seu lado humano, não para a energia monstruosa que emana dele como vapor.

Ele está louco — não de drogas, de alguma outra coisa, algo visceral e cruel, uma adrenalina perversa.

— Se alguém perguntar, fiquei em casa a noite toda.

Ele enfia o presunto na boca, com os olhos nublados, e sobe para se deitar.

Eu me sento na primeira fila, ao lado de Hugh, onde fiquei todos os dias do julgamento de Ollie, e observo a mulher hipnotizante diante de mim, suas cores como uma luminária de lava. Grandes bolhas azul royal se movem devagar para cima e para baixo, em meio a uma névoa de amarelo lógico. As bolhas sobem, mudando de forma lenta como glóbulos mutantes, e depois voltam para baixo. Nunca vi nada parecido, cativante por sua precisão e controle. Uma bolha de cada lado da cabeça, se movendo na mesma velocidade, mas em direções alternadas, sempre se encontrando bem no meio ao mesmo tempo, como uma gangorra. O azul royal é uma cor na qual aprendi a confiar ao longo do tempo, visível em líderes naturais que buscam justiça e igualdade, e reconheço o tom de amarelo no entorno de alunos estudando, se esforçando. Os movimentos das manchas azuis podem ser fluidos e mudar de forma, mas são cuidadosos e controlados. Sinto que esta é uma energia que busca lenta e metodicamente a verdade. A balança da justiça. O que faz sentido, já que a dona das bolhas é a juíza Catherine Radcliffe, que preside o julgamento de Ollie.

Lily não vem. É demais para o seu estado frágil; ela nunca foi do tipo que sacrifica um pouco de si mesma pelo bem de outra pessoa.

— O que você acha? — Hugh me pergunta de vez em quando.

Ele não está se referindo às palavras que são discutidas pelos advogados, uma linguagem própria que ele consegue entender. Meu trabalho é observar as cores de todos enquanto nós nos agarramos à esperança de que a vida do nosso irmão será salva.

— Ela é justa.

Decido isso logo no início, e compartilhamos um olhar de mau pressentimento, porque ambos sabemos que isso significa que Ollie está condenado.

Ollie e um cúmplice invadiram uma casa e ameaçaram os dois ocupantes com um taco de beisebol antes de submetê-los a um "longo ataque aterrorizante". Ollie atacou enquanto seu cúmplice roubava a propriedade. Não foi seu primeiro crime. De forma alguma. A juíza diz que ele representa um risco para o público e que aquele era um crime tão grave que não há outra opção senão mandá-lo para o reformatório juvenil por dois anos, até completar 18 anos, quando então será transferido para a prisão masculina para adultos. A pena, diz ela, reflete a gravidade do crime e o efeito que teve nas duas vítimas desde os acontecimentos.

Sua justiça decide que Ollie seja condenado a um total de seis anos e nove meses por agressão e roubo. Não sei. Suponho que seja justo para o outro lado.

Ollie está olhando para o chão. A ponta das orelhas grandes demais está rosada, assim como suas bochechas. Ele é alto e magro, ainda não se tornou o homem que será, nem física nem mentalmente. Ele nem sabe quem é. Vai cumprir pena pelos atos de uma versão passageira de si mesmo. Ollie não reage quando a sentença é anunciada. A princípio me pergunto se ele ouviu, mas, conforme as palavras são absorvidas, suas cores se revelam em redemoinhos tempestuosos. Nenhuma cor boa; relâmpagos de raiva metálica, uma verdadeira tempestade. Nada que sugira remorso ou arrependimento, embora eu procure, torça por isso. Há apenas raiva e um tipo diferente de arrependimento: por não ter escapado impune.

É só quando é algemado e conduzido para fora que Ollie olha para Hugh. Quando observo seu rosto, vejo o garotinho brincando no chão com os bonecos, desesperado por atenção e amor. Então ele olha para mim e sua expressão endurece. Ele se empertiga ao ser levado embora.

Eu nunca consegui lhe dar conforto. Ou, neste caso, um álibi.

Lily reclama de dores na lombar, primeiro culpando o banco duro do trabalho. É mais ou menos na época da prisão de Ollie e o estresse a está afetando, está afetando todos nós, então atribuímos as dores a isso. Nós ignoramos as reclamações, ignoramos Lily por um tempo enquanto nós nos concentramos no mais importante. Ela tem a tendência de se colocar em primeiro lugar no meio do drama de outra pessoa, e temos coisas mais importantes com que nos preocupar. Só depois, quando ele é preso e ela continua reclamando, é que ela vai ao médico. Precisa insistir algumas vezes até que os médicos realmente a ouçam e a encaminhem para a lista de espera das consultas que precisa fazer.

O diagnóstico é de uma infecção na coluna, que acaba se revelando um tumor tão grande que está enrolado na coluna dela como um enfeite em uma árvore de Natal. Em termos de cores, é como uma fruta podre, uma banana machucada, de um marrom enferrujado.

É um linfoma de Burkitt, descobrem após uma cirurgia na coluna, um tipo de linfoma não Hodgkin.

Eu me questiono por que não vi isso com mais clareza. Estava concentrada em Ollie, sim, estava concentrada em Hugh, sim. Estava até tentando me manter minimamente sã. Mas Lily... Eu parei de olhar e parei de ouvir. Era como se ela tivesse feito tanto barulho na minha cabeça que aprendi a conviver com o ruído branco. O que eu havia me tornado para ser capaz de reconhecer a dor de todos, menos a dela?

Ollie está na prisão, Hugh aceitou uma vaga de professor em Doha, eu estou aqui.

Ela faz dez rodadas de quimioterapia, terminando com uma punção lombar em três pontos, além de quimioterapia na região do cóccix, subindo pela medula espinhal ao redor da cavidade cerebral. Depois disso, faz meses de fisioterapia para conseguir engatinhar, sentar-se. Eu cuido dela, ajudo. Na primeira vez que a levo até a banheira para um banho, ela chora. Não é um trabalho fácil e tranquilo; é estranho e cheio de problemas. Eu a machuco quando belisco sua pele sem querer, quando a seguro pelo lugar errado, quando bato na lateral da banheira, na parede ou no canto pontudo do porta-papel higiênico.

É difícil para nós duas. À noite eu choro também.

* * *

— Não posso fazer isso com você — diz Hugh, parecendo incomodado, com o cabelo bagunçado como se tivesse brigado consigo mesmo.

Ele vai se casar amanhã com Poh, algo rápido no cartório, porque não podem morar juntos em Doha se não forem casados. Ambos conseguiram empregos em uma escola internacional de lá, ensinando inglês. Vão morar perto de uma refinaria de petróleo, em uma casa com piscina, ganhando o triplo do que receberiam aqui, economizando dinheiro suficiente para voltar, comprar uma casa e ter filhos. Eles nos avisaram do casamento em cima da hora, embora já devessem saber há algum tempo. Estaremos apenas eu, Lily e os pais e irmãos de Poh. Vou às compras com Lily para procurar roupas bonitas para nós duas. Tentar manobrar a cadeira de rodas dela em meio a butiques e lojas de departamentos nos deixa ao mesmo tempo com calor e incomodadas. Encontrar algo que caiba em seu corpo transformado a leva ao limite. Sinto como se estivesse fazendo compras com uma adolescente cheia de hormônios. É difícil para nós duas.

— Sinto que estou te abandonando de novo.

— Você não está me abandonando. Tem um emprego em Doha te esperando. Ollie está na prisão.

Ele estremece ao ouvir isso, incapaz de suportar. Aposto que ele não conta a ninguém sobre Ollie.

— Estou aqui, Hugh, é a única opção sensata. Já decidi.

— Mas isso não deveria estar acontecendo, Alice, que bosta. Você deveria estar estudando.

— Por favor, não me diga o que eu deveria estar fazendo agora — respondo com firmeza.

— Foi mal.

Ele gira lentamente a caneca de cerveja em cima da mesa, antes de continuar:

— Você recebeu as informações que te enviei sobre ensino remoto?

— Sim, vou ver.

No momento estou tão cansada que, quando Lily vai para a cama, a única coisa que consigo fazer é dormir. Não consigo me imaginar estudando.

— Poderíamos conseguir uma cuidadora — diz ele. — Não precisa ser você o tempo todo.

— Já conversamos sobre isso. Não temos dinheiro pra isso. Ela não tem poupança, e eu menos ainda.

— Você tem 19 anos. Ninguém tem poupança aos 19 anos.

— Você tinha.

Nós sorrimos.

— Bom, sim. Ninguém normal tem poupança aos 19. É o que Poh diz. Ninguém se organiza tanto assim. Eu deixo ela louca.

— Ela é louca por você. De qualquer forma, você tinha que fazer isso. Tinha que se organizar, ou nunca teria saído daqui.

— O plano era levar você comigo.

Ele está se autoflagelando, de novo e de novo. Só posso aguentar até certo ponto antes que as emoções comecem a me invadir. Eu preciso que ele me deixe para cima, que me diga que vou conseguir fazer isso, não o contrário.

— E o que eu teria feito? Cavaria em busca de petróleo? — brinco.

Ele tira alguns formulários da mochila e os coloca sobre a mesa. Os dedos estão tremendo.

— Você se qualifica para subsídios. Já pesquisei tudo. Assine esses formulários e mande pelo correio com seus documentos. É uma assistência para cuidadores. É oficialmente o seu trabalho, porque você está sozinha e fazendo isso em tempo integral. Solicitei um subsídio para adaptações na casa em nome da mãe. Você não pode continuar carregando ela por aí, vai acabar com as suas costas assim.

— Que tipo de adaptações?

— Uma rampa, um chuveiro, um corrimão, um elevador de escada. Ela tem direito, tem cartão de assistência médica, e equipamentos essenciais são gratuitos. Ela poderia solicitar uma troca de casa, entrar na lista de espera para um apartamento térreo ou algo assim, tem direito, mas duvido que vá sair daquela casa.

Concordo. Ela nunca iria embora.

Ele coloca outro formulário sobre a mesa.

— Você precisa de uma cópia do passaporte dela para este aqui, e de um comprovante de endereço, este para você, este para ela. Coloquei Post-its nas páginas explicando o que você precisa fazer, essas bandeirinhas adesivas amarelas são onde tem que assinar.

Ninguém pode dizer que Hugh nunca se importou, nunca se preocupou, nunca se sentiu responsável, nunca sentiu o peso. Ele sente tudo e não merece. Ele merece viver.

As palavras nos formulários estão embaralhadas diante dos meus olhos. Não vou conseguir fazer isso. Subsídios e formulários não são meu forte. Pego toda a papelada e a abraço junto ao peito, sabendo que provavelmente vou deixar tudo aquilo acumulando poeira na bancada da cozinha por meses. Eu adoraria que Hugh ficasse. Seria perfeito, o ideal. Ele e eu em casa, seria muito mais fácil. Usando a medicação para estabilizar o humor, Lily tinha menos episódios de mania, mas a quimioterapia bagunçou tudo e ela precisa encontrar novas dosagens. Além disso, está fisicamente mais difícil de cuidar dela.

Eu gostaria que ele não tivesse que ir embora, mas é menos desperdício de vida se eu ficar.

Julgo as pessoas muito depressa pelas suas cores, pelo seu verdadeiro eu oculto; tomo a decisão de se devo investir nelas ou não em um instante. Nunca tento descobrir mais nada sobre elas, conhecer a parte externa, ajudá-las ou sequer entender por que são como são por dentro. Mesmo sabendo mais do que a maioria, reconheço que aos 8 anos já estava com preguiça das pessoas, da interação humana real, e meu crescimento foi atrofiado. É o oposto de todos os outros; a maioria das pessoas começa a conhecer alguém superficialmente e passa um tempo para ganhar confiança, para descobrir o que está no fundo. Essa é a parte divertida, talvez. Só quando chegam lá e descobrem o que tem dentro é que decidem se gostam ou não. Leva um ou dois anos, talvez uma década ou duas. Mas eu sei na mesma hora.

As pessoas também têm partes adoráveis, sempre partes tão agradáveis e atrativas. Elas podem irradiar felicidade e contentamento, força e solidez de seu âmago. Pessoas que fariam bem para você. Daria, da cafeteria, que escreve mensagens positivas nos copos para viagem; o sr. Ganguly, o vizinho, que canta Tom Jones quando está cuidando do jardim. A neta dele, que parece uma bolinha cambaleante e ri sem parar ao descobrir tudo pela primeira vez. E as conversas entre os dois são pura alegria.

É isso que você quer vivenciar, fazer parte. Pessoas que fazem você querer estar em sua presença e ser melhor.

Mas você não pode apenas observar, ficar parado ao redor como uma peça sobressalente. Elas têm que querer você também.

Um mês depois da partida de Hugh, um mês cuidando de Lily completamente sozinha, e a sensação é a de que estou me afogando. Me afogando não nas cores dela, mas nas minhas. Me afogando na labuta, na rotina, na solidão, em ceder, em ceder, em ceder.

Cuidadora.

Zeladora.

Engolidora de cuidados, ladra de cuidados, monstra de cuidados.

Devo parecer um daqueles pais zumbis de rosto inexpressivo e olhar fixo que estão presentes, mas não estão *ali* em um parquinho, olhando, sem ver nada, enquanto os filhos poderiam estar rolando em cocô de cachorro e eles não saberiam. Tão inconscientes do que os rodeia; seguindo, não liderando, transformados em animais, ágar vivo em uma placa de Petri, algum experimento social.

Tenho 19 anos, Lily tem 49 e ficará na cadeira de rodas para o resto da vida. Está fazendo fisioterapia, mas as chances não são boas. Hugh está em Doha, Ollie está na prisão, eu estou aqui. Se o primeiro mês foi assim, não vou durar um ano, muito menos dez ou mais. O que me deixa em pânico é olhar para o futuro. Não posso continuar fazendo isso para sempre. Perco o fôlego só de pensar. Para poder aguentar, preciso me concentrar só no momento atual. Então, quando esses momentos, como quando tenho que limpá-la ou vesti-la, são insuportáveis, minha mente viaja para o futuro: uma esperança silenciosa de que tudo isso acabe logo. Mas eu sei que não vai acabar. E aí entro em pânico.

Começo a estabelecer uma rotina. Nós acordamos. Eu dou banho em Lily, coloco suas roupas, nós comemos e então, não importa o clima, saímos. Vamos a parques próximos todos os dias — Johnstown Park, Mellowes Park, Griffith Park, Tolka Valley Park, National Botanic Gardens —, mas com o tempo eles não são suficientes. Conheço cada pista, cada curva, cada trajeto, e temos o dia todo, todos os dias, então por que não nos aventurarmos mais? Pegamos o ônibus para o Patrimônio e Jardins Ormsby e, embora tenhamos que pagar a entrada, vale a pena. De repente, há um novo lugar para explorar.

Minha energia é restaurada pelas cores vibrantes que flutuam na natureza, árvores exóticas trazidas por antigos lordes e damas, mas também por pessoas que não conheço, que não são da minha região. Acho que Lily se sente da mesma maneira, porque não reclama nem quando está ventando, ou frio, ou começa a chover. Nós duas queremos sair de casa, nos distrair, fazer alguma coisa.

Vamos para o parque pela primeira vez em meados de junho. É um dia quente, mas fresco sob a sombra e a cobertura das árvores. Não conversamos. Raramente o fazemos.

Sinto o peito começar a relaxar e só então percebo como meu coração estava apertado. Meu corpo se suaviza, começa a se soltar, os ombros relaxam, as mãos param de segurar a cadeira de rodas com tanta força. Consigo respirar. Levanto o rosto para o céu e respiro. Abro os olhos e sorrio, e quando vejo estamos em uma ponte. Há um degrau antes da ponte, o que significa que não posso levar Lily, ou poderia, se a virasse e a puxasse escada acima, como às vezes tenho que fazer, como se ela estivesse em um carrinho de bebê, mas é difícil com uma cadeira de rodas tão pesada, e desta vez não faço isso. Um espaço onde ela não pode entrar só se torna ainda mais atraente. Minha visão é atraída para a paisagem diante de mim. Um roseiral em plena floração, banhado em cores gloriosas.

As flores desabrochando fazem meu coração florescer também. Passeio pelo labirinto e passarelas entre os canteiros de rosas, sob os arcos das rosas trepadeiras. Não sei nada sobre flores, mas sei que são lindas. Sei que são vivas, que são saudáveis, que são bonitas, que são puras, que são orgulhosas de sua beleza; são como gurus da natureza, erguendo a cabeça para o sol, altivas.

Não apenas as cores das pétalas, mas as auras também são sublimes. Abro caminho por elas, estendendo a mão e tocando as pétalas aveludadas com as pontas dos dedos, desejando suas energias.

Lily olha desconfiada para mim do outro lado da ponte, deixando claro que acha estranha minha expressão de alegria.

— Você quer vir?

— Não. Pode ficar tranquila.

No caminho para casa compro um buquê de flores no posto de gasolina. Percebo que essa é a energia que falta em nossa casa.

Não consigo ver a energia das pessoas pela televisão. Lily me provoca por conta das minhas reações; como dou risadas tão altas que não consigo respirar e choro tanto que fico com o peito doendo e os olhos ardendo. Mesmo que a atuação seja uma enganação em si, não há cores ao redor dos atores para me distrair ou sugerir que estão me enganando. Consigo acreditar neles. É ao mesmo tempo uma fuga e uma armadilha.

É domingo, Lily está em frente à TV assistindo a uma partida de futebol. Estou na cozinha tentando reviver uma planta que insiste em morrer até quando está na janela e a rego todos os dias. É a terceira planta que mato.

— Olha aí o seu amigo — comenta ela.

Eu a ignoro.

— Alice!

— Que foi? — retruco.

Não sou eu que estou matando essas plantas, devem ser ela e suas más vibrações.

— Seu amigo está na televisão.

— Quem?

Entro na sala carregando o vaso, que pinga água suja de terra da base para o carpete. Solto um palavrão.

— Aquele rapaz da escola.

É uma partida de futebol, então suponho que ela esteja se referindo a alguém na arquibancada. Examino a multidão em busca de um rosto familiar, sem encontrar ninguém. Finalmente ouço o comentarista dizer:

— *Gospel Mkundi. Nascido e criado em Dublin. É só a terceira vez que ele entra como titular, mas sua estreia recente revelou que é o novo talento do Crystal Palace.*

— *Com certeza* — concorda o segundo comentarista. — *Gospel tem se mostrado um jogador de muita habilidade, com um ritmo alucinante e notável capacidade de drible. Certamente um dos jogadores mais promissores do time. Prevejo grandes coisas para ele!*

Gospel corre pelo campo com seu uniforme azul e vermelho, arrumando o cós do short na sua posição de centroavante. Ele olha em volta, se localizando, se preparando, dando apenas uma rápida olhada para o estádio com vinte e cinco mil espectadores. Ele pisca um pouco, uma, duas vezes, nada como antes, sem tiques na cabeça ou nos ombros. Ninguém além de mim notaria.

— Meninas, vocês três vão dividir este quarto. É um quarto bom, perto da cozinha, com cheiro de pão fresquinho todas as manhãs — diz Glória na minha primeira manhã na Academia. — Vocês vão conhecer o chef Alan, ele faz magia na cozinha. Bolos, donuts, tortas… Tudo que puderem imaginar, ele sabe fazer.

Todas nós olhamos pela janela como se esperássemos ver os pratos alinhados ali, mas só vemos o telhado feio e plano de uma cozinha e encanamentos.

— Vou deixar vocês se ajeitarem e se apresentarem. O diretor vai cumprimentar todos os alunos no refeitório daqui a uma hora, então podem descansar até lá.

Nós nos entreolhamos.

— Como vocês se chamam? — pergunta a garota indiana-irlandesa. — Meu nome é Saloni. Sou péssima com nomes.

— Eu também — digo, rindo. — Meu nome é Alice.

— Grace.

Grace é pequena e parece um passarinho, com sardas no nariz e nas bochechas. Parece que pode ser carregada por uma brisa.

Saloni escolhe o beliche de baixo, Grace fica com o de cima, o que me deixa com a opção de escolher a cama de cima ou a de baixo do segundo beliche. Escolho a de cima. Sem discussões, sem drama, sem gente doida — pelo menos por enquanto.

Durante a noite, ouço um baque e um estalo quando Grace cai no chão entre os dois beliches. Saloni acorda e dá um grito ao ver Grace deitada no chão, em um ângulo estranho, gemendo.

— Ai, meu Deus — grita Saloni. — Acende a luz.

Tento descer o mais rápido que consigo, sentindo que estou me movendo em câmera lenta enquanto procuro a escada para descer do beliche, toda desajeitada. Tateio ao longo da parede em busca do interruptor e levo um momento para me ajustar à luz e focar os olhos em Saloni, ajoelhada ao lado do corpo torto de Grace.

— Pede ajuda! — comanda Saloni, e eu atravesso o corredor silencioso às pressas até o dormitório da orientadora.

Não durmo o resto da noite, nem por um segundo. E também não estava dormindo quando Grace caiu. Estava bem acordada, me acostumando aos novos sons da escola, e ouvi o rangido da cama de Grace quando ela se sentou, depois ficou de pé e se jogou lá de cima.

Observo Grace recebendo a gentileza e a atenção de todos na cantina. Alguém se oferece para carregar sua bandeja, uma mesa de meninas a convida para se juntar a elas, todos sabem o nome dela na hora. Ela parece se deleitar com aquilo.

— Aposto que ela quebrou a própria perna só para chamar atenção — diz uma voz atrás de mim.

Eu me viro para encontrar a origem da voz e encontro um cara bonito, com enormes olhos castanhos e cílios intermináveis, alto e forte. Então ele pisca uma, duas vezes, tem um tique, depois joga a cabeça para trás e solta um grunhido como um cavalo relinchando. O movimento é tão violento que parece doloroso. Aí ele volta ao normal. Não explica nada sobre os gestos, e suas cores não sugerem nenhum tipo de raiva ou malícia. Sem desculpas ou tentativa de se explicar, ele continua observando Grace.

— O que ela vai fazer quando a perna sarar? — pergunta ele.

— Quebrar a outra — respondo.

Ele ri, depois se contorce, os ombros se movendo em tremores rápidos, depois uma, duas piscadas. Ele joga a cabeça para trás novamente e grunhe.

— Quer sentar comigo no almoço?

Gospel me diz para encontrá-lo atrás do ateliê de cerâmica. Dizem que o trabalho com argila tem um efeito calmante nos alunos; eles colocam um bloco na roda de moldar e nos observam entrar em um estado de foco zen, na esperança de que ocorra uma metamorfose cognitiva. Não funciona para todos. Não funcionou para Josh Dabrowski, que teve um siricutico e jogou seu vaso que parecia um cinzeiro pela janela.

Ninguém nunca vem para cá. Os alunos se reúnem em muitos lugares proibidos, mas esta área é simplesmente um daqueles lugares que são só nossos. Tem vista para as vacas que ficam em um pasto vizinho, que não é propriedade da escola. Gospel, dependendo do humor, tenta disparar mísseis contra elas, e eu o ignoro: quando está nesse estado de espírito, não há o que fazer. É também o lugar a que ele vai para fumar maconha — e funciona, um verde envolve as outras cores, o acalma, controla seus tiques.

Ele atravessa os campos esportivos carregando uma caixa. Ele tem uma energia boa e nós ficamos amigos de imediato. Gospel é parte irlandês, parte zimbabuense, nascido em Tallaght, no sul de Dublin. O pai é um analista de informática do Zimbábue. A mãe é enfermeira no hospital do bairro. Ele ama a família, que o mandou para a Academia Clearview para ajudá-lo. Ele veio para cá para receber ajuda, o que parece o oposto da minha situação. Fui mandada embora. Sinto que fui descartada. Encontro os pais dele nos fins de semana, durante as visitas; eles já até me convidaram para jantar em uma churrascaria. Gosto de ouvir Gospel falar da vida dele, em vez de falar da minha, mas ele tem informações suficientes para saber que, ao contrário dele, não vim aqui exatamente por vontade própria. E, agora que estou aqui, não quero ir para casa.

— Ei, desculpa pelo atraso, tive que esvaziar essa caixa primeiro e o Nigel não me deixou colocar minhas coisas na mesa por causa do TOC, então tive que guardar tudo exatamente no lugar e na direção do espectro de luz visível certos pra ele não surtar. Eu achei que ciano era que nem coral, não?

Dou uma risada.

— Você trouxe quadrinhos — digo, enfiando a mão dentro da caixa.

— Sem encostar; alguns são edições especiais limitadas. Vou explicar, mas primeiro preciso fazer uma coisa.

Ele coloca a caixa pesada no chão, senta-se na grama e acende um baseado.

Vou me sentar mais longe para que a fumaça não grude nas minhas roupas e fico observando. É hipnotizante observar os amarelos ansiosos de Gospel se suavizarem conforme o CBD começa a fazer efeito. Ele encontrou o equilíbrio certo agora; Nigel, seu colega de quarto, é o fornecedor. Nigel (que tem agorafobia e TOC) mal sai do quarto, a menos que fume maconha. Embora a síndrome de Tourette faça parte de Gospel, consigo ver quem ele é quando está assim; o Gospel tranquilo, com menos tiques e mais controle sobre si mesmo. A maconha não é como os comprimidos que vi Lily tomando nem como os outros remédios para depressão ou ansiedade que sei que outros estudantes tomam. Não envolve o humor com uma névoa relaxante, disfarçando-o para enganar a pessoa; em vez disso, a maconha elimina por completo o humor, as ansiedades literalmente desaparecem — pelo menos por um tempinho, dando às pessoas espaço para recuperar o fôlego. Nunca fiquei tentada a experimentar porque preciso estar no controle. Não consigo imaginar estar tão relaxada a ponto de caminhar direto através de cores que poderiam se grudar a mim e alterar meu estado, mas é relaxante me sentar e observar um amigo se transformar para melhor.

— Está funcionando — digo, sorrindo, enquanto ele fica de um marrom terroso.

Sempre me perguntei por que as pessoas dizem que estão "na brisa", quando na realidade elas parecem criar raízes.

Ele encosta a cabeça na parede e fecha os olhos por um momento, aproveitando a sensação de estar livre, não mais um prisioneiro em um corpo que não lhe obedece.

— Ok, vamos trabalhar. Sou fã de quadrinhos, você aprende algo fascinante sobre mim todos os dias. X-Men, Homem-Aranha, Superman, Batman, Os Vingadores… todos os óbvios e muitos outros que você não conhece. Não vamos falar de todos, mas, basicamente, existe uma lógica de super-herói, tipo um algoritmo, que todos seguem.

— Certo — digo devagar, sem entender por que Gospel está me contando isso, mas feliz por ele compartilhar uma parte secreta de si mesmo comigo.

— O que é um super-herói? — pergunta ele, como se estivesse iniciando uma palestra. — É um personagem que tem habilidades além das de pessoas normais. *Que nem você*. Alguém que usa seus poderes para ajudar o mundo a se tornar um lugar melhor, para combater o crime e proteger as pessoas comuns. *Que. Nem. Você.*

— Gospel! Eu não sou uma super-heroína.

— Responde sim ou não: no primeiro mês que te conheci, você bateu ou não no pau de um pedófilo no parquinho com um capacete de bicicleta?

Dou risada.

— Sim, eu fiz isso.

— Então. — Pisca, pisca, se contorce, joga a cabeça para trás e grunhe. — Continuemos. Cada super-herói tem três características: um superpoder, uma fraqueza e um arqui-inimigo.

— Já posso dizer quem é meu arqui-inimigo: o sr. Battersby. Estou brincando, mas ele está levando isso muito a sério.

— Espera, ainda não chegamos lá. Então, o superpoder. Homem-Aranha, bem, ele tem um intelecto genial, é um cientista e inventor, tem força, velocidade, equilíbrio e resistência sobre-humanos, além do sentido aranha precognitivo e da habilidade de teia. Sua fraqueza é o pesticida cloreto de etila e o arqui-inimigo é o Duende Verde.

Observo seu rosto, tão animado, enquanto ele discorre sobre os traços do Super-Homem. Achei que o melhor fosse a cara de concentração dele, mas talvez seja o seu entusiasmo, a sua paixão. As energias cor de mel fluem como líquido ao seu redor, e penso no Ursinho Pooh com seus potes de mel.

O sinal para o almoço toca, nós ignoramos.

— Por que estamos fazendo isso?

— Porque estive pensando em você. Bastante.

Meu coração dispara, um frio surge na minha barriga.

— Seu superpoder é ver as cores das pessoas, ler energias e humores. Você sabe se alguém está mentindo ou sendo sincero, se alguém está... — Pisca, pisca, se contorce, joga a cabeça para trás e grunhe — ... doente, com problemas mentais, grávida ou sei lá mais o quê. Você sabe. Você consegue descobrir essas coisas antes mesmo das próprias pessoas. Você conhece os segredos delas. Todos são completamente transparentes sob o seu olhar.

— Não sei como isso é uma força — digo.

— É informação, para começar. Seu ponto fraco é...

Ele me olha como se esperasse que eu soubesse as respostas.

Dou de ombros.

— Ver cores? Elas me dão enxaquecas, me obrigam a usar óculos.

— Não. Sua fraqueza é o medo de que as energias atinjam você. Você não toca em ninguém, não deixa ninguém tocar em você.

Aqueles olhos de novo, aquela voz suave e doce como mel.

— O que nos leva ao arqui-inimigo. O nível de um herói é mesmo dos vilões que ele enfrenta, então o maior super-herói do mundo teria que ter o maior arqui-inimigo. Lex Luthor é o reflexo do Super-Homem, e é isso que faz dele um dos maiores vilões. Então, eu estava pensando no seu reflexo. Você tem empatia, entende as pessoas, sente o que as pessoas sentem, mesmo quando não quer. O oposto disso são os sociopatas, os psicopatas. Alguém sem empatia, sem compaixão, sem remorso, que manipula e encanta, que usa os outros para os próprios interesses.

Apesar do constrangimento, sou toda ouvidos.

— Os super-heróis são atraídos por seu arqui-inimigo. A guerra dura a vida toda: eles lutarão em infinitas batalhas, e o herói vencerá, mas o inimigo estará na vida dele para sempre.

— Tudo bem, já entendi. Então a academia é a Mansão X e todos nós, os alunos, temos poderes especiais.

— Eu não sou um super-herói. Tenho um transtorno de tique crônico. Nem estou aqui por causa disso, estou aqui porque os tiques me dão tanta raiva que jogo móveis na parede.

— Eu quis dizer por causa da sua beleza preocupante e das habilidades futebolísticas.

Ele sorri, mas não se deixa afetar pelas minhas tentativas de mudar de assunto.

— Você tem que me ouvir, Alice. Estou falando sério. Se o seu arqui-inimigo é um reflexo seu, então, de certa forma, é parte de você. Você vai ser atraída por ele para o resto da vida, enfrentando constantemente essa batalha, às vezes vencendo, mas sem nunca acabar com a guerra. Arqui-inimigos são charmosos e inteligentes, mestres na manipulação, e vão te manipular de novo e de novo, esperando que o mal triunfe sobre o bem, nunca desistindo até que isso aconteça. Eles são tão espertos que você talvez nem saiba quem são. E neste momento você não se importa porque nem sabe a força que tem. Você odeia seus poderes, quer que desapareçam. E vai deixar um arqui-inimigo fazer isso com você porque quer destruir sua habilidade e se autodestruir.

Não estou mais sorrindo. Ele também não.

Gospel está tão preocupado comigo que mal teve tiques durante todo o discurso. Está usando seu uniforme de futebol, as pernas longas e musculosas, os ombros largos, os olhos profundos e sonhadores. Ele se preocupa de verdade comigo, atravessou o campo carregando uma caixa com coisas que são muito importantes para ele porque pensou em mim. Eu me aproximo dele, quebrando a distância natural que mantenho das pessoas.

Simplesmente sentar ao lado dele parece íntimo. Eu toco seu rosto.

A sensação da pele de alguém sob meus dedos é nova e perigosa. Mas eu confio nele.

Passo o dedo em seus lábios, ele o beija e espera. Espera para saber que está tudo bem, e então nós nos beijamos.

Meu coração bate forte assistindo a Gospel em campo. Atacante do Crystal Palace. Ele conseguiu. Seus pais devem estar muito orgulhosos, e eu os imagino em algum lugar no meio da multidão, torcendo por ele como faziam nas laterais de cada partida na academia. A mãe baixinha e o pai alto estavam lá todos os domingos para visitá-lo. Ele parece bonito, musculoso, forte. Lindo. Impressionante, como sempre foi.

Ela está olhando para mim.

— Quê? O que você disse?

Estou de volta a esta sala, a esta casa, com ela. Na cadeira de rodas. Com uma planta moribunda pingando na minha mão. A roupa precisa ser passada e os lençóis, trocados. Preciso ligar para um encanador para consertar o vaso entupido. Talvez ela veja algo em mim morrer.

Lily pensa um momento e depois diz:
— Nada.

Compro outra planta no mercado. É uma aloe vera. Estou determinada a não matar esta. Não gosto de buquês; são lindos, mas, assim que as flores são cortadas, seu suprimento de nutrientes é interrompido e elas já começam a morrer. A energia podre delas paira pela casa como um cheiro ruim. Já tentei, mas não consigo exibir e admirar a morte em minha casa. As plantas, por outro lado, estão no solo, vivas e respirando.

Coloco a nova planta no parapeito da janela da cozinha.

— Olá. Meu nome é Alice e não vou te matar — digo, mais como uma afirmação para mim mesma.

Uma energia laranja aparece ao redor das folhas, como um botão se abrindo e fechando rapidamente antes de desaparecer por completo.

— Ah — digo, surpresa. — Você gosta que eu fale com você, não é?

A laranja é mais forte, maior, se abre como uma flor grande e depois se fecha de novo.

Tento outra coisa.

— Você é uma planta linda. Que lindas as suas, hum, folhas, como chamamos isso?

Passo os dedos com delicadeza pelas folhas longas e pontiagudas.

Mais explosões de florações alaranjadas. Elas abrem e fecham, um *time-lapse* de flores desabrochando antes de desaparecerem novamente.

— Puta merda — sussurro. Eu me inclino até o nível da planta. — Vou te chamar de Vera.

* * *

Tento outra coisa naquele dia, um tipo de experimento.

Lily está assistindo à TV. Ela não fuma desde a quimioterapia. Disse que o tratamento afetou suas papilas gustativas e que a fumaça era nojenta.

— Há quanto tempo está sem fumar? Quase um ano?

— Sim, por aí.

— Que ótimo. Você deve estar orgulhosa de si mesma.

Ela me olha com desconfiança.

— Quer dizer, você fumou toda a minha vida, pelo que me lembro, e olha agora: está livre do cigarro. Muito bom.

Estou falando sério, mas as palavras saem robóticas. Não estamos acostumadas a falar assim uma com a outra.

— Vai se foder, Alice — diz Lily, e se volta para a TV.

Eu observo suas cores em busca de florações em *time-lapse*, toques de rosa, uma grande exibição de fogos de artifício ou um leque de orgulhosas penas de pavão.

Nada.

Rio sozinha e volto a passar roupa. Pelo menos me animou.

Aprendo a manter Vera viva dando ouvidos a ela. Quando acho que é hora de regá-la, geralmente não é. Ela é uma planta resistente, gosta de seu lugar no sol e precisa de muito pouca água, como se estivesse ocupada demais para essas coisas, ocupada demais olhando pela janela para nosso jardim malcuidado. Ele não parece desanimá-la tanto quanto a mim; Vera cresce em direção a ele, como se esticasse suas folhas compridas para pintar, tocar o vidro e dizer: veja, observe lá fora.

Ela me faz olhar lá fora. Para a grama irregular e alta, com buracos em alguns lugares. As ervas daninhas, a cobertura crescendo por cima da cerca perfeitamente mantida dos Ganguly. Vera aponta e eu vejo. O que me faz querer que a vista dela seja melhor. Então começo a trabalhar no jardim. Lily me observa da porta, pensando que perdi a cabeça. Ela me ouviu conversando com a planta, o que faço agora sem constrangimento. "Bom dia" pela manhã, comentários sobre o clima, todo tipo de conversa dirigida a Vera enquanto Lily revira os olhos. Às vezes ela inclui Vera nas conversas para me irritar, tipo:

— Ah, Vera, acho que hoje alguém levantou com o pé esquerdo. Ou:

— Veja só, Vera, parece que hoje vamos comer botas velhas em vez de bife de novo.

Cuidar do jardim é caro e exige tempo e paciência, coisas que não tenho. Eu me concentro primeiro na grama, tentando trazer o solo de volta à sua plena saúde. Finalmente conseguimos as reformas de que precisamos na casa. Lily não vai ao quintal há mais de um ano e mesmo assim não sei por que ela saía; para fumar, talvez, mas em geral ela fazia isso dentro de casa. A nova rampa significa que ela sai e observa, na maior parte do tempo fazendo comentários irritantes.

No início, odiei a companhia dela no jardim. Comecei a fazer isso para sair de casa, para fugir dela. Sua presença não é nada calmante: estremecendo a cada brisa como se fosse derrubá-la, golpeando todas as criaturas voadoras que se aproximam dela como se fossem matá-la. Lily não foi feita para ficar ao ar livre. Ela aponta coisas que fiz de errado e espaços que deixei passar.

Os pássaros comem as sementes da grama nova e o quintal permanece tão pantanoso quanto antes, mas acabo conseguindo, me concentrando na terra com uma atenção quase obsessiva. No final tenho um gramado vibrante, impossivelmente verde, de aparência quase radioativa e irreal. Cada folha de grama tem comprimento perfeito e padrão, como se eu tivesse me ajoelhado e cortado com uma tesoura. Até Vera, já grande, toca a vidraça com a ponta da folha e parece dizer: "Agora sim".

Lily examina o jardim, o rosto enrugado por causa do sol.

— E aí? — pergunto.

Não há falhas no meu gramado, ela não consegue encontrar nada com que implicar. Não há buracos, nem espaços vazios, nem poças de lama, nada.

— Precisa de flores — diz ela.

Vejo Dave quase todos os dias. No supermercado, no parque, no ponto de ônibus. Às vezes parece que somos as únicas pessoas que utilizam os espaços públicos enquanto todo mundo está trabalhando; a invisível camada diurna da sociedade composta principalmente por idosos, desempregados e mães de bebês pequenos. Ele também é cuidador e está sempre com o irmão Christopher, que tem transtorno do espectro autista com alta necessidade de suporte e, por isso, precisa de apoio e supervisão constante. Dave sempre está tão alegre que quase parece irreal, mas suas cores não sugerem falsidade. Na verdade, as cores dele não sugerem muito, o que o torna uma figura bastante enigmática. Ele tem uma cor predominante — cinza —, mas que aparece em pelo menos quatro tons. Já vi cinza nas pessoas, para o bem e para o mal. A opção ruim significa depressão ou desonestidade. Cinza é uma cor comum, mas os tons dele são novos para mim. O que descubro é que esse cinza positivo que o rodeia é uma espécie de neutralidade. Ele se adapta a qualquer situação, sabe chegar a meios-termos, pode ser o que você quiser que seja, consegue se misturar ao ambiente e só estar presente sem fazer alarde.

O pai de Dave faleceu quando ele era jovem, a mãe morreu repentinamente de câncer quando ele tinha 18 anos, e coube a Dave cuidar de Christopher. Em muitos aspectos, me identifico com Dave, mas aquele cinza que paira ao redor dele é como um escudo, impenetrável. Não consigo estabelecer uma troca de olhar por cima da cabeça de Lily e Christopher, não consigo criar um vínculo dessa forma. Ele nunca vai comentar como nossa vida é uma merda e como tudo é injusto, nem se teve um dia ruim ou se algum dia se ressentiu por ter que cuidar de Christopher. Em vez disso, é sempre positividade, pela qual eu deveria ser grata, considerando a atmosfera da minha casa, mas me parece um bloqueio, uma negação. Por outro lado, quem sou eu para criticar um mecanismo de defesa?

— Triste — comenta Lily um dia, ao nos afastarmos dos dois depois de uma conversa sem jeito sobre o clima que durou mais do que qualquer conversa sobre o clima deveria durar.

— O que é triste?

— A vida do rapaz.

É um comentário incomumente empático de Lily e me surpreende. Eu me pergunto se ela acha que a situação é triste para mim.

— Não mais do que é triste para mim — digo, testando.

— Não sou nem um pouco parecida com o irmão dele — diz ela, ofendida. — Você pode ficar em casa, não precisa trabalhar... Está ótima comparada a ele.

Minha raiva pela incapacidade dela de reconhecer meus sacrifícios é imediata, mas mordo com força o lábio. Ela não faz o mesmo; tem que continuar falando sem parar até despejar todas as suas emoções em outra pessoa.

— Às vezes eu me perguntava se você ficaria um pouco como o rapaz, Christopher.

Eu não falo com ela durante o resto da caminhada de volta para casa — nem pelo resto do dia, na verdade. Fico fervendo de raiva. Eu a levanto da cadeira de rodas com mais força do que deveria, jogo a esponja nela com mais força do que deveria. Ela que lave suas partes sozinha.

Para uma mulher como Lily, que nunca aparentou ter qualquer interesse em trabalhar nem qualquer ambição, realmente pode parecer que tirei a sorte grande. Não sei bem o que estaria fazendo se não estivesse aqui com ela. Talvez eu tenha escolhido ficar não porque seja uma santa, mas porque fiquei com medo de todas as coisas que Hugh disse que eu deveria fazer, coisas que eu sabia que não conseguiria. Talvez eu seja mais parecida com ela do que me dou conta. Talvez ela saiba disso, que minha presença aqui está me ajudando a esconder o fato de que, sem estar amarrada a ela, não tenho ideia de onde acabaria. Se é que iria para qualquer lugar, porque talvez acabasse escolhendo mesmo ficar, me afogando com ela.

Lily gosta de passear no parque, mesmo que nunca diga isso. Seguimos uma rotina. O ar puro é importante para mim — a luz do sol, as árvores, tudo isso melhora meu humor. Embora a casa seja um lugar muito mais positivo agora do que jamais foi.

Hoje, algo parece errado. Não sinto a alegria habitual quando saio para caminhar. Minha alma não está sendo alimentada pelo ambiente. Paro de andar e olho para cima. Uma árvore emite uma cor marrom-alaranjada, como se estivesse pegando fogo, mas não há fogo. Não é o marrom terroso comum que dá vontade de colocar para dentro dos pulmões; é cor de ferrugem, e esta não é a única árvore metaforicamente em chamas. Olho em volta e encontro a mesma cor acima de outras árvores do parque.

— Você ainda está aí? — pergunta Lily, sem conseguir se virar para me ver.

Continuo andando, mais rápido agora que tenho uma missão. Vou direto para o escritório do diretor do parque.

— Aonde estamos indo? O ponto de ônibus fica do outro lado.

— Tem alguma coisa errada com as árvores — explico.

Ela resmunga e solta um suspiro.

O diretor do parque atende a porta com uma xícara de chá na mão. Ele coloca o chapéu.

— Oi, querida.

— Olá, posso falar com o responsável pelos jardins?

— Perdeu alguma coisa, foi? — Ele abaixa a caneca e pega um molho de chaves. — Achados e perdidos ficam aqui embaixo.

— Não, gostaria de falar com alguém sobre as árvores.
— Isso seria com Laurence Metcalf, o jardineiro-chefe.
— Onde posso encontrá-lo?
— Ele não está. Tem uma equipe de jardineiros que fica espalhada por todo o parque. Você tem alguma pergunta sobre as árvores, querida?

Ele está começando a achar que sou uma idiota.

— Deixa pra lá — digo, dando ré e me afastando com Lily. — Obrigada.
— O que está acontecendo, Alice? — pergunta ela.
— As árvores não estão bem.
— O que você sabe sobre árvores? — diz ela com um bufo irônico. — Sinceramente, Alice.

Escrevo para Laurence Metcalf, que, para ser justa, responde que apenas três meses antes fez um exame nas árvores da área que descrevi e que elas estão saudáveis.

Respondo pedindo a ele que as examine de novo. Não sou nenhuma arborista, mas as árvores estão doentes. Não consigo ouvi-las gemendo com dor, mas vejo a dor delas. A ferrugem corre das raízes até as copas, enroladas umas nas outras como tranças. Elas estão doentes até a raiz, e a doença está crescendo como fogo.

Apesar da energia que aquele parque em particular suga de mim, continuo o passeio com Lily. Encosto na casca das árvores doentes, na esperança de lhes dar algum conforto.

— Você parece uma maluca, Alice. Para com isso, tem gente vindo — diz ela.

Até que um dia, provavelmente seis meses depois, não podemos seguir pelo nosso caminho de sempre. Os passantes estão sendo desviados devido à derrubada de árvores infectadas.

Vejo fitas laranja nas árvores ao redor.

— *Hymenoscyphus fraxineus* — Lily lê a placa. — Uma doença fúngica. — Ela me olha, surpresa. — Olha só.

Então ouvimos o som de uma motosserra.

— Estão cortando as árvores — comenta ela. — Ah, Alice, você só fez com que elas fossem derrubadas.

— Não teria como curá-las — respondo. — Pelo menos não vão mais sentir dor.

— Me corta.

Um rosnado feroz me acorda. Caí no sono no sofá, assistindo a uma maratona de *Homes Under the Hammer*, um programa de renovação de casas. De repente Lily está ao meu lado, bem na minha cara; como ela conseguiu chegar tão perto de mim, nunca saberei. Ela deve ter se arrastado como uma lesma.

— O quê?

Seu hálito fede a álcool.

— Me corta — repete ela. — Acabe com o meu sofrimento que nem você fez com aquelas árvores.

Eu olho para ela, bem acordada agora, e vejo suas cores sem controle.

— Por favor — diz ela, com as unhas cravadas na minha pele.

Você se esqueceu de tomar os remédios? — pergunto, me levantando e tentando recuperar o controle da situação.

Os dois comprimidos que coloquei na mesa sumiram.

— Sim.

— E o lítio?

Se ela não tomar esses remédios, seus episódios maníacos podem piorar. O lítio é o estabilizador do humor. Já aconteceu antes. O último episódio maníaco dela foi provocado pelo antidepressivo e os médicos tiveram que prescrever um antipsicótico para controlar a mania. Mas não quero que chegue a esse ponto. Preciso apagar o fogo agora.

O lítio também sumiu.

— Faz isso parar — diz ela, segurando meu braço, dessa vez com delicadeza, quase me massageando, implorando para mim. — Por favor, Alice. Acabe com isso por mim. Acabe com isso por nós duas.

Entro em contato com Dave no dia seguinte. Ele fala sem parar de grupos de apoio para cuidadores, reuniões matutinas regadas a chá e café das quais não tenho o menor interesse em participar, mas talvez eu esteja falhando como cuidadora. Quando a pessoa de quem você cuida não quer mais viver, certamente significa que você não está se importando o suficiente. Sou capaz de reconhecer a dor em uma árvore com mais facilidade do que na minha própria mãe. Estou cega para a dor nela; a mesma dor que deu vida aos meus sentidos é agora a única que não consigo mais ver.

Há uma reunião de cuidadores na biblioteca local. Café e bolinho de chocolate, Dave me informa em uma mensagem com muitos pontos de exclamação. Lily tem razão: é triste que bolinhos de chocolate deixem um cara jovem tão animado assim.

— Aonde estamos indo? — pergunta Lily enquanto entro na biblioteca e a empurro pela rampa longa e sinuosa.

— Vamos entrar aqui um minuto — respondo.

Decidi não avisar com antecedência porque Lily tem tanto interesse nesse tipo de coisa quanto eu.

— Por quê? Vai pegar algum livro?

Pegamos o elevador para o segundo andar e, quando abro a porta do local da reunião e vemos as pessoas reunidas à nossa frente, ela me lança um olhar de repulsa.

Dave é superacolhedor, o que me dá nervoso, e não sei por que não consigo me abrir para sua simpatia genuína. Ele me envergonha da mesma forma que um vendedor na loja da Disney. Será que é porque não é real ou porque na verdade é?

Ele me lembra um apresentador de programa infantil, tão otimista e cheio de alegria, tão inocente, gentil e simples, e ainda assim sua vida é tudo menos simples. Ele cuida de Christopher com tanta confiança: estendendo a mão para os olhos dele, para tirar uma remela; afastando uma poeira do cabelo do irmão como se fossem dois gorilas. Christopher é muito gordo, e não sei como Dave consegue lidar com ele fisicamente, mas observo as cores entre os dois, transferindo-se e misturando-se mais do que jamais vi acontecer com duas pessoas antes. É fascinante, eles são tão entrelaçados que parecem gêmeos siameses.

A cor básica de Dave é cinza, mas com Christopher ele troca uma energia rosa. A cor pulsa como um batimento cardíaco, uma entidade viva. Christopher absorve a cor, adiciona sua própria névoa cor-de-rosa, fazendo o coração palpitante crescer, e devolve para Dave, que a aumenta mais e repassa. É o oposto de um jogo de passa-anel; quando a música para, uma camada extra é adicionada a cada vez.

Christopher quer me abraçar.

— Christopher adora abraços. Tudo bem? — pergunta Dave, sem esperar que eu recuse.

Mas eu não gosto de abraços, e Lily sabe disso. Ela me observa com um sorriso torto no rosto, curiosa para ver o que vai acontecer.

Dou alguns passos para trás.

— Não, desculpa, eu não... gosto de abraços — murmuro.

Acabo cara a cara com uma jovem chamada Beatrice, que está cuidando da tia e começa um discurso militante sobre como cuidadores são subestimados e sub-representados. O estresse sai dela em baldes, e gotas coloridas ficam penduradas ao seu redor, como arco-íris capturados pela chuva.

Os movimentos das cores da energia de Christopher são como os de uma água-viva, um movimento suave, para dentro e para fora. Talvez seja a autoconsciência inconstante, Christopher passando da percepção própria para a deriva em outro espaço. Não tem ritmo, apenas para dentro e para fora no seu próprio passo, se segurando por um momento. Christopher está aqui; prestando atenção em Dave, no bolinho de chocolate que come, a atenção apenas no bolinho, então aos poucos a água-viva se movimenta e ele vai embora de novo. Mas quem pode dizer se ele foi embora de verdade ou se simplesmente chegou a algum outro lugar ao qual não temos acesso? Talvez eu devesse tê-lo abraçado, para descobrir onde fica esse lugar ou como é.

Quando vamos embora, minha cabeça está quente e estou suando. Sinto o cheiro do suor nas minhas axilas e torço para ser a única.

— Desculpa por isso — digo, empurrando a cadeira de Lily para fora. — Não vamos mais voltar.

— Eu não me importaria de voltar — diz ela, para minha surpresa. — Ele era simpático, o tal do Gregory. A esposa tem demência. Ela não disse nada. Só ficou lá sentada, com um sorriso de quem sabe o que está fazendo, mas dava pra perceber que não tinha a menor ideia. Os bolinhos eram grátis?

— Ah, sim, acho que sim.

— Ainda bem — fala ela com uma gargalhada, um bolinho surgindo de dentro do seu moletom.

— Ei, Alice — chama Dave, vindo atrás de nós, sem fôlego.

Christopher não está junto. Ele parece diferente sem o irmão. Como um professor fora da escola, um policial sem uniforme ou alguém que você sempre viu de roupas em trajes de banho.

— Desculpa, não consegui conversar com você.

— Tudo bem. — Achei que a gente tivesse conversado. — Desculpa pela coisa do abraço. Eu só não gosto.

— Tudo bem — diz ele alegremente, como se eu fosse a décima pessoa que ele conheceu naquele dia que tem fobia de abraços.

Olho para Lily e desvio o olhar de novo, desejando poder ter um momento de privacidade.

— Eu queria saber se poderíamos nos encontrar novamente. Só você e eu? Christopher fica no centro comunitário às quartas-feiras. Ele entra ao meio-dia e fica até as duas da tarde, toda semana. Se você quiser, podemos colocar o papo em dia.

Seu rosto está corado, de tão brilhante e ansioso que Dave está. Não consigo olhar na direção de Lily, embora ela esteja de costas para mim. Só posso imaginar a expressão no rosto dela. Se eu largasse a cadeira, ela rolaria pela rampa, até lá embaixo, para a calçada e depois, a rua.

— Hum... — Olho para a nuca de Lily e digo, sem jeito: — É, só preciso ver o que posso fazer primeiro.

— Claro, sim. Sem problemas. Você tem meu telefone, então é só mandar uma mensagem, certo?

— Sim.

Ele sorri, revelando covinhas nas bochechas.

— Legal.

Eu não gosto de tocar nas pessoas. Não gosto que as pessoas me toquem. O que torna o sexo difícil, mas não impossível.

Se a pessoa me quer, me quer de verdade, consigo me perder no desejo dela, confundir o dela com o meu, e sou capaz de suportar o toque. Mas, se o desejo for desesperado, como o de Dave, triste, solitário e desesperado, faminto e ganancioso, assustado e temeroso, aí não me desperta alegria. É como alguém abandonando uma dieta para devorar uma fatia de bolo. Esse desejo triste e solitário me alcança e me faz sentir cada pedacinho dele. Não é afrodisíaco; é como se eu estivesse fazendo um favor, em vez de ser desejada.

Faz diferença.

Quando você está nua com um estranho, permitindo que ele vá a lugares que só você pode permitir, essas coisas fazem diferença.

Dave me beija algumas vezes com fome e avidez. Deixo que me toque algumas vezes. Ele agarra e puxa, belisca e aperta como se estivesse ficando sem tempo. Então, quando o toque chegou ao seu objetivo, explico as regras. Chega de me tocar.

Ele assente e se deita, com as mãos para si. Eu assumo o controle.

— Quero fazer fisioterapia — anuncia Lily no dia seguinte, de repente.

Tenho mil perguntas, mas não faço nenhuma. Ela fez o tempo mínimo de fisioterapia no início, o suficiente para conseguir engatinhar. Suponho que não tenha sido pouca coisa, mas, embora os médicos dissessem que Lily nunca mais andaria, o fisioterapeuta queria que ela continuasse. Era um rapazinho animado que insistia que nada era impossível — exceto fazer Lily continuar na fisioterapia, ao que parece. Estou feliz que ela tenha tomado essa decisão, porque, se ela quer caminhar, significa que quer viver.

Recebo uma carta de Laurence Metcalf, jardineiro-chefe do Patrimônio e Jardins Ormsby. Ele me agradece por informá-lo sobre as árvores, diz que fizeram outra varredura e encontraram *Hymenoscyphus fraxineus*, um fungo altamente destrutivo que ataca os freixos. Conta que a instituição foi aceita em um programa de replantio após a doença e que já iniciaram o processo de limpeza do terreno, de remoção das folhas mortas e de replantio de uma espécie alternativa aos freixos. Também me agradece por ter reconhecido a doença das árvores e pergunta como eu percebi tão cedo, mesmo antes dos especialistas. Anexo há um cartão de sócio para os jardins, que me permite cinco anos de acesso gratuito como prova da mais sincera gratidão. Um obrigada das árvores, diz ele.

* * *

Vasos de plantas verdejantes cobrem todos os parapeitos da casa. Eu não matei nenhuma delas. Vera continua viva, observando o crescimento do seu império e meu progresso lento e cada vez mais competente no quintal.

— Parece que estamos vivendo numa selva — comenta Lily em mais de uma ocasião.

Ela nunca esquece os aniversários. Apesar de todas as faltas ao longo dos anos, de seu humor sombrio e dos desaparecimentos, ela sempre se lembrava dos nossos aniversários. Em geral, o presente era um cartão de parabéns com uma nota de cinco dólares. Mas, este ano, no meu vigésimo quarto aniversário, ela me surpreende.

Quando desço, ela já está acordada e vestida, sentada na cadeira de rodas, com a porta da frente aberta.

— O que você está fazendo? Está congelando aqui.

— Esperando Ian. Ele deveria ter chegado há uma hora — reclama ela, furiosa.

— Você vai a algum lugar?

Olho para a mesa da cozinha; não tem nenhum envelope onde normalmente o cartão estaria esperando o aniversariante. Eu acredito de verdade que ela esqueceu meu aniversário e então me obrigo a lembrar de que estou velha demais para me importar.

— Não. Ah, olha ele aí!

Tio Ian estaciona sua minivan lá fora.

— Atrasado como sempre — grita ela porta afora enquanto ele desce do carro, atrapalhado.

— Desculpa, desculpa — diz ele. — Onde você quer que eu coloque? Lá fora?

— Não, aqui.

— Dentro de casa?

— Isso, dá pra você se apressar? Eu disse oito horas.

— Trânsito, Lily, cruzes! — reclama ele, abrindo as portas traseiras da van. Ele vem na direção da casa com uma bandeja de flores e me vê. — Oi, querida.

— Entrega para a Alice — ordena Lily. — São para o aniversário dela. Vou colocar a chaleira no fogo, quer uma xícara de chá?

— Sim, por favor. Feliz aniversário, Alice.

— O presente não é dele — grita ela da cozinha. — Ian, entra e enche a chaleira, sim?

Ele revira os olhos para mim e corre para a cozinha.

— Achei que você tivesse me oferecido uma xícara de chá, mas agora sou eu que vou fazer.

— Bom, não consigo alcançar, né?

— Você deveria arrumar uns balcões mais baixos.

— Quer pagar?

Eles discutem sem parar enquanto eu continuo na sala segurando uma bandeja com lindas flores vermelhas e cor-de-rosa.

— Gerânios — diz Lily de repente, e levanto os olhos para vê-la me observando. — Para o seu jardim.

— Obrigada — respondo, apesar do nó que se formou na minha garganta.

Aos domingos, visitamos Ollie.

Ele está na prisão de Mountjoy com mais de quinhentos presos. Cresceu ao longo dos anos, passou de adolescente desajeitado a um homem magro e musculoso, porque seu passatempo favorito é malhar na academia da prisão. Ele tem muita acne, mas não pode fazer nada em relação à qualidade da comida. Teve oportunidades de estudar, com acesso a aulas remotas, mas evitou tudo isso, dizendo que nada poderia ser pior do que ter que ir à escola na prisão. Ele lidou bem com a cadeia, o que me preocupa.

Ele fala do seu trabalho atual na lavanderia.

— Você vai estar bem treinado para quando voltar para casa — comenta Lily.

— Não vou chegar perto das suas calcinhas sujas — diz ele, e os dois meio que sorriem, como sempre compartilhando o mesmo humor estranho e destrutivo.

Ele pergunta a ela sobre a cadeira de rodas e suas costas.

Ela conta a ele como é horrível.

Os dois falam de como o tempo está ruim, tão cinzento e frio.

Ela nunca fala dos nossos lindos passeios, da nossa rotina, de nossos encontros com novos amigos, de como está melhorando a cada sessão de fisioterapia, de como consegue se movimentar nas barras sem cadeira. Não traz nenhuma luz para ele. Tanto faz estar lá fora ou aqui dentro, é a mensagem que passa, você não está perdendo nada. Seria possível dizer que Lily está fazendo isso por Ollie; talvez ela dissesse isso se eu perguntasse, mas eu não acho que seja isso. Acho que eles sempre se uniram em sua noção de que tudo neste mundo é sombrio e péssimo para todos.

A única novidade em que consigo pensar para contar a Ollie é sobre Gospel. Digo que ele está jogando futebol e como o time dele está indo no campeonato. Eu nem falo com Gospel desde o dia em que nós nos despedimos de vez, mas uso todas as citações dele que consigo encontrar nos jornais ou na TV, coisas que ouço de comentaristas, outros jogadores, treinadores e gerentes.

Ollie não quer livros, não tem interesse em estudar, está contando os dias até sair. Eu me lembro de visitá-lo no reformatório naquelas primeiras semanas; ele estava contando os dias até a metade de três anos e quatro meses, e então ia começar a contagem decrescente.

— Ele parece bem — Lily sempre diz quando vamos embora, e ela está certa.

Ollie parece mesmo bem. A vida na prisão parece combinar com ele. Ele se juntou a um grupo de rapazes que se protegem. Parece gostar de fazer planos por fazer, se concentrando em questões mesquinhas em vez de ver o mundo como um lugar maior ou de imaginar um lugar maior para si.

Eu disse a ela depois das primeiras visitas que ele estava usando alguma coisa, mas ela não quis saber.

— Para com isso, Alice — retrucou.

Então parei. Mas ele não.

Eu ficaria feliz em não visitar Ollie, e ele obviamente sente o mesmo a meu respeito, mas Lily precisa que eu vá com ela. Não é uma jornada fácil numa cadeira de rodas, ela nunca conseguiria ir sozinha. Prendo a respiração o máximo que posso. O lugar é abafado. Cheira mal. Todos os corpos apertados, tristes, assustados, todas as piores e mais baixas versões das pessoas.

Sou grata pelo distanciamento físico, mas o medo e o desespero pairam no ar: quem teve uma noite ruim, uma semana ruim, quem está com medo de voltar para as celas e ouvir aquelas portas serem fechadas e trancadas. Às vezes há um ar de animação vindo de alguém que foi ver o papai, às vezes há tanto amor na sala de visitas que quase dá para esquecer onde se está. Mas eu não consigo. A névoa marrom-alaranjada acima da prisão não carrega apenas a energia dos homens trancafiados agora, mas sim de todos os que ficaram encarcerados ali ao longo dos séculos. É um edifício de luz ruim e energia ruim, de ferrugem e podridão.

Ollie atrai o desespero ao seu redor. Absorve tudo. Na sala de visitas, o desespero flui para ele como uma nuvem de tempestade. Não é o único, claro, mas eu me concentro nele. Acho que ele está tomando antidepressivos. Há algo entorpecido nele, nos olhos e no rosto. As cores são azuis turvos e tons de cinza cercados de uma névoa verde antinatural. Não é um verde relaxante, e sim um verde neon. Como produto de limpeza. Não sei que tipo de remédios estão dando para ele; coisas de baixa qualidade, é provável. É uma calma sintética e química; os verdadeiros sentimentos ainda estão lá, apenas foram cobertos por um cobertor artificial áspero, irritante e quimicamente colorido. Eu gostaria de poder trazer um pedaço de grama em que Ollie pudesse ficar de pé, que pudesse colocar em sua cela para enrolar os dedos dos pés no solo como costumava fazer e se acalmar, enraizar-se, ter alguma perspectiva, lembrar que nem todas as superfícies são duras e ásperas e impenetráveis.

O sofrimento das outras pessoas na sala de visitas avança na direção de Ollie como um exército e permanece ao redor dele, então se movimenta, se dividindo para atacar sua energia, mas os comprimidos verdes neon fazem seu trabalho, impedindo a entrada dos soldados. Se já faz um tempo que ele não toma o remédio, dá para ver a energia negativa começando a quebrar o campo de força e encontrando maneiras de entrar. Talvez ele tome antes do horário de visitas, para facilitar as coisas para todos. Às vezes ele demora mais para chegar, por alguma briga ou confusão que atrasou tudo, e o efeito dos comprimidos já está passando quando ele chega.

— O que você está olhando? — ele me pergunta, olhando por cima do ombro, pensando que tem alguém parado atrás dele.

— Ela sempre faz isso, não liga não — diz Lily.

— É estranho pra caralho, sua esquisita, para com isso.

Tomo banhos demorados depois de nossas visitas. Lavo aquilo tudo de mim. Toda aquela tristeza, todas aquelas vidas desperdiçadas. Passo um tempo no quintal. Como cenouras e aipos crus, mastigo sementes de chia, imagino as sementes de abóbora raspando meu intestino, bebo sucos verdes; quero me limpar de dentro para fora. Lily fica feliz sentada no sofá com as batatas fritas que compramos no caminho para casa, assistindo a *Coronation Street*, a melancolia escorrendo dela como o óleo gorduroso das batatas fritas.

— Você vai voltar pra casa já, já — diz Lily.

— Aham.

— Já arrumei seu quarto para você e tudo. Coloquei seu edredom de *Star Wars* na cama.

— Pra começar, você pode queimar esse troço — diz ele, sorrindo de leve. Vejo um dente faltando, na parte de trás. — Um amigo meu foi solto ontem. Ele passou dez anos aqui. É de Cork. Ele perguntou, quando deixaram ele sair, quando estivesse na rua, se deveria virar à esquerda ou à direita.

Por um momento acho que Ollie está sendo filosófico, mas aí os dois começam a rir. Ela bufa.

— Idiota — diz ele.

Embora eu me orgulhe de saber como as pessoas são à primeira vista, na verdade pode levar anos até realmente compreender alguém. Posso saber que não gosto dela, que não me inspira confiança, mas não saberei por quê. Às vezes vejo uma nova cor e não consigo lê-la; não sei o que representa. Preciso já ter conhecido outra pessoa com essa cor antes, testemunhado seu caráter, para entender. Algumas cores eu só vi em uma pessoa e nunca mais, e é no momento em que vejo a cor de novo que a primeira pessoa se torna compreensível, clara e nítida em minha mente.

Isso acontece quando a campainha toca e eu atendo. Um homem está na porta, cercado por um magenta forte, bonito, que combina com um homem sério como ele, mas sei exatamente quem é.

Já vi a cor dele antes.

Tentei ficar longe de Esme, a praticante de reiki da Academia Clearview, mas essa pessoa por quem sinto profunda repulsa também tem o poder de me atrair. É como se eu a sentisse antes de vê-la, como se, ao me aproximar de uma esquina, soubesse que ela está por perto. E, quando ela passa, com seu lindo sorriso, suga todo o oxigênio da sala e me deixa exausta. Nunca gastei tanto tempo e energia desgostando tanto de alguém. Desgostar de Esme e ficar obcecada por ela se tornou um hobby.

Invento um plano para que Gospel faça uma sessão com ela.

— Sua nêmesis — sussurra ele, dramaticamente, sabendo de minha obsessão por ela.

Mas nós dois rimos, sem realmente pensar que é verdade.

Considerando que tem apenas uma dela e centenas de nós, há uma longa lista de espera, e Esme não passa mais do que algumas horas por dia atendendo, pois as sessões a deixam esgotada. Apesar da lista de espera, a escola prioriza os piores casos, então não demora muito até que Gospel fique em primeiro lugar na lista. Já percebi que, quando ele está estressado ou mentalmente exausto, como durante a época de provas, os tiques aumentam. Gospel explicou que seus tiques são como ficar com uma música grudada na cabeça: ele tem que fazer o movimento até não sentir mais necessidade. Quanto mais alguém menciona ou dá atenção a isso, mais ele sente necessidade de continuar fazendo.

Um dia, durante uma prova de História, Gospel tem um ataque de tiques tão forte que a cabeça é jogada para trás sem parar e os grunhidos vêm em uma velocidade alarmante. Ele tem que ser retirado da sala de aula. Gospel fica tão envergonhado e nervoso que pede um novo tratamento com Esme.

Para a sessão dos dois, atravesso os campos furtivamente e fico do lado de fora da sala pré-fabricada onde acontecem as sessões de reiki. Gospel sabe que estou lá e, quando Esme está de costas, ele pisca para mim, se divertindo com a missão clandestina. Eles conversam primeiro sobre os tiques nervosos e as emoções dele que vêm como resultado disso, e eu me sinto mal por ouvir, então me afasto da janela para que ele possa falar com privacidade. Esme explica o que é reiki e sua intenção de limpar os chacras dele. Gospel se deita na maca.

Se me pedissem para descrever a cor de Gospel, eu diria mel. Não é bem laranja e não é bem amarelo, talvez sejam as duas cores misturadas, mas é quente e doce. Quando ele fica furioso, fica com as cores raivosas de todo mundo, mas sua cor pessoal é o mel. Ela ganha vida quando estamos estudando. Gospel é inteligente, adora tecnologia. Ele se destaca no futebol. É o melhor jogador da academia. Como o campo de futebol é o único lugar em que não tem tiques, Gospel passa o máximo de tempo possível lá, aprimorando suas habilidades e aptidões, e, como não tem tiques durante os jogos, não fica agitado e, portanto, não perde a cabeça. É a fuga dele, e ele é o rei do campo.

O laranja é rico e quente, o amarelo, límpido e forte, e, quando misturados, ficam cor de mel, como o açúcar derretendo em uma panela e se transformando em caramelo. Observar as cores dele é como observar seu cérebro trabalhando. Sagaz, focado, esforçado, como um moinho transformando grãos em farinha fina. Concentrado em soluções. Pensamentos fluindo e escorrendo como xarope.

Ele não está ansioso agora. Não muito. De vez em quando, eu o vejo sacudindo os ombros conforme o tique chega, mas está quase relaxado por completo.

Esme respira fundo algumas vezes. O magenta dela não está tão forte quanto quando eu estava na sala com ela — ela não deve sentir necessidade de marcar seu território com Gospel da mesma forma tão violenta quanto comigo. Observo seu magenta enquanto respira fundo, esperando que fique mais nítido e concentrado, mas o oposto acontece. Estranhamente, aparece um cinza, talvez mais como um branco enevoado. Magenta forte e branco enevoado. Observo a névoa, me perguntando o que é e o que significa.

Ela fica na frente da cabeça dele, de costas para mim, então tenho que me mover para ter uma visão melhor. Pede que ele respire fundo, conta até três enquanto ele inspira e até cinco enquanto ele expira. Absolutamente nada acontece com as cores de Gospel. Esme fica parada perto da cabeça e dos ombros dele por dez minutos, de olhos fechados e mãos estendidas. Procuro a cor do calor de que ela falou, mas não há nada, nada entre as mãos dela e os ombros dele. Ela passa para o peito e o resto do corpo de Gospel.

Depois de vinte minutos enlouquecedores sem nada acontecer, ela diz gentilmente:

— Agora vou selar a energia.

De repente, ela começa a agitar as mãos como se estivesse afastando uma mosca. A cor dele respinga. Partes se grudam nas mãos dela. Esme esfrega as mãos, as cores se espalham e voltam para Gospel. Ela está separando-as, o mel se transformando em laranja e amarelo. O amarelo se divide em diferentes tons, claros, nítidos, brilhantes, um amarelo-canário forte, todos emergem quando ela fica de pé acima dele como um chef de *teppanyaki* fazendo um intrincado show de habilidades com a faca. *Chop chop chop*, as cores se desfazem, voam pela sala. O mesmo acontece com o laranja; uma mancha laranja pálida paira perto do joelho dele. Que confuso. É como se ela fosse uma criança descuidada, espalhando tinta para todos os lados. Bolhas de cores caem pela sala. Tenho que lutar contra a vontade de irromper porta adentro e acabar com seu show de horrores.

Depois dessa explosão maníaca de afastar moscas, cortar coisas com facas e espalhar tinta, Esme termina. Ela diz o nome de Gospel com gentileza, mas ele não se move.

Ele não se move.

Seus olhos não abrem. Meu coração dispara. Corro para a frente da sala e praticamente abro a porta com um chute.

— O que você fez com ele? — grito, ao mesmo tempo que a porta se abre e bate na parede.

Ela grita de medo.

Gospel se senta. Ele sorri ao me ver.

— Caí no sono. — Ele olha para Esme. — Né?

Esme acena com a cabeça, as mãos junto ao peito. Ela está com medo de mim.

— O que eu perdi? — pergunta Gospel, descendo da maca e olhando de Esme para mim com uma expressão principalmente divertida, nem um pouco incomodada, sem ideia do perigo em que ela o colocou.

Eu olho para ela de cara feia, sentindo uma repulsa física. Não há nada além de ar entre nós duas, mas a barreira é tão forte que não me deixa nem chegar perto dela, como dois campos magnéticos em conflito. Não que eu queira me aproximar. Quero sair desta sala, ficar longe dela.

— Vamos — eu digo.

— Bem, seja lá o que aconteceu, eu não senti nada.

Gospel fica de pé e calça os tênis. Ele está um pouco rígido quando se levanta e oscila até se endireitar.

Eu seguro a mão dele e o puxo para fora, atravessando os campos, de volta para a escola, enquanto ele força os pés para dentro dos sapatos, com os cadarços ainda soltos.

— Qual o problema? — diz Gospel, achando graça, nem um pouco preocupado. — O que aconteceu? Achei que você fosse bater nela. Ela fez alguma coisa estranha? — Pisca. Pisca. Ele joga a cabeça para trás e grunhe. — Ela não mexeu no meu pau, né?

— Não! De jeito nenhum! Nada disso. Como você está se sentindo? — pergunto.

— Bem. Normal. Só caí no sono. Foi relaxante. Olha, por mais que eu ame o fato de você ser minha salvadora e de estar segurando minha mão, tenho futebol agora. Vou para aquele lado.

— Ah.

Tento soltar a mão dele, mas Gospel não deixa, com um sorriso no rosto. Ele me beija, depressa, um leve roçar dos lábios, porque não deveríamos fazer isso. Finalmente me solta e eu volto sozinha para a escola.

— A gente se fala mais tarde, tá? — grita ele.

— Tá bom — respondo, ainda de costas.

Mas meu sangue está fervendo, o coração batendo forte com o magenta quente e irritante e o branco enevoado de um falso guru. Não consigo controlar minha raiva. Nem sequer tento fazer as técnicas de respiração que aprendi. Desta vez não estou nem aí para isso. Não quero me acalmar; só tem uma maneira de liberar essa raiva. Vou ao banheiro e pego um rolo de papel higiênico, depois levo para o estacionamento e enrolo o papel no carro de Esme. Dou várias e várias voltas, uso o rolo inteiro, enquanto um grupo de alunos se reúne para assistir e rir.

— Alguém tem uma canetinha?

Eles ficam mais do que satisfeitos em me passar uma.

Escrevo FRAUDE no para-brisa dela. Em letras grandes e claras. Fico sabendo mais tarde que Gospel não jogou muito naquele dia. O joelho estava dolorido; o mesmo no qual ela deixou a mancha laranja pálida de energia pairando.

— Olá — diz alegremente o homem à minha porta. — Meu nome é Howard Higgins.

Ele me entrega um folheto e eu abro um sorriso, me apoiando no batente da porta. Vai ser divertido.

— Este panfleto é da minha empresa. Eu estava na vizinhança, acabei de fazer um serviço para o seu vizinho, e percebi que seu telhado sofreu alguns danos. Estamos com os materiais que sobraram do outro serviço e podemos resolver isso hoje com desconto, se você tiver interesse. Recomendo que você faça isso logo, querida, antes que piore — diz ele, erguendo os olhos, preocupado.

— Em que casa você estava trabalhando?

— No número 25.

— Os Johnston.

Ele sorri.

— Pra ser sincero, não gravei o nome deles, querida. Meu colega que estava encarregado. Qual é o seu nome, para eu não fazer feio na próxima?

— Minnie — respondo. — Que serviço vocês estavam fazendo na casa deles?

— Limpando as calhas. Quando folhas e outros detritos ficam obstruindo as calhas a ponto de transbordar a água, você pode acabar com partes podres no telhado, que é o que está acontecendo aqui em cima. Vem cá que eu vou te mostrar.

Tenho certeza de que ele está inventando tudo, tanto a alegação de que trabalhava para um vizinho quanto a de que meu telhado está com problemas.

Saio com ele e olho para o telhado.

— É melhor fazer uma limpeza duas vezes por ano. Uma vez na primavera e outra no outono. Eu sei que você provavelmente não dá muita atenção às calhas, mas é para isso que estamos aqui. Podemos te oferecer um acordo, um desconto se fizermos isso hoje, e depois voltamos no outono. O trabalho é urgente, estou avisando. Mas você é que sabe, querida, é claro.

— Quanto custaria?

Ele solta o ar em uma bufada.

— Eu faria por cem. Em dinheiro. Normalmente seria o dobro disso.

— Não estou com dinheiro.

— Eu poderia ir até o caixa eletrônico com você, se quiser. De qualquer forma, vou tomar um café.

Eu sorrio.

— Não, obrigado.

— Vou anotar seu nome para a próxima vez, então. Minnie, é isso?

— Isso, Minnie. Acho que você já apareceu por aqui antes... — digo. — Conversou até com a minha mãe.

Sim, eu admito o papel oficial dela de vez em quando.

— Ah, certo.
— A mulher na cadeira de rodas.
— Ah, sim, eu me lembro dela. E seu sobrenome?
— Mouse.

Ele me encara e por um momento penso que vai me bater, mas em vez disso ele recua, com uma expressão furiosa. Ele sabe que eu sei que ele é uma fraude. Consigo sacar um mentiroso a um quilômetro de distância. Encantador e ensaiado, se você já conheceu um, conhece todos. A mentira sai por todos os poros. O homem segue até a van branca que o espera e vai embora.

Depois de cinco anos, Ollie é solto e pode voltar para casa. Ele foi preso aos 16 anos e saiu aos 21. O restante da sentença é perdoado.

Sinto certa apreensão em relação ao seu retorno, sem saber quem ele será quando voltar para casa. Com que estranho viveremos? Mas também sinto alívio por pelo menos agora lhe ser dada a oportunidade de viver, de ter liberdade, de passear lá fora quando quiser, comer quando quiser, dormir quando quiser. Eu me preocupo que as empresas não queiram contratar um jovem com antecedentes criminais, que o mundo dificulte tanto a tarefa de ser a melhor versão de si mesmo que Ollie acabe voltando a agir como antes. Quero aconselhá-lo a agir com sabedoria e cuidado, a mudar, a aproveitar esta segunda oportunidade. Quero avisá-lo de que sua pena não terminou só porque os portões da prisão se abriram.

Quero mostrar compaixão por um homem com essa liberdade recém-descoberta. Estou pronta para ajudá-lo, para ser a irmã mais velha que ele nunca me deixou ser. Enquanto Ollie contava semanas e dias, eu fazia o mesmo, porque me pergunto se o retorno dele para casa marcará o início da minha liberdade. Estando nós dois aqui para ajudar Lily, talvez eu possa fazer outra coisa. Depois de tanto tempo, nem sei exatamente o quê, mas passo os dias pensando e esperando.

Nada disso.

Ele chega em casa pronto para brigar. Dá uma olhada na casa, no quarto com o edredom de *Star Wars* que Lily não jogou fora, e de repente percebe o tempo que perdeu. Ele explode como uma granada. E me culpa pelo tempo perdido, porque não lhe ofereci um álibi. Ele me acusa de ser uma encostada, de não trabalhar, de viver às custas de Lily, sendo que todos sabem que nunca me importei com ela, e bate a porta do quarto, a primeira vez que fecha a porta para ele mesmo em mil oitocentos e vinte e cinco dias.

Lily e Ollie estão sentados à mesa da cozinha olhando para mim. Dois contra um.

— Não é justo com Ollie — argumenta Lily — que vocês dois estejam cuidando de mim agora e só você fique com todo o subsídio de cuidador.

— Como é? Ele só te leva pra passear de vez em quando, e provavelmente como disfarce, porque parece menos ser um traficante se estiver com uma mulher em cadeira de rodas do lado.

— Cala a porra da sua boca — grita Ollie, batendo uma das mãos na mesa, o dedo da outra erguido bem perto do meu rosto.

Esse nível repentino de raiva me assusta e me faz pular. Não recebi nenhum aviso por suas cores. Ele explode sem mais nem menos, uma erupção cor de carvão, como pólvora. Não é uma nuvem preta, eu tenho medo de ver essa cor nas pessoas, mas é assustadoramente parecido.

— Ei, calma aí — retruca Lily, afastando a mão dele do meu rosto, afastando-a como se ele fosse apenas um garotinho bobo e não um presidiário recém-solto.

Engulo em seco, sentindo minhas entranhas tremerem.

— Bom — respondo, olhando para Lily, incapaz de dar qualquer atenção a ele —, não podemos fingir que isso não está acontecendo.

Não consigo dizer pela expressão dela se sabia ou não para que estava sendo usada. Ela não é idiota, mas Ollie é capaz de ser bem dissimulado. Especialmente para ela; seu Olliezinho às vezes é tão charmoso com ela.

— Já dei a ele bastante do subsídio de cuidador para ajudá-lo a se reerguer — digo a ela. — Inclusive, ele está me devendo esses empréstimos.

— Eu não te devo nada, porra! — Ele arfa, parecendo enojado. — Família significa alguma coisa pra você ou isto aqui virou um banco?

— Se família significa alguma coisa pra mim? — pergunto a ele por entre os dentes trincados, sentindo a raiva aumentar.

Olho para Lily, esperando que ela me defenda. Eu quero que ela intervenha. Não que já tenha feito isso antes, mas quero que faça isso agora. Eu fiquei aqui. Eu fiquei. Fiz tudo por ela nos últimos cinco anos. Na verdade, era possível dizer que eu já fazia tudo antes também. Que criança de 8 anos prepara o lanche para o irmão de 5? Não que ele esteja mostrando muita gratidão por isso agora.

— Só estamos dizendo que você deveria deixar o dinheiro com Ollie e arrumar um emprego.

— Este é o meu emprego. Não fico aqui sentada sem fazer nada.

— Ninguém quer dar um trabalho pra ele.

— Ele mal procurou.

— Cala. Essa. Boca.

— Ollie — grito. — Estamos conversando. Você não é um chefe da máfia que pode gritar e me fazer ficar quieta toda vez que abro a boca. Então me deixa falar. Eu fiquei aqui. Enquanto você e Hugh não estavam…

— Hugh escolheu ir embora. Eu não tive escolha…

— Teve, sim. Claro que você teve escolha. Você escolheu invadir aquela casa, você escolheu espancar aquelas pessoas, Ollie, você escolheu roubá-las. Essa foi sua escolha. *Sua* escolha. E você foi punido por ela. Eu fiquei aqui. Aqui! — Bato o punho na mesa como ele fez e sinto uma pontada que me sobe pelo braço. — Cuidando das coisas. Você não pode simplesmente voltar para casa e moldar meu mundo e minha vida ao seu redor. Vamos conversar sobre isso como adultos no mundo real, não como se estivéssemos na prisão. Entendeu?

Silêncio.

Minha garganta está ardendo. Eu odeio que ele tenha me forçado a isso. Continuo:

— Se eu der o dinheiro do subsídio para Ollie, não vou poder arrumar outro emprego. Está nos registros, qualquer empresa vai ver isso. Não posso ser paga duas vezes.

— Você pode ter outro emprego desde que não passe de dezoito horas e meia por semana, se quer ser tão certinha. Não que você já tenha tentado fazer qualquer trabalho extra antes.

Ah, então agora Lily de repente sabe das regras. Isso me irrita.

— Mas não tenho dezoito horas livres por semana para trabalhar. Eu cuido de você em tempo integral.

Não acredito que preciso contar isso a ela; ela não me vê aqui, fazendo tudo, o tempo todo?

— Todas as horas são registradas no sistema junto à secretaria; as informações precisam ser atuais e precisas — prossigo. — É como administramos meu subsídio. E eu já tentei arrumar um emprego à noite, lembra? Você caiu da cama e cagou nas calças, lembra?

Ollie olha para Lily e dá uma risadinha.

— Ah, fica quieto. Ela me deixou sozinha. Eu tive que tentar ir ao banheiro por mim mesma, oras. Você poderia conseguir um emprego que pague em dinheiro — insiste Lily. — Um trabalho que não registre as horas.

— Que tipo de trabalho vai me pagar em dinheiro? Vender drogas?

Ollie chuta com raiva a perna da mesa. Esperamos que ele se acalme.

— Faxineira — responde Lily. — Você pode fazer boas limpezas na casa dos outros. Sam ganha quinze euros por hora e trabalha duas vezes por semana. E isso é só em uma casa. Ela faz algumas casas todos os dias.

Olho de um para o outro. Eles estão falando sério, já debateram, planejaram isso.

— Mas eu poderia ser processada — digo. — Isso se chama fraude, se chama desvio de dinheiro público.

— Ah, por favor, não seja tão dramática! Ninguém ia saber, e você com certeza não seria a primeira a fazer isso. Por que deveríamos seguir as regras que todo mundo ignora?

Olho para Ollie.

— Você sabe quanto é o subsídio? — pergunto. — Duzentos e dezenove euros por semana. Vai tudo para as contas.

— Hugh me manda dinheiro — diz Lily, olhando para baixo e cutucando a barra da blusa, antes de tirar uma sujeira imaginária do peito. — Ela fica com tudo pra ela. — Essa última parte ela murmura, mal conseguindo me encarar.

— Quanto? — pergunta Ollie, com cifrões nos olhos.

— Cinquenta por semana — diz ela, me olhando de forma acusadora.

Ela nunca teve coragem de me dizer isso quando Ollie não estava aqui, quando estava sozinha, quando só tinha a mim para fazer as coisas por ela. Agora está tudo vindo à tona.

— Não é segredo — falo. — Eu saco o dinheiro porque sou responsável pelas contas da casa. Concordamos que isso seria mais conveniente.

— Ah, deve ser mesmo — diz Ollie.

— E tem o meu auxílio-invalidez, você tira isso de mim também — completa ela. — São quase cem por semana.

Ollie me olha como se me visse pela primeira vez.

— Você está roubando todo o dinheiro dela?

— Eu não fico com dinheiro nenhum, Ollie, pode conferir as contas. A maior parte paga as contas em débito automático ou vai para você na prisão…

— Minha mesada paga o gás e a luz — diz Lily, como se estivesse me pegando em uma mentira.

— Você anda roubando o dinheiro dela — repete Ollie, sem nem mesmo ouvir meu raciocínio, pensando que estou nadando em dinheiro. — Você está recebendo centenas de euros por semana.

Reviro os olhos, desisto.

— Por que o Ollie não faz faxina? — pergunto. — É ele que tem cinco anos de experiência em limpeza.

As palavras mal saíram da minha boca e sinto a mão de Ollie em volta do meu pescoço, esmagando minha garganta.

Lily grita para ele parar, batendo no braço dele, empurrando-o com toda a força, um grito frenético que mais parece um porco no matadouro. Puxo as mãos dele que apertam meu pescoço, mas sem sucesso, não sou forte o suficiente. Parece uma eternidade, mas provavelmente se passam apenas alguns segundos. E então, do nada, ele me solta.

— Repete — desafia.

— Sai daí — diz Hugh.

— Já saí — respondo, andando de um lado para o outro no roseiral do Patrimônio e Jardins Ormsby.

Eu fugi para os jardins assim que Ollie me soltou. Foi o primeiro lugar em que pensei. Meu cartão de sócia me faz sentir em casa; o fato de a entrada ser paga me faz sentir segura contra Ollie e Lily. Mas é novembro e não há flores. O jardim está austero, cinza e esquelético, mais como um cemitério de rosas. Não me dá o respiro de que preciso e sinto pânico mais uma vez, um aperto no peito. Minha garganta está ardendo por dentro, por causa dos gritos, e dolorida por fora, por ter sido apertada.

— Estou falando pra sair de casa de verdade. Arruma as malas e sai de lá.

— Aí ela vai ficar sozinha com ele — argumento. — Ele vai dar banho nela, vesti-la, cozinhar para ela? Ele não tem ideia, Hugh. Ela não consegue nem alcançar a pia da cozinha, nem consegue preparar uma xícara de chá.

— Se ela quer que ele receba o subsídio de cuidador, então vai ter o que deseja. Como eles ousam?

Hugh está com tanta raiva que sinto o vapor saindo do telefone.

— Como ele ousa colocar as mãos em você? Faz as malas e dá o fora.

Ouço Poh ao fundo perguntando o que houve.

— Ollie e a minha mãe. Adivinha? — rosna Hugh em resposta. Mas ele não está sendo grosso com ela, sua raiva é direcionada para a questão que o estressa.

Aposto que Hugh gostaria de se livrar de todos nós. Aposto que a vida dele seria muito mais fácil assim. Imagino que ele e Poh fiquem deitados na cama reclamando de nós; a maldição da vida dele.

— Você já fez o que podia, Alice, você fez mais do que podia. É hora de ir embora. Vou cuidar do resto. Entra em contato com a pessoa responsável pelo benefício e avisa que você não é mais a cuidadora dela. Cancela esse dinheiro. Eles não vão colocar as mãos no seu dinheiro. Você não deve nada a eles. Só sai daí.

Hugh já tentou fazer com que eu o visitasse várias vezes, mas sempre recusei. Lily não poderia viajar e, mesmo que eu a deixasse com meu tio Ian, me recusava a entrar em um aeroporto, pegar um avião. Fujo de aglomerações e ambientes fechados como o diabo foge da cruz, porque é insuportável para mim. Corpos demais se movendo, com humores misturados e emoções confusas, amontoados juntos como gado, sem janelas ou ar fresco, nenhum senso de bondade ou compaixão pelos outros. É tudo uma questão de chegar aonde é necessário.

Mas também preciso desesperadamente fugir.

Uso óculos escuros, máscara facial e luvas. Hugh reserva dois assentos na primeira fila da classe econômica para que eu não fique com ninguém na minha frente e possa ter bastante espaço. É um voo longo. Consigo manter a maior distância possível das pessoas enquanto passo pelo aeroporto, embora quase perca a cabeça com a mulher na fila do portão de segurança, que fica tão perto de mim que sinto sua respiração na minha nuca. No terminal, eu me sento sozinha em um portão vazio ao lado do meu. Evito contato. Não quero ver as desgraças ou mágoas das pessoas, não quero ser sugada pela dor delas e ter que me preocupar com os porquês ou comos. Quando embarco, fico olhando pela janela enquanto as pessoas entram no avião e a bagagem é despachada. É a primeira vez que estou num avião e tenho medo do voo, mas não do destino. Ficar em um avião durante oito horas, com ar reciclado. Peidos, pânico e pesares.

— Com licença.

Não levanto a cabeça. Espero que a comissária de bordo não esteja falando comigo. Meu coração dispara enquanto ela tenta chamar minha atenção pela segunda e terceira vez. Quando finalmente sou forçada a olhar para ela devido à mudança no seu tom de voz, ela tem olhos amigáveis, bem emoldurados em maquiagem escura. Seu crachá diz GAIL.

— Lamento incomodar, mas esta senhora ficou separada da filha. Estes são os únicos dois assentos disponíveis juntos. Você se importaria de trocar? Pode escolher 14C ou 18F.

O rosto da mãe está enrugado de preocupação, me olhando com grandes olhos castanhos esperançosos. A filha está ao lado dela, à beira das lágrimas. Elas seguram as mãos com força, como se esse toque por si só fosse o suficiente para não separar as duas.

— Não.

— Perdão?

— Não — repito com firmeza, depois volto a olhar pela janela.

As cores de Gail mudam.

— Vou ter que solicitar que você troque de lugar — diz ela, com o tom imediatamente alterado.

— Mas você estava pedindo. Você pediu e eu disse não.

— Sim, e agora vou ter que insistir.

— Não — repito. — Meu irmão comprou dois assentos para mim, esses dois. Eu não vou sair daqui.

A criança, que não é tão pequena, parece ter uns 13 anos, começa a chorar.

Não é problema meu. Elas tornaram o problema deles um problema meu. Elas colocaram essa responsabilidade em mim e eu não pedi por isso. Desvio o olhar, me afastando de seus medos e tristeza, e me volto para a janela. O homem sentado no corredor da minha fileira enfia o rosto na revista, sem querer se envolver. A comissária não pediu que ele saísse do lugar. Ignore o empresário, incomode a mulher jovem porque será mais fácil de lidar com ela, ela será mais compreensiva, mais aberta às necessidades da mãe e da filha. Bem, eu não.

— Estes assentos são meus — repito.

— Infelizmente, não é assim que a coisa funciona — diz Gail, com mais firmeza. — Se ninguém fizer o check-in, o assento ficará disponível e poderá ser utilizado por nós da forma que desejarmos.

— Eu não vou sair daqui — insisto, erguendo a voz.

Eu não deveria fazer isso. É um erro. Mas quero que eles entendam que prefiro sair deste avião a voar oito horas ao lado de outra pessoa, com o cotovelo dela batendo no meu, o espaço pessoal dela e o meu se misturando. Eu não conseguiria, não sobreviveria.

Gail se move pela fileira e se agacha à altura do meu rosto para não fazer cena. Ela invade meu espaço e eu grito. Tudo vira uma loucura por um momento e toda a tripulação se reúne. O piloto vem ver o que está acontecendo. A garota está chorando mais e a mãe está chateada e me pergunto em que momento vão perceber que foram elas que causaram tudo isso, que, se não fosse pelos seus medos e inseguranças, todos nós estaríamos bem. Se elas conseguissem administrar as próprias questões, o veneno delas não penetraria no meu espaço.

Acho que vou ser escoltada para fora do avião, o que para mim está ótimo, porque o ar já está ruim e a porta ainda nem fechou, mas aí um casal sentado atrás de mim se oferece.

— Vamos trocar — diz o homem.

— Obrigada — digo aos dois.

Eu não sou um monstro.

Mas Gail está irritada comigo, está desconfiada. Acha que eu vou criar caso de novo durante o voo e fazer da vida dela um inferno. Ela bate os pés para lá e para cá, reunindo-se com a tripulação e discutindo se deveriam me expulsar, quanto tempo levaria para tirar minha mala do bagageiro e se isso não atrasaria a decolagem. Quando o homem sai do seu assento atrás de mim, diz:

— Ela não está fazendo mal nenhum, só não quer sair do lugar.

E, pronto, estou salva.

Gail não olha para mim durante o resto do voo enquanto anda de um lado para o outro, fechando os compartimentos superiores com força. Mantenho a máscara no rosto e tento respirar devagar, fechando os olhos contra as energias estagnadas e recicladas flutuando no ar.

Quando pousamos em Doha, sou chamada para uma sala ao lado do escritório de passaportes. Retiro a máscara e os óculos para a fila da imigração, mas coloco tudo de novo naquela sala iluminada e abafada. Suponho que receberei uma bronca sobre comportamento em viagens aéreas, mas, depois de ficar sentada ali por uma hora sem que nada aconteça, começo a me perguntar se serei presa. Agora eu estraguei tudo de verdade, e Hugh nunca vai me querer de volta.

Ouço gritos do outro lado da porta.

— Por acaso parece para algum de vocês que ela queria ser tocada? — grita Hugh.

A porta se abre e vejo a comissária de bordo e alguns seguranças.

— E aí? Parece?

Há raiva em seu rosto, mas não está direcionada a mim.

Todos eles me observam. A máscara, as luvas, as roupas que cobrem cada centímetro do meu corpo.

— Não — diz o segurança. — Não parece.

— Bom, eu não sabia... — começa a comissária.

— Sentimos muito — fala o segurança, e abre mais a porta. — Pode sair.

— E agora? — pergunta Poh gentilmente.

Estamos sentadas ao ar livre em novembro, em um calor de vinte e oito graus, ela bebendo vinho tinto, enquanto Hugh coloca as crianças para dormir. Mais uma vez penso em Lily e Ollie embolados juntos em casa, mas desta vez com menos pânico, menos como se eu precisasse voltar e ver como ela está. Surpreendentemente, a distância apaga a profunda preocupação que eu tinha e o nó de angústia que estava na boca do meu estômago diminui. Quanto mais longe o avião ficava, mais distante se tornava o problema. Consigo entender por que Hugh fez isso.

— Tive cinco anos pra pensar nisso, era de se imaginar que eu saberia — digo, envergonhada.

— Acho que você não teve tempo de pensar em nada — comenta ela, compreensiva. — Talvez seja exatamente disso que você precisa. O que você quer?

Finjo pensar no assunto, mas eu sei o que quero, sempre soube. Quero aprender a desligar a parte de mim que vê o interior das pessoas sem permissão. Até que isso aconteça, não consigo ver uma saída.

Antes do meu voo de volta, Hugh toma algumas providências com o aeroporto para que eu embarque com assistência especial, um homem que mantém distância, respeita meu espaço pessoal e só fala comigo quando precisa me passar alguma instrução. Ele conversa em voz baixa com a comissária de bordo quando me sento, me dá um aceno educado e então sai. Fico sozinha durante toda a viagem.

Eu me lembro do impacto das palavras de Lily quando contou que Hugh ia sair de casa para estudar, de como me senti burra e abandonada. Pensei que as coisas sempre seriam iguais, que as pessoas se manteriam estáticas como eu, mas estava errada. Aconteceu de novo quando Gospel foi jogar futebol e Saloni partiu em busca de coisas maiores, quando Hugh foi para Doha. Eu nunca soube onde deveria estar ou o que queria fazer, mas sabia que chegaria o dia em que teria que sair do ninho.

Ollie tinha razão sobre o dinheiro. Eu pegava os depósitos semanais de Hugh, sacava o dinheiro e o colocava numa conta-poupança separada em meu nome. Cinquenta euros, todas as semanas, durante cinco anos. Nunca, nem mesmo quando precisamos de verdade, tirei dinheiro dessa conta, e agora tudo está esperando por mim, para o momento em que estou pronta para a minha vez.

* * *

Cock Tavern. Liverpool. Peço uma água sem gás e me sento perto da lareira. Uma mulher de uns 50 anos, com ombros e braços musculosos, desliza pelo bar recolhendo copos e servindo tortas de carne amanteigadas e gordurosas e batatas fritas em mesas redondas como se tivesse rodas nos pés.

— Cuidado com o prato, está quente — diz ela para todos, mesmo segurando os pratos sem proteção com a pele que parece couro. Serve minha água mineral no copo cheio de gelo, depois desliza o copo pela mesa de madeira polida até a minha mão. — Aí está a sua água.

Sua mão está quente quando roça a minha, mas não há motivo para recuar: ela é gentil, focada, trabalhadora. Esforçada. Com esse gesto, porém, percebo que ela pensa que sou cega. Estou usando óculos escuros, talvez uma coisa estranha para se fazer em uma noite chuvosa de dezembro em Liverpool, mas estou confortável em um canto, ao lado da lareira, sendo tratada com gentileza.

Três homens estão jogando baralho. Não sei nada sobre cartas ou como lê-las, mas sei ler pessoas. Não consigo ver suas mãos, as cartas praticamente grudadas no peito, não que as ver fosse me ajudar em nada.

Depois de um tempo, o homem com um nariz grande e poros tão visíveis que mais parece um morango gigante percebe que estou observando.

— Quer jogar, querida?

Ele tem sotaque irlandês, misturado com o de Liverpool. Ele está usando uma boina de tweed, mesmo com o calor da taverna, e o bigode é tão espesso que não dá para ver a boca. Parece uma vassoura de cabeça para baixo.

— Não sei jogar.

— Esses caras também não.

Todos riem.

— Ah, não chegue perto deles, querida — diz a atendente. — E você não arraste a mocinha para seus truques sujos, Seamus.

— Truques sujos — diz Seamus, fingindo horror com os olhos arregalados, o que me faz rir.

Observo-os mais um pouco, sem me sentir incomodada, curtindo a camaradagem, a intensidade, os altos e baixos, até o jogo terminar.

— Seu desgraçado chorão — diz o magrelo para Seamus, levantando-se para sair.

Seamus ri.

— Como sou chorão se ganho todas as vezes? Vai fugir agora? Está com medo ou vamos jogar mais uma rodada?

Os outros recuam, pegando casacos, chapéus e boinas, e saem arrastando os pés, trocando insultos bem-humorados entre si. O homem, Seamus, fica sozinho, olhando as cartas na mesa. Ele as estuda, agora sério, analisando o jogo. É hora de fechar, melhor eu ir embora.

— Você mentiu — comento.

Ele olha para mim.

— Sobre a sua mão — explico.

— No pôquer isso se chama "blefe". Quer outra bebida? Nic? — ele chama a atendente por cima do ombro.

— Água, por favor — digo.

— Vou querer mais uma dose — pede ele.

— Não, já chega pra você — grita Nic de volta.

Ele revira os olhos para mim e puxa uma cadeira à sua frente, o que considero um convite. Eu me sento e analiso as cartas ainda no mesmo lugar onde foram deixadas. Nic nos observa, descobrindo que não sou cega, aí talvez se perguntando: qual é a dos óculos? Através dos olhos semicerrados que já viram quase tudo, ela observa.

— Se chama Texas Hold 'Em — diz ele gentilmente, e sem que eu pergunte ele me explica as regras, assim como cada movimento que acabou de fazer.

— E foi aí que você mentiu — falo, ao chegarmos à parte certa, o ponto de virada onde ele aumentou a aposta.

— Blefei — corrige ele novamente, mas olha para mim impressionado.

Seamus junta todas as cartas, embaralha, os olhos ainda nos meus, me examinando como se eu fosse uma mão de cartas que está tentando decidir se vai jogar ou desistir.

Ele pega uma carta do baralho e a segura perto do peito.

— Estou segurando um sete de copas.

— Mentira.

— Blefe. Não tem mentira nas cartas. Obrigado, amor — diz ele enquanto Nic coloca uma dose de uísque na mesa para ele, apesar do que disse, e uma água para mim. — Esta é Nicola.

— Todo mundo me chama de Nic.

— Oi.

Eu sorrio.

— Tem certeza de que não quer mais nada?

— Eu não bebo.

— Puxa.

— O pesadelo de todo dono de pub — brinca ele.

— Você é o dono?

Nic tosse de maneira dramática.

— Ela é a chefe — diz ele, sorrindo.

Ele larga a carta e seleciona outra aleatoriamente.

— Três de paus.

Observo o ar ao seu redor. Sem brilho, sem tons metálicos, sem cores manchadas.

— Verdade.

Ele pega outra.

— Seis de ouros.

— Verdade.

— Valete de copas.

— Blefe.

— Jesus Cristo, como você sabe? — pergunta ele, finalmente demonstrando seus sentimentos.

Dou de ombros.

— Eu só sei.

— É alguma coisa no meu rosto?

— Mal dá pra ver seu rosto.

— Rá! — diz Nic atrás do bar e dá uma risada malvada.

— Então o que é?

— A sua energia — digo, pensando que ele vai rir, me mandar dar o fora, encerrar a noite.

— Minha energia — repete ele, me observando. — Meu pai, que Deus o tenha, conheceu um cara igual a você. Trabalhou com ele. Ele falava sobre ele. O cara exótico, ele dizia.

— Erótico?

— Exótico.

— Eu sou daqui.

— Não, não é isso. Estranho — diz ele, embaralhando novamente as cartas, um olho em mim, outro olho nelas, se isso fosse possível. — Uma daquelas pessoas que têm um dom. Ele via coisas. Sentia coisas. Tinha um olho de vidro que ficava assim. — Ele se força a ficar vesgo. — Pelo menos você não tem isso... Ou talvez tenha, não consigo ver por causa dos óculos.

Tiro os óculos. Preciso ajustar a vista, mesmo na luz fraca do pub.

Ele examina meu rosto e seus olhos se enchem de lágrimas.

Não sou a única pessoa no mundo com essas habilidades. Não, existem outros que sofrem com o mesmo veneno, só que, ao contrário de mim ou da sociedade em geral, as pessoas não veem isso como algo bizarramente estranho ou uma maldição venenosa.

Uma mãe que simplesmente sabe quando um homem faz mal à filha; uma mãe sempre consegue ver o que está por trás do charme, o rosto por trás da máscara. Se não vê, sente. Quando um investigador de polícia segue seu instinto ao conhecer ou observar alguém, quando ouve um álibi e na mesma hora sabe que não está certo, quando sua mente começa a reconstruir as palavras e as associa à verdade. Ou quando as mulheres que andam sozinhas por uma rua escura e silenciosa à noite prestam atenção aos arrepios na nuca num momento em parece que estão sozinhas, mas não estão. Esses instintos naturais existem por uma razão: todos nós os temos porque precisamos deles; desde o início dos tempos, têm sido fundamentais para a nossa sobrevivência. A vida moderna nos fez esquecê-los, mas ainda estão lá, mais vivos em alguns do que em outros, adormecidos e esperando para serem explorados.

Ou um pai que não vê a filha desde que ela tinha 7 anos, semanas antes de seu oitavo aniversário, e 16 anos depois, quando ela entra em um bar, e instintivamente sabe que é ela.

— Hugh me disse que tinha algo especial em você — diz ele, distribuindo as cartas, me olhando de relance quando pode.

Continuo sem os óculos. Eu quero que ele me veja. Quero que veja o tempo que se passou desde a última vez que nós nos vimos.

Eu sabia que Hugh tinha mantido contato com ele ao longo dos anos, mas optei por não fazer o mesmo.

— Acho que é o Hugh que é especial.

— Você sempre achou — comenta ele, sorrindo. — Ficava atrás dele que nem um cachorrinho. Queria comer o que Hugh estava comendo, queria brincar com o que Hugh estava brincando. E ele deixava; sempre foi ótimo com você. Tão paciente e gentil com você.

— Ele não mudou.

— Que bom. Eu sempre soube que você estava em boas mãos com ele.

Deixamos uma longa pausa se estender, dizer o que nenhum de nós quer externar. Não quero fazer isso, ser tão previsível, aparecer depois de quase vinte anos com amargura e recriminações. Mas sou apenas humana, afinal.

— Você não deveria ter feito isso com ele. Deixar que ele cuidasse da gente assim. Você sabia que ela não seria capaz.

Ele me encara com uma expressão de dor, como se preferisse falar sobre qualquer outra coisa que não isso.

— Não pensei que ela seria uma mãe ruim, Alice. Ela era uma esposa ruim, uma pessoa ruim, mas pensei que, se eu fosse embora, isso significaria que ela teria que pelo menos ser uma boa mãe.

— Foi um risco interessante de se correr, mas você claramente gosta de apostar — digo, não com recalque, é apenas uma observação.

— É uma verdade terrível, e sinto muito. Eu não conseguia passar mais um minuto com ela. Acho que teríamos nos matado. Estava péssimo. A ideia era eu me mudar, me preparar, cuidar de mim mesmo pra poder tomar conta de vocês, mas... Não sei, o tempo passou e nada do que eu tinha nunca seria o suficiente pra vocês. Eu não podia deixar vocês dormindo no chão ou em sofás, não consegui arrumar um emprego com o qual pudesse cuidar de vocês em tempo integral. Perguntei a ela se poderia ver vocês durante o verão, em alguns fins de semana. Era sempre não, não, não, sempre não. Continuei mandando o que podia. Você recebeu as cartas e tudo o mais?

Faço que sim.

— Ela não me deixava falar com vocês quando eu ligava. Sempre terminava em uma discussão. Então parei de ligar. — Ele demora um pouco. — Hugh continuou em contato. Me desculpa por não ter me esforçado o suficiente pra fazer o mesmo com você e Ollie.

* * *

Seamus distribui as cartas.

— A ideia é montar suas mãos de pôquer usando as cinco melhores cartas disponíveis entre as sete. O *showdown* é quando os jogadores restantes revelam suas cartas para determinar o vencedor. O jogador com a melhor mão vence.

— Mas você não tinha a melhor mão — digo.

— Se você não tiver a melhor mão — continua ele —, a saída é blefar. Mas é sempre preferível ter a melhor mão.

Jogamos por horas naquela noite. Então, por mais algumas na noite seguinte e na noite depois aquela. Perco quando ele tem a melhor mão, ganho quando consigo apontar seu blefe. Todas as vezes.

Ele gosta de jogar comigo, não porque goste de ganhar de mim, mas porque sabe que não pode confiar no blefe, que é realmente seu ponto forte. Jogar comigo o ajuda a ficar melhor em montar mãos mais fortes. Ele fica frustrado quando eu aponto seu blefe. Não são apenas suas cores que revelam isso; seu nariz de morango, salpicado de grandes poros peludos, fica irritado.

Seamus me diz a mesma coisa várias vezes.

— Não basta confiar no blefe dos outros nem nas fraquezas alheias, é preciso trabalhar os seus próprios pontos fortes.

— Mas e se ver as fraquezas dos outros for o meu forte? — digo, frustrada.

Ele para e sorri.

— Hum. Então você está pronta.

— Pronta para quê?

Não posso jogar pôquer, isso é óbvio; bastaria que todos jogassem sem blefar e que minha mão não fosse tão forte quanto a dos outros, o que nunca seria, pois não consigo entender a estratégia do jogo. Mas consigo ler as pessoas melhor do que Seamus e, embora seja crime ler cartas, não é crime ler pessoas. Talvez exista um trabalho para quem sabe ler a alegria das pessoas, afinal.

Vou com ele para o próximo jogo de cartas. Fico sentada onde ele consegue me ver e, quando vejo aquele relâmpago metálico e afiado de alguém que está blefando, temos um sinal. Tomo um gole da minha bebida e a coloco no porta-copos à direita se a pessoa estiver sendo sincera, à esquerda se estiver blefando. Nós dividimos os lucros.

A maior lição que tiro é que, apesar de Seamus ser um mestre do blefe, isso não é suficiente. Sou mestre em ler pessoas, mas isso também não é suficiente. Não posso confiar no blefe para vencer, preciso aprender a jogar.

— Amanhã vamos ganhar uma fortuna — diz ele, me dando um vislumbre dos dentes inferiores abaixo do grande bigode como único sinal de seu enorme sorriso.

— Achei que já tínhamos feito uma fortuna — falo, pensando na bolsa cheia de dinheiro escondida no quarto da pousada da Nic, algo que me deixa animada e nervosa só de olhar.

Seamus está me dando metade de tudo que ganha.

— Ah, você ainda não viu nada, mocinha — diz ele, esfregando as mãos calejadas com alegria.

Até agora estávamos jogando "em casa", muitas vezes depois do expediente nos fundos de um bar ou nas casas das pessoas, na garagem de um amigo de um amigo. A filha que ninguém nunca viu de repente acompanhando Seamus não levantou suspeitas como eu pensava; talvez suspeitassem se eu fosse homem, mas não sou o tipo de pessoa de quem desconfiam. Estranha talvez, com meus óculos escuros e minhas luvas, mas é isso que me faz desaparecer; a garota especial sentada com o pai. Apenas uma vez durante um jogo alguém sugere que estou trapaceando: um homem que perdeu uma pilha de dinheiro e ficou furioso. Mas logo foi acalmado pelos outros jogadores e pelo filho, que estava sentado ao meu lado.

— Pai, daqui nem eu consigo ver suas cartas, como ela conseguiria?

Ele depois pediu desculpas à esquisitona.

— Estamos trapaceando? — perguntei a Seamus no caminho de volta para o pub e pousada, onde ele mora.

Ele não bebe enquanto joga, gosta de manter o juízo.

— Ler cartas é trapaça. Você lê cartas?

— Não. Eu não entenderia nem se conseguisse ver as cartas.

— Então não estamos trapaceando.

Fico mais tempo com ele do que o planejado. Fico para o Natal, decidindo que não quero passar meu primeiro Natal longe de casa sozinha. Além disso, gosto da companhia do meu pai e da Nic. Gosto dos quatro filhos dela, que ajudam a administrar a taverna: um é cozinheiro, outro é o gerente, outro cuida da pousada e o caçula glamoroso trabalha na recepção, sempre atrapalhando todo mundo, desejando estar em Hollywood. Não precisam dele, mas o toleram, pela felicidade da mãe. Ele a faz feliz, dá para ver. E também entendo por que ele ficou.

Ligo para Lily no dia de Natal.

— Onde você está? — pergunta ela.

— Ficando na casa de um amigo.

— Você não tem amigos.

— É da escola. Você não conhece.

— Ah. Bom, você vai voltar?

— Você precisa que eu volte? — pergunto, preocupada com ela.

— Você bem que podia voltar e consertar a bagunça em que deixou a gente — retruca ela. — Não precisava cancelar o subsídio. Ninguém nem ficaria sabendo que você não estava mais aqui. Oras, quem notaria?

— Diz pra ela para não mostrar a porra da cara por aqui de novo — grita Ollie lá do fundo.

— Me liga se precisar de mim. Feliz Natal — digo, e desligo.

Seamus tem um jogo marcado no Leo Casino com alguns grandes apostadores. Não sei exatamente o que isso significa ou quais são os riscos, mas sei que é grande. Devemos chegar lá às oito da noite. Ele está animado, acha que vai ganhar uma fortuna, se pergunta por que não pareço ter a vontade que ele tem, por que usar minhas habilidades para ganhar dinheiro não foi a primeira coisa em que pensei. Pessoas como ele estão sempre procurando um caminho rápido para o sucesso, gastando mais dinheiro em bilhetes de loteria do que se aprimorando. Investindo no caminho mais fácil.

Não sei para que serve a minha visão de aura, mas sei que não é para isso.

Vou para o quarto, arrumo minhas coisas e deixo um envelope com dinheiro na mesa, uma generosa doação para custear minha estadia. Estou a meio caminho de Londres quando chega a hora em que deveríamos jogar.

verde

O trem noturno para Londres é silencioso. Escolho uma mesa desocupada para quatro para poder colocar os pés para cima. Uma mulher sobe no trem com uma menina, que presumo ser sua filha. Mesmo com todos os lugares vazios disponíveis, a mãe praticamente empurra a garotinha para longe e a faz sentar no assento diagonal ao meu, depois larga a bolsa ao lado dela e coloca os pés em cima do assento à sua frente.

No mesmo instante tiro os pés do banco.

As cores da mãe são familiares. As da criança também. O rosto da garota é taciturno, olhos que, apesar de claros, parecem mortos. Olhos tristes, com olheiras escuras. Observo a mãe. Seus lábios se movem como se ela estivesse falando sozinha, mas nenhum som sai. Ela balança a cabeça algumas vezes, discordando, perdendo a discussão consigo mesma e argumentando. A menina percebe que estou olhando e fica envergonhada.

Assinto com a cabeça para ela.

Desconfiada, ela desvia o rosto, e não a culpo. Ela não precisa acrescentar uma estranha amigável e esquisita em um trem à sua lista de problemas. Volto a olhar pela janela e fico cara a cara com meu reflexo no céu escuro. Sinto os olhos dela em mim. Dá para vê-los no reflexo.

A mãe atravessa o corredor e bate no braço dela.

— Não fica encarando — reclama, embora também tenha me lançado um longo olhar hostil ao se sentar.

— Não tem problema — digo.

Estou usando óculos escuros, máscara cirúrgica e luvas, imagino que não seja muito comum. As duas observam enquanto eu tiro a máscara, com certeza esperando um monstro por baixo. As cores da mãe são verde-escuro lamacento, não um preto maligno, mas sombrio o suficiente para me preocupar. Dentro dela rodopiam nuvens vermelhas de raiva, como os olhos de uma criatura enterrada na escuridão de uma caverna, ameaçando atacar. Ela é emocionalmente desequilibrada, isso é óbvio. Sinto pena de ambas, uma simpatia por essa mulher que nunca senti pela minha própria mãe. Como se pode esperar que alguém crie outra pessoa quando tudo isso está acontecendo dentro de si? Entediada de mim e de volta à própria mente, a mãe retoma a conversa silenciosa consigo mesma.

Há tanta coisa que quero dizer à menina e não sei por onde começar. Quero perguntar se ela está bem. Está aguentando? Eu me pergunto se alguma vez um estranho olhou para mim desse jeito, alguém que tenha notado um clima pesado entre mim e Lily, mas sem que eu percebesse seu olhar. Sempre pensei que tivéssemos escondido bem. Era o que eu pensava.

A mãe se levanta de repente e pega as bolsas. Dou um pulo, assim como a menina, que talvez esteja sempre alerta. Todas as coisas que eu poderia ter falado.

— Seja gentil com ela — digo em voz alta, meu coração disparado.

Talvez seja uma decisão estranha minha de ir morar em uma cidade imensa, com quase nove milhões de pessoas, repleta dos mesmos seres que tento evitar todos os dias. Talvez seja uma espécie de terapia de exposição. Evitei as pessoas por tanto tempo que desenvolvi uma fobia. Não quero que as emoções delas se misturem a mim, quero estar sozinha. Não quero que os problemas delas se tornem meus, mas também não quero ficar sozinha. Tenho que encontrar uma maneira de conviver com as pessoas, de estar entre elas. Hugh me diz isso há anos. Acho que, em teoria, é para isso que a Academia Clearview tentava nos preparar, mas só agora me sinto pronta. Além disso, é mais fácil se perder na multidão do que se destacar, e eu gostaria de desaparecer e começar minha própria vida.

Estou em um bar em Londres. O Bispo Risonho. É happy hour, das 17h às 20h, e o lugar está lotado, com mesas ocupando a calçada e a rua fechada para carros. É barulhento, as pessoas gritam mais alto que a música, umas por cima das outras, gargalhadas que devem fazer doer o fundo da garganta. Vieram direto do trabalho, animadas por estarem livres para o fim de semana, talvez um ou dois chopes se transformando em mais alguns. Alguns colegas bebem juntos, após mais um dia no escritório; dá para perceber pela linguagem corporal, pela aparência de uniformidade, pela conversa, um pouco mais contida do que aqueles que fugiram do trabalho para se encontrar com gente de fora.

Fico sentada sozinha em uma cabine. Tive que impedir tantas pessoas de se juntarem a mim e ocuparem os lugares; em um lugar tão cheio, preciso de espaço ao meu redor.

— Tem gente aí — digo sobre a cadeira com minha bolsa. — Estou esperando alguém. Ela está no banheiro. Eles estão vindo. Ele foi fumar lá fora.

São apenas algumas das desculpas que uso. No início fica tudo bem, mas, à medida que o lugar enche, é mais difícil manter os lobos afastados. Eles cercam a mesa, entram no meu território, encostam nas costas das cadeiras, apoiam os traseiros nos braços. Casacos e bolsas são empilhados em cadeiras. Eles olham para a mesa vazia no bar movimentado, me veem com um copo de água com gás diante de mim. Aqui não uso luvas e máscara; não sou tão idiota assim.

Eu me mantenho onde estou o máximo que consigo e nesse meio-tempo observo as interações. Adoro observar as pessoas e estou em uma posição privilegiada. Os que são a alma da festa, os calados, os tímidos, os estratégicos, os animados, os hiperativos. Todos juntos, jogando cores em seus alvos como um jogo de *Space Invaders*. Eu me concentro na cor predominante, o principal humor projetado. Todas as outras coisas são internas e mais discretas, partes que ninguém quer compartilhar em um bar movimentado durante o happy hour. Pelo menos não com colegas de trabalho. A única exceção são duas mulheres no canto da sala, sentadas bem perto uma da outra, com as cabeças juntinhas e sem erguer os olhos nenhuma vez, suas cores interiores tornando-se cada vez mais brilhantes à medida que compartilham sentimentos, seu estado de espírito mudando de acordo com o que está sendo dito. Abrindo o coração uma para a outra. Vejo longas fitas de energia, cilíndricas, semelhantes a veias. Outra mulher está sentada sozinha em um banco alto no bar, comendo amendoim de uma tigela, bebendo uma taça de vinho branco e mexendo no celular. Está vestindo uma saia lápis e uma blusa cinza, um blazer pendurado nas costas do banco alto. Algum tipo de trabalho em escritório, suponho, as mangas estão arregaçadas, o cabelo comprido solto e jogado por cima de um dos ombros.

Um homem que está em um grupo com três outros, colegas de trabalho, imagino, olha para ela. Ele está ouvindo sem prestar muita atenção no que dizem, já que procura por algo melhor e mais interessante. Observa as mulheres à esquerda, dá uma boa olhada nelas e depois volta a afastar os olhos; não, elas não são do seu agrado. Dá uma olhada na mulher à direita: não, parece meio esquisita demais para ele, na minha opinião. Ele é bem descolado. Elegante. Bonito. Na moda. Examina o bar e nossos olhos se encontram. Na mesma hora ele demonstra desinteresse, desvia o olhar às pressas, toma um gole da bebida e entra na conversa, fingindo saber do que os colegas estão falando. *Ui*. Então, quando passa tempo suficiente e o amigo parece estar falando há séculos de alguma coisa que o deixa bastante animado, os olhos dele começam a vagar de novo. Ele envia sinais para uma mulher à direita. Ela o encara e afasta os olhos. Sinal bloqueado, permanece ao redor dela antes de morrer. Então o homem volta a atenção para a mulher no bar. Era inevitável que isso acontecesse. Ela tem recebido mais atenção do que qualquer outra pessoa no bar e nem percebeu. Está perfeitamente feliz no seu mundinho, sendo o centro das atenções sem saber. Ele diz alguma coisa para os amigos, vira a garrafa de cerveja e vai até o bar pedir outra rodada.

O homem faz uma coisa extraordinária. Ele para ao lado dela por um momento, como se realmente não a notasse, mas está bem próximo. Devagar e sempre, suas cores começam a mudar, como um camaleão. Tornam-se uma imagem espelhada exata das cores dela. É um espetáculo fenomenal que nunca testemunhei antes. Quando as cores dele terminam de se transformar, ela levanta os olhos, como se sentisse a presença dele. Aí, o homem diz algo, e ela ri. Os dois conversam por um breve momento e ele leva as cervejas para os amigos. À medida que caminha de volta para o grupo, suas cores vão voltando ao normal, até ficarem sincronizadas com as dos outros. E, quando ele volta para se juntar a ela, suas cores voltam a combinar com as dela.

A mulher fica confortável de imediato porque sente que ele é como ela. Quantas vezes sentimos estar na presença de alguém tão familiar, como se conhecêssemos a pessoa desde sempre? Até eu já senti isso.

Enquanto os observo, desenho em um bloco de anotações. Traço linhas como as vejo, as energias que as pessoas todas enviam umas para as outras, quem manda, quem bloqueia. Uso canetas diferentes para representar as cores que estão sendo enviadas. Linhas únicas representam os raios que se movem com a pessoa, com setas para mostrar a direção em que estão indo. Desenho uma linha vertical no final se alguém bloqueia a cor, se ela fica aquém do alvo pretendido. Faço ganchos no final dessas linhas quando sei que a pessoa é possessiva e manipuladora; alguns raios são nebulosos, e eu esboço os mistérios deles a lápis.

No final do happy hour, olho para o meu desenho. É uma infinidade de rabiscos e linhas que parecem ter sido desenhados por uma criança, mas para mim pinta perfeitamente a imagem da cena a que eu assisti. Saio do bar enquanto as duas mulheres no canto enxugam as lágrimas uma da outra, e as cores da mulher e do camaleão começam a se misturar.

Deito-me no chão do meu novo apartamento ouvindo os novos sons. O lugar não veio mobiliado, mas tudo bem, era o que eu queria. Eu não conseguiria dormir na cama de outra pessoa, coberta por uma colcha de retalhos de energias remanescentes; torcendo-me, movendo-me e enredando-me nos medos e nas excitações de alguém. Eu esfreguei e limpei cada centímetro do pequeno apartamento no primeiro fim de semana, depois dormi com a porta da varanda aberta, observando as partículas de cada ser humano que morou aqui desde que o lugar foi construído, na década de 1950, se afastarem.

Meus vizinhos começam outra briga aos gritos. Ele parece ser o causador dessas discussões. Há batidas e estrondos, portas batem e algo quebra.

A Monksrest Tower é um edifício de habitação social com doze andares e sessenta apartamentos. É um prédio feio, em estilo brutalista e com grandes seções de concreto aparente, parte de um conjunto habitacional com edifícios municipais baixos ao redor, todos com nomes de santos. O lugar foi comprado por meio de uma política pública e está sendo alugado direto pelos proprietários. Passou por uma reforma bastante recente, com carpetes novos baratos e paredes recém-pintadas. É um apartamento básico de um quarto e é todo meu. Londres é cara e, apesar das minhas economias e do quanto ganhei em Liverpool, terei que encontrar um emprego em breve.

Estou animada.

Olho pela janela enquanto as sirenes soam e uma fila de veículos de emergência passa correndo, não para os meus vizinhos, mas para alguma outra catástrofe, algum drama alheio. Pode parecer uma má escolha ficar enclausurada em um prédio de sessenta apartamentos, mas o lugar recebeu o nome de Monksrest por um motivo. Acho que o nome diz tudo: *descanso do monge*. Apesar do caos humano dentro do edifício, a terra em si brilha. Há um zumbido silencioso vindo de gerações de pessoas quietas e contemplativas que moraram aqui séculos atrás. Essa tranquilidade está sendo testada pelos meus vizinhos, mas o terreno é bom, as fundações são boas. Senti uma espécie de paz me envolver quando cheguei para a visita, me afastando do caos da cidade para a calma do conjunto de prédios.

A gritaria nos vizinhos atinge o clímax e um bebê começa a chorar. O homem grita uma última vez com a mulher, não em inglês, então não sei o que está dizendo, e minha parede treme quando a porta deles bate. Pego os óculos escuros no chão ao meu lado e coloco no rosto. Observo a fresta sob a porta e uma luz pálida aparece, fica mais forte, mais brilhante, depois um vermelho quente atravessa minha porta e ilumina meu apartamento em escarlate por um breve segundo antes de sumir de novo. Tiro os óculos. Sirenes ao longe. A torneira da cozinha pinga. Em algum momento, adormeço.

Os passeios da Academia Clearview são sempre estressantes para todos os envolvidos. Uma saída com um grupo previsivelmente imprevisível como o nosso precisa ser muito bem-organizada e gerenciada. Neste ano vamos fazer uma trilha. Por algum motivo, sou a última a sair do ônibus; não gosto da *vibe* do lugar e, assim que coloco o pé no estacionamento, mudo de ideia e volto correndo para o meu assento na última fila do ônibus. Mesmo quando os professores gritam comigo e Gospel tenta me convencer com calma, me recuso a descer. É apenas uma trilha por uma linda montanha com belos visuais, e eu estava animada, mas, agora que cheguei, não vou sair. Eu me encolho no canto e espero a turma voltar. Nem quero estar aqui, fecho os olhos e tento fingir que estou em outro lugar. Tenho uma sensação horrível de que algo ruim vai acontecer. Parece o lugar mais maligno em que já estive. Eles levam horas para voltar.

— Foi só uma caminhada — diz Gospel, batendo as botas para tirar a lama das solas.

Passo o caminho inteiro até a Academia tremendo, e Gospel me dá o casaco dele.

Tenho uma reação tão incompreensível à viagem que pesquiso a área com Gospel assim que chegamos. Era apenas uma trilha, sim; uma trilha onde antes existia um asilo para lunáticos, onde almas desesperadas eram condenadas a passar o resto da vida e sofriam experimentos com métodos horríveis que mais pareciam tortura. Pude sentir o medo, a confusão e a loucura assim que coloquei o pé no chão.

Gospel estremece ao ler isso.

É a primeira vez que um lugar, a terra, me mostra a sua verdadeira face. Isso me ensina muito sobre como onde moro pode influenciar como me sinto, sobre as energias das casas ao meu redor, das fundações, da história do chão onde piso. Quando chegar a hora de encontrar minha casa de verdade, estou determinada a encontrar um lugar que tenha um espírito alegre e boas vibrações.

Despejo leite no cereal e ouço os estalos no apartamento silencioso até que são interrompidos pela videochamada de Hugh.

— Ele não para de chorar — diz ele, balançando um bebê rechonchudo só de fralda na frente da câmera, com as pernas encolhidas como um frango. — Você pode dar uma olhada nas cores dele?

Sorrio e me aproximo da tela, vendo os pneuzinhos nos braços e nas pernas do bebê. Ele não está chorando agora, sem entender por que está pendurado no ar.

— Ele é lindo — digo. — Está cheio de amor e alegria; não precisa entrar em pânico, Hugh, você já fez isso antes.

— Vou parar de entrar em pânico quando ele parar de chorar.

Ele empurra o neném para mais perto da câmera de novo e só vejo uma boca e uma língua, gengivas vermelhas, dedinhos gordos na boca.

— Ele está com um dentinho nascendo. E parece que precisa trocar de fralda.

Está tão cheia que quase fica pendurada nele.

O rosto de Hugh preenche minha tela enquanto ele cheira a fralda, faz uma careta e depois pisca para mim.

— Querida? Preciso conversar com minha irmã maravilhosa, você poderia...?

Dou risada.

— Oi, Alice — diz Poh, aparecendo na câmera.

É uma mãe cansada, mas ainda bonita, calma e forte; os filhos dos dois têm muita sorte.

— Oi, Poh. Como vai?

— Ocupada com essas *três* crianças — diz ela, revirando os olhos e pegando o bebê de Hugh. — Ah, coitadinho, que fedor. Hugh! Há quanto tempo ele está assim?

Ele dá de ombros com inocência e se vira para mim.

Eu adoro observar eles. Às vezes, Hugh simplesmente deixa a câmera ligada enquanto eles preparam o jantar ou aproveitam o dia ou a noite, e eu fico ali sentada, observando e ouvindo o caos completo, mas um caos fácil e normal.

— Annabelle, vem aqui dar um oi para a tia Alice.

— Oi! — diz ela, animada. — Vou ser uma abelha quando crescer.

— Uma abelha? Nossa, que ótima ideia.

— Tchau!

Ela desce do colo dele e foge.

— Uma abelha, impressionante — comento.

— Não acho que exista alguma colmeia que vá aceitá-la.

— Você costuma vestir seus filhos?

— É tão quente aqui que ninguém precisa se vestir, nunca — diz Hugh.

— Ah, coitadinhos. Estou em Londres, em janeiro, só existem tons de cinza.

— Você tem que limpar a areia do nariz e das orelhas todos os dias?

— Não tenho nenhuma pena de você.

Ele apoia o queixo na mão e me estuda.

— Como você está?

— Sobrevivi a mais uma noite nessas ruas perigosas.

— Você parece cansada.

— Acabei de acordar.

Ele olha para o relógio para ver se meu horário de despertar é aceitável.

— Você já comprou uma cama?

— Não.

— Você não pode dormir em um saco de dormir para sempre. Deveria ligar para o proprietário e dizer que exige uma cama. Isso é ridículo. Quer que eu ligue?

— Hugh. — Dou uma risada. — Tenho 24 anos. Você quer ligar para o meu proprietário em vez de trocar a fralda do seu filho?

— Com certeza. Eu sei que você não vai fazer isso.

— Estou bem. Eu gosto do saco de dormir. Não quis a cama, pedi pra ele tirar.

144

— Você poderia ter comprado um colchão novo. Sabe quanto custa uma cama?

— Hugh — digo calmamente. — Está tudo bem.

— Só estou tentando ajudar.

— Você está pegando no meu pé.

— Desculpa. Mudança de assunto. O que você planejou para hoje?

— Continuo procurando emprego. Tenho duas entrevistas.

— Me manda uma mensagem quando terminar. Teve notícias da mãe?

— Três mensagens de voz uns dias atrás. Uma me dizendo que sou uma ladra e que tenho que devolver o dinheiro dela. Na segunda ela estava chorando, dizendo que precisava de mim, que Ollie não faz as coisas do jeito que ela gosta e que sai de manhã e só volta de noite. E depois uma terceira dizendo que eu sou uma filha da puta escrota e que ela deveria ter me abortado quando podia.

Ele passa as mãos pelo cabelo, absorvendo os insultos que eram destinados a mim, mas que não me atingiram.

— Cruzes. Por que ela não me liga pra falar essas coisas?

— Eu sou o saco de pancadas dela. Suponho que deveria me sentir honrada por ela se sentir tão confortável comigo.

Fiquei especialmente triste por ela enquanto ouvia; ela estava indo tão bem com os remédios que modificavam e equilibravam o humor. Agora está bebendo e fumando de novo, dá para ouvir nas mensagens de voz. Não sei se parou de tomar os comprimidos, ou se precisa comprar mais, ou se os remédios estão entrando em conflito com a ingestão de álcool ou de qualquer outra coisa que Ollie possa estar fornecendo a ela, mas o equilíbrio que Lilly lutou por tantos anos para encontrar foi alterado pelo retorno dele.

— Ollie não segura essa barra — diz Hugh. — Mas todos nós já sabíamos disso.

Ele suspira, o peso do mundo em seus ombros. De repente, parece velho, embora tenha apenas 30 anos. Com os fios de cabelo grisalho nas têmporas, Hugh passou muito tempo tentando manter tudo sob controle para todos. Não quero que ele destrua a própria vida, estrague tudo o que conquistou, para voltar para ela.

— Eu vou voltar — digo.

— Não vai, não — retruca ele com firmeza. — Você tem que me prometer que não vai voltar.

— *Você* tem que me prometer que não vai voltar.

— Ah, não vou mesmo — diz Hugh, e consigo ver e ouvir a raiva crescendo. — Acredite, nunca vou fazer isso.

Eu o interpretei mal. Estou surpresa. Não consigo ver suas cores em videochamadas, liguei para ele por voz e por vídeo mais do que o vi pessoalmente nos últimos dez anos, mas sempre achei que soubesse como Hugh se sentia.

— Vou falar com Ollie — diz ele.

— Talvez seja hora de pedir ajuda ao tio Ian — sugiro. — É irmão dela, afinal. Ele poderia ver como ela está de vez em quando e começar a agir como se realmente se importasse.

— Boa ideia. — Ele esfrega o rosto, cansado, exausto pela responsabilidade. Ele tem muitas: diretor de escola, dois filhos…

— Família, né?

— Hugh — digo, de repente séria. Inversão de papéis. — Você precisa deixar eles pra lá.

Percebo agora que eu já fiz isso. Lavei minhas mãos em relação a Lily e Ollie, da minha responsabilidade para com eles. São adultos, cavaram seus próprios buracos. Não vou mais deixar que me arrastem com eles. Não é fácil, na verdade é mais difícil que tudo, mas agora é a minha vez.

— É verdade — responde ele, de forma pouco convincente.

Percebo que Hugh nunca deixará de se importar, de organizar todo mundo, de tentar manter as coisas pesadas leves. Está nas cores dele.

Annabelle retorna e cutuca Hugh, enfiando o dedinho indicador pontudo na coxa do pai.

— Ai — ele finge gritar de dor e se joga do banquinho no chão, me deixando olhando para a geladeira coberta dos desenhos das crianças. Annabelle começa a choramingar.

— Papai!

Poh vem correndo de outro quarto com o bebê no colo.

Rindo, encerro a ligação.

Eu nunca pego elevadores. É muita energia presa em um espaço pequeno. Vou de escada. Ao trancar a casa, noto a porta do meu vizinho se abrindo e, envergonhada e despreparada para uma apresentação, sigo às pressas pelo corredor.

Não sou nenhuma caipira; Dublin não é exatamente uma aldeia, mas sei andar bem por lá, conheço os caminhos tranquilos, as ruas secundárias e os becos onde consigo evitar multidões. Londres é estranha para mim e tem gente por toda parte. Não posso seguir por qualquer caminho alternativo até me familiarizar com o lugar onde estou. Tento evitar esbarrões nas pessoas pelas calçadas movimentadas, evitar suas cores e seus campos magnéticos, sabendo que devo parecer uma bêbada maluca costurando em meio à multidão. Quando a quarta pessoa roça meu ombro, paro de andar e fico imóvel no rio de arco-íris que flui ao meu redor. À beira de um ataque de pânico, fujo para uma rua secundária.

Luto contra a súbita vontade infantil de chorar ao perceber a magnitude do que vim fazer aqui. Morar sozinha é ao mesmo tempo libertador e aterrorizante. Em um esforço para reunir forças, penso na sra. Mooney pela primeira vez em uma década. Penso em Gospel e em Hugh, nas pessoas que acreditaram e que ainda acreditam em mim, que dedicaram tempo e energia tentando me fazer dar ouvidos a elas e me comportar. Depois de me acalmar, volto para a calçada movimentada e continuo andando entre todos os humanos e suas cores brilhantes.

Minha primeira entrevista é em uma loja chamada Comic Geek, em Covent Garden. O lugar é lotado de quadrinhos, estatuetas, *action figures* e produtos temáticos. Clientes, por outro lado, faltam, e o lugar cheira a poeira. Tem um cara na casa dos 40 anos, com um longo rabo de cavalo, uma camisa xadrez aberta e uma camiseta dos *Simpsons* por baixo. Bart está com a bunda de fora e Homer, estrangulando seu pescoço. Ele levanta os olhos de seu trabalho no balcão.

Tiro os óculos e a máscara cirúrgica, mas continuo com as luvas, sabendo que terei que apertar a mão dele.

— Olá, meu nome é Alice Kelly. Estou aqui para a entrevista de emprego.

Ele me olha dos pés à cabeça.

— Certo. — Ele vagueia sem rumo por um momento, como se fosse fazer alguma coisa, mas tivesse esquecido o quê, depois volta para o mesmo lugar. — Vamos ter que fazer aqui mesmo.

— Tudo bem.

— Então... tipo, você tem alguma experiência trabalhando em lojas de quadrinhos?

— Não.

Ele me encara, esperando mais informações. Pigarreio.

— O anúncio dizia que não precisava de experiência. Passei os últimos seis anos trabalhando como cuidadora em tempo integral de uma mulher com deficiências e doenças mentais graves. — Me traz alegria descrever Lily dessa forma. — Ela era muito difícil.

— Então você vai saber lidar com clientes difíceis — comenta ele.

— Na verdade, o anúncio dizia que o trabalho seria na maior parte de estoquista.

Estou procurando algo com o mínimo possível de contato com pessoas.

— Isso, isso. Eu basicamente preciso de alguém para ajudar a manter a loja organizada. Fazer estoque, etiquetar, abastecer, manter o lugar arrumado. Não sou muito bom nisso. Por outro lado, posso te contar tudo sobre qualquer quadrinho aqui. Você pode me perguntar o que quiser.

Ele me olha como se quisesse que eu perguntasse, o desafiasse. Penso na coleção de quadrinhos de Gospel e na aula que ele me deu na Academia.

— Hum. Quem é o arqui-inimigo do Homem-Aranha?

— O Duende Verde, todo mundo sabe disso — responde ele, decepcionado. — Faz um tempo, comecei a vender pela internet. Pedido dos fãs, então só isso já é um trabalho em si. Fazer os pacotes, preparar entregas, esse tipo de coisa.

— Parece legal.

— Você é fã de quadrinhos?

Olho em volta, sem reconhecer nenhum dos personagens nas prateleiras.

— Não sou exatamente especialista que nem você, mas conheço alguma coisa. Dos caras principais, pelo menos. Batman, Super-homem, Homem-Aranha... — De repente não consigo pensar em mais ninguém. — Você sabe.

— Ei, cuidado com quem você chama de "caras principais" por aqui — comenta ele.

Então me olha da cabeça aos pés de novo. Um redemoinho vermelho aparece na virilha dele.

Suspiro.

Ele me passa as horas e o salário.

— Parece bom?

— Claro — digo, tentando permanecer otimista.

— Vou te mostrar o lugar. O almoxarifado fica aqui atrás. Por aqui.

Ele estende a mão para que eu vá na frente.

A vitrine principal está tão coberta de pôsteres, estantes e bonecos que não deixa entrar luz alguma. É uma sala empoeirada e escura com alguns pontos de luz devido às energias persistentes de quadrinhos de segunda mão muito manuseados.

Ele está tão perto que esbarra em mim quando paro de andar. Volto a me mover e percebo que o vermelho começou a girar em torno da sua virilha, ficando maior e quente como lava enquanto ele me observa andar na frente dele. Quando chegamos ao almoxarifado, eu entro enquanto ele fica parado na porta, preenchendo-a e bloqueando-a. É uma salinha sem janelas, com caixas por toda parte, sem senso de ordem algum. Poderia ser divertido criar alguma estrutura aqui, mas sinto um aperto no peito, aquele alerta que as mulheres têm que ouvir desde o momento em que nascem.

— Não — digo de repente, não querendo mais ficar ali. — Não, obrigado.

Passo por ele, saio correndo da loja e ando até me afastar o suficiente para respirar.

— Então você não consegue trabalhar com alguém que te deseja? — pergunta Hugh, tentando entender.

Ele não compreende.

— O problema não é o desejo — responde Poh, agitada, antes de mim. — Que bom que você não aceitou o emprego, ele parece um homem sujo e horrível.

— Tá, mas isso é só porque ela conseguiu ver — insiste Hugh. — O que quero dizer é que a maioria dos homens tem desejo por mulheres, até por aquelas que trabalham ao lado deles sem saber. Você deixaria de aceitar um emprego porque alguém se sente atraído por você?

Poh olha para ele de um jeito que me faz rir.

— Não, eu não gosto de ninguém no trabalho — responde ele à pergunta silenciosa. — Sério, Alice, você vai recusar todos os trabalhos em que souber que tem alguém que está a fim de você?

— Só aqueles em que o cara bloquear as portas e não ficar fora do espaço pessoal dela — argumenta Poh, com um tom mais incisivo do que jamais ouvi antes. — Alice não é a maioria das mulheres. Ela *sabe*. E não deveria ter que se contentar em trabalhar em um ambiente onde tem um peruzinho sujo pulsando com uma energia desesperada em cima dela todos os dias.

É o jeito que ela diz; ela nunca fala assim.

Hugh e eu começamos a rir.

No chão do apartamento ao lado do meu há um prato de barro contendo uma substância branca parecida com sal. Embora eu nunca tenha visto quem mora lá, de cara inventei a história de que o morador é traficante de drogas e que aquilo é uma espécie de código para informar às pessoas que há drogas lá dentro. Já ouvi gente indo e vindo a todas as horas do dia, então com certeza tem algum tipo de negócio ali. Em diversas ocasiões, enquanto estou sentada na varanda, uma fumaça sai do apartamento ao lado para o meu; não é a fumaça de cigarro normal, mas também não é maconha. Não sou especialista em drogas, mas nunca quis respirar nada daquilo, então sempre entro e fecho a porta.

Desde nova decidi que não queria usar drogas nem beber nada com álcool ou cafeína e me mantive firme nessa decisão. O álcool reduz as inibições e, embora fosse bom para mim relaxar socialmente, depois de alguns drinques seria fácil me deixar cair nos campos de energia alheios, e sabe-se lá o que isso faria comigo. Na escola, quando não tinha escolha sobre com quem estava e com que proximidade, meu humor mudava dezenas de vezes ao dia, fazendo-me sentir uma pessoa diferente com tanta frequência que chegava a dar enjoo. Aprendi com essas experiências. Mesmo que as energias das pessoas sejam boas, não são as minhas. São emoções sintéticas e podem atrapalhar meu ritmo e meu padrão. Também percebi que sou uma pessoa muito sensível — e não quero dizer emocionalmente. Meu corpo tem reações muito fortes a qualquer coisa que coloco nele, como álcool, cafeína, açúcar, cogumelos e trufas. Meu coração bate de forma anormal, começa a palpitar na hora, avisando o corpo a ficar em alerta, que estou em perigo, que há um intruso dentro de mim.

Muitas vezes me perguntei se sofro das mesmas aflições que Lily, quando meu humor muda de forma tão violenta quanto testemunhei com ela, mas sei que as causas das nossas mudanças de humor não são iguais. Eu absorvo as emoções alheias, ela é soterrada pelas próprias. Pelo menos posso me proteger dos outros, ela não tem proteção contra si mesma, tendo se rendido ao poder de seus pensamentos há muito tempo.

Ouço uma batida na porta. Com a corrente bem presa, olho pelo olho mágico. Quem quer que seja, está bloqueando a visão.

— Sim?

— Dimitri. Aqui do lado.

O homem nervoso que briga com a esposa.

Pego um par de óculos escuros, um dos vários que tenho espalhados por todo lado, nas gavetas, no bolso de cada jaqueta e casaco. Deslizo a corrente com relutância e abro uma fresta da porta. O homem é uma bola de irritação, eu já o vi em ação. A ira é sua emoção principal e dispara dele em pontas como as farpas de um ouriço, apunhalando os predadores ao redor com sua raiva feroz e penetrante.

— Oi — digo, torcendo para que suas pontadas de raiva não se lancem contra mim.

— Estou passando uma petição contra o apartamento aqui do lado, todo mundo já assinou. Você é a única que falta. Aqui.

Ele desliza uma prancheta pela fresta. Eu não pego. Não vou encostar nessa caneta, não se todo mundo já pegou nela, não se estava no bolso dele, tão perto do seu corpo grosseiro. Eu me pergunto quantas pessoas assinaram a petição por vontade própria.

— É por causa das drogas? — pergunto.

Ele ri.

— Drogas? Ela também se mete com isso? Não me surpreenderia, velha maluca. Não, é por causa daqueles sinos idiotas na varanda. Já estou de saco cheio deles. Vou levar o abaixo-assinado ao condomínio pra forçar ela a tirar. Você é quem fica mais perto dela, o barulho não te deixa louca?

— Esse som vem do apartamento ao lado?

Ele arregala os olhos.

— Você vai assinar ou não?

— Não — digo, cruzando os braços. — Eu gosto dos sinos.

— Assine — insiste ele, sacudindo a prancheta que ainda está suspensa no ar, os dentes trincados de raiva. — Você é a única que não assinou.

— Os sinos são reconfortantes e bloqueiam os barulhos que você faz aqui do lado quando está discutindo com sua esposa.

Começo a fechar a porta, e ele tira o braço do caminho a tempo. Partes da raiva dele disparam pela fresta antes que eu feche a porta. Pego um secador de cabelo e sopro as farpas vermelhas de porco-espinho pelo ar até saírem pela porta da varanda. Eu me inclino sobre a varanda o máximo que posso sem cair para ver o apartamento ao lado. Está decorado com vasos de plantas, que pensei, como uma idiota, que fossem drogas. Isso me lembra de retomar minha ideia de montar um jardim na varanda. Acima da porta, um sino de vento sopra na brisa suave. As agulhas vermelhas de raiva de Dimitri se movem em direção a eles. Como se sentisse a proximidade delas, uma brisa sopra e os sinos se balançam e as chutam para longe. As agulhas vermelhas flutuam para longe e sobem no ar.

Acho que é hora de conhecer minha vizinha.

* * *

Naomi Williams, parteira aposentada, mudou-se do Caribe para Londres em 1960, quando tinha 6 anos, uma filha orgulhosa da geração Windrush. Dreadlocks grisalhos repousam em seus ombros, o rosto e o sorriso são calorosos e acolhedores, encorajando você a falar, a rir, a compartilhar, a sorrir. A presença dela é um abraço caloroso em um dia ensolarado, a casa dela é um útero confortável, que abraça forte e nutre. Há cristais espalhados por todo o apartamento, em lugares aleatórios, nos cantos do chão, equilibrados em um porta-retratos na parede, na borda de um vaso de flores.

— Entra — pede ela assim que me identifico.

Passo por cima do pó branco do lado de fora.

— É sal do Himalaia — explica —, para purificar o ar. Alguns dos nossos vizinhos são nublados.

Farejo o ar e sinto o cheiro familiar de fumaça.

— Eu estava queimando sálvia. Meu último cliente estava… com problemas.

Quase caio na risada ao pensar na história ridícula que inventei sobre ela na minha cabeça. Ela é exatamente o oposto do que eu imaginava. Observo a sala e é difícil acreditar que é um apartamento igual ao meu, no mesmo prédio. Há uma maca dobrável portátil no centro da sala. Isso me faz pensar em Esme na hora e, apesar da recepção calorosa de Naomi, sinto o cinismo pela falsa guru tomar conta de mim. São todos farinha do mesmo saco. Eu me lembro de sentir muita esperança de que existissem outras pessoas como eu, pessoas que pudessem sentir mais do que apenas o que é visível, mas nunca conheci ninguém assim — ninguém que não estivesse mentindo, quer dizer.

— Chá? — oferece ela.

Eu poderia ir embora. Deveria ir embora. Não preciso de outra mentirosa desperdiçando minhas energias, mas estou curiosa.

— De ervas, se você tiver — respondo. — Sem cafeína.

— Hortelã, camomila, hibisco, framboesa, gengibre, cogumelo… — Ela olha para mim. — Não, cogumelo, não. Nada de psicodélicos pra você.

Sinto como se estivesse em uma máquina de raios X sob o olhar dela.

— Sente-se, onde você se sentir confortável.

Vou me sentar em uma poltrona de veludo verde com botonê e um cobertor laranja pendurado nas costas altas. Não estou acostumada a estar na casa dos outros. Evitei isso sempre que pude, mas este lugar parece cheio de energia positiva e ao mesmo tempo limpa e refrescante.

— Essa era a poltrona da minha mãe — comenta ela, colocando uma xícara e um pires na mesa de mosaico ao meu lado.

— Ela devia adorar essa poltrona — digo, tomando um gole e observando o brilho ao redor do lugar em que estou sentada, sentindo-o me abraçar.

Ela faz uma pausa.

— Sim. Ela amava. Era sua poltrona de tricô.

Esfrego a mão no cobertor laranja pendurado nas costas da cadeira.

— Lindo.

— Como você sabia que foi ela que tricotou isso?

— Como você sabia que eu não gosto de chá de cogumelos?

— Sorte — responde ela, então inclina a cabeça para o lado e me examina. — Você se adaptou bem ao apartamento? Tentei encontrar com você algumas vezes, mas não tive… sorte.

— Estou bem, obrigada. No momento, estou ocupada fazendo entrevistas de emprego.

— Entendo. E como vai a busca?

— Não muito bem.

— No que você trabalha?

— Eu era cuidadora, mas prefiro não voltar a trabalhar com pessoas.

— Limita as coisas — diz ela, compartilhando meu sorriso. — Quem sabe com a natureza? — completa, levando a xícara aos lábios. — Mas não cogumelos.

Dou uma risada, para minha própria surpresa.

— Estou aqui porque o Dimitri fez uma petição assinada por todos no prédio para os seus sinos de vento serem removidos.

Ela parece surpresa.

— Todos?

— Eu não assinei. Gosto dos sinos.

— Obrigada. — Ela olha para o enfeite, que tilinta como se sentisse a atenção. — Talvez, se estão incomodando todo mundo, seria melhor eu removê-los. Eu me pergunto por que ninguém nunca disse nada.

— Acho que eles assinaram porque o Dimitri mandou. Ele vai levar o abaixo-assinado ao condomínio.

Ela ri disso.

— Da qual sou a síndica. Isso me coloca em uma situação difícil. Vou ter que convocar uma reunião comigo mesma para discutir se devo remover algo que amo tanto. Mas esses encontros com nós mesmos às vezes são importantes.

Ela me estuda por cima da borda da xícara enquanto toma um gole de chá. Eu me mexo na poltrona, desconfortável, embora não tenha nada a ver com o assento.

— Como eu disse, os sinos não me incomodam. Estou pensando em comprar um pra mim, então seria inútil você retirar o seu se o meu vai ficar ainda mais perto do Dimitri.

— Alice, tome cuidado com ele — avisa ela. — Talvez Dimitri precise fazer uma sessão gratuita comigo. Mas vou lidar com ele em breve.

— Reiki? — pergunto, sentindo novamente a onda de cinismo.

Esme, a falsa guru, deixou uma má impressão em mim.

— Entre outras coisas. Reflexologia, homeopatia, cura com cristais.

Tudo isso me deixa quente de raiva. Tudo bobagem. Nada funciona. Gente iludida. Falsa. Enganadora. Já ouvi o suficiente.

— É melhor eu ir. Foi bom conhecer a senhora.

Surpresa com a minha interrupção da conversa, ela se levanta para me impedir.

— Talvez você possa assistir a uma das minhas sessões algum dia — comenta.

— Por que eu faria isso?

— Pra ver o que eu faço. Pra te ajudar a se livrar desse manto de dúvidas que veste. Você é jovem demais para ser tão cínica.

— Você não está encrencada — diz Esme, sentando-se à minha frente.

Suas palavras não me ajudam nem um pouco a relaxar. Estamos sentadas na salinha dela, em duas poltronas confortáveis perto da janela.

— Você acha que sou uma fraude — começa ela. — Mas não sou. Talvez não seja tão boa quanto você, tão naturalmente talentosa quanto você. Você vê o que eu consigo sentir.

— Você não sente nada.

— Treinei por anos pra fazer isso. Você sabe quanto tempo leva para se tornar mestre de reiki?

— Treinar para fazer algo não significa realmente que você consiga fazer isso de verdade. Acho que você se deu muito bem enganando as pessoas, fazendo todo mundo pensar que é uma grande sábia. Talvez tenha até enganado a si mesma. Talvez você seja boa em ler as pessoas ou em manipulá-las, mas não me engana. Você espalhou as energias do Gospel como se tivesse ligado uma batedeira sem tampa. Foi para todo lado. Ele não conseguiu jogar futebol porque você deixou um laranja no joelho dele.

Ela franze a testa.

— Laranja. O que isso significa?

— Que isso fez ele não conseguir jogar futebol naquele dia. Ele é atacante e não pôde confiar na perna forte dele.

— É mesmo? — pergunta ela, ofegante e meio animada, em vez de sentir a vergonha e a culpa que eu esperava que sentisse.

Esme se inclina para a frente e estende a mão para pegar a minha.

Eu me afasto.

— Desculpa — diz ela. — Talvez pudéssemos trabalhar juntas, Alice.

Eu dou risada.

— Trabalhar juntas? Eu tenho 15 anos. Sou aluna daqui.

— Sim, mas aqui na escola você poderia ajudar seus colegas e amigos, ou depois, quando se formar, posso te oferecer uma grande oportunidade. Você pode ser meus olhos. Poderíamos fazer isso juntas. Poderíamos ter um grande impacto no mundo. Ganhar muito dinheiro, Alice. Eu poderia deixar você rica.

A animação dela está causando o desenvolvimento de uma onda turquesa, um tom de turquesa-escuro que está começando a tomar conta de tudo. É uma questão de status pessoal e glória. Ela não quer ajudar as pessoas, quer usar os outros para seu ganho pessoal. O magenta incômodo de aspirante a guru quase desapareceu diante da força do turquesa ambicioso. A ganância dela é constrangedora. Minha decepção por ela não ser honesta me pega de surpresa. Eu realmente queria encontrar alguém como eu. Então me levanto e vou embora.

A sede da Saandeep é um prédio comercial moderno e movimentado, dinâmico e diversificado, com mais de mil funcionários e duzentas lojas no Reino Unido e na Irlanda, gaba-se o site da empresa. Eles procuram pessoas talentosas com grandes ideias e grandes ambições para ajudá-los a continuar avançando. Há uma mesa de pingue-pongue, uma área ao ar livre com bancos coloridos em degraus gigantes. Mesas e bancos compridos para refeições, árvores bem aparadas em vasos grandes e elegantes. O branco e a madeira predominam, elegante como um restaurante de Miami Beach.

Ao que tudo indica, é um lugar vibrante e interessante. Está vazio quando entro. Apenas a segurança fazendo a ronda. São cinco da manhã, e faço parte da equipe que faz a limpeza antes que cheguem os funcionários jovens, elegantes e bem-arrumados, passando pela segurança como em um desfile de moda. Eu os observo depois do meu turno enquanto fico sentada em uma cafeteria do outro lado da rua, praticamente não pensando em nada além de como eles são todos lindos, como devem ser inteligentes, como a vida deles deve ser interessante, dias repletos de conversas dinâmicas em salas de reuniões equipadas com mesas de pingue-pongue e aparelhos de alta tecnologia. Gosto de sentir a energia deles, me convencendo de acreditar que também sou uma pessoa vibrante, dinâmica e inteligente, que faço parte da equipe. Tento manter a energia deles comigo durante todo o caminho até em casa. Faço experimentos com meu guarda-roupa, tentando me tornar tão estilosa quanto eles. Essa animação dura um tempinho, até que me encontro diante do espelho, toda arrumada, sem ter para onde ir, e percebo que não tenho nenhuma ideia inteligente, não tenho o espaço para compartilhá-la ou os ouvidos que podem ouvir. Logo desanimo ao perceber que o dia se estende, vazio, à minha frente, e que tenho um trabalho de limpeza que não vai pagar as contas. Desejo a sensação que tenho quando estou lá, mesmo que os funcionários ainda não tenham chegado, porque a energia do dia anterior ficou para trás.

Não sei dizer por que entrei para a equipe de limpeza; talvez autossabotagem, talvez curiosidade, talvez desespero, talvez porque eu não saiba como entrar diretamente. Eu me misturo às paredes e me esgueiro até encontrar uma maneira de entrar. Penso nos pais de Saloni chegando à escola em seu Mercedes-Maybach prateado;

para mim eles pareciam estrelas de cinema. A mãe dela usava um casaco pendurado nos ombros, sem nunca passar os braços pelas mangas, e eu me perguntava como o casaco ficava no lugar. O cabelo dela tinha uma cor intensa e brilhante, ela usava roupas e bolsas de grife. O pai de Saloni era tão bonito, usando ternos caros e sapatos engraxados, sempre com um sorriso no rosto, cabelo escovado com topete e dentes muito brancos. Ambos tinham o perfume do dinheiro. A pele deles parecia ter sempre um filtro, era saudável e brilhante, então dava para saber que a parte de dentro estava tão boa quanto a de fora. Com centenas de lojas de roupa, eles eram os melhores modelos para os negócios da família e precisavam que a filha mentirosa compulsiva se controlasse se quisesse ter algum envolvimento com o negócio de sucesso deles. Saloni, Gospel e eu éramos uma equipe naquele primeiro ano aterrorizante.

A sede da empresa fica numa zona movimentada de Londres, logo depois da Oxford Street. É uma boa maneira de me apresentar ao metrô. À noite os trens são tranquilos, e uso boné, óculos escuros, máscara cirúrgica e luvas. Garanto que minha pele esteja sempre coberta e, assim que chego em casa, lavo tudo e penduro na varanda para tirar as queixas do mundo das minhas roupas.

Eu limpo o escritório de Saloni. Espano a mesa e dou polimento às suas fotografias, incluindo uma colagem emoldurada com quase todos os pontos de referência do mundo, as muitas fotografias que mostram Saloni e as amigas viajando pelo mundo fazendo trilhas, esportes aquáticos, esqui — uma verdadeira aventureira. Com apenas 24 anos e um importante cargo como diretora de marketing, ela subiu na hierarquia da empresa da família. Ela trabalha muito e se diverte muito, talvez finalmente vivendo a infinidade de histórias que costumava inventar.

Enquanto estou limpando as pias, alguém dá a descarga na privada, abre a porta e de lá sai Saloni, vestindo roupas de ginástica. Ela olha para mim.

* * *

— Eu realmente não entendo por que você está aqui, Alice — diz Saloni, levantando sua bunda perfeita vestida de Lulu Lemon para o ar e para a minha cara enquanto faz a postura do cachorro olhando para baixo.

Saímos da escola e viemos, com mais oito alunos, fazer ioga na grama do parque local.

— Para estar no momento ou coisa assim.

— Não *aqui* — explica ela, sorrindo.

Tem um parquinho por perto; vejo as cores brilhantes dos brinquedos por trás das árvores. Ele contém a promessa de diversão e inocência, junto à sujeira e à decadência, ao mesmo tempo.

Entendo o que Saloni quer dizer. Já se passaram quatro semanas e tenho agido de forma relativamente normal em comparação a todos os outros alunos da Academia Clearview. Acontece que Saloni não está aqui por ser uma mentirosa patológica, mas sim por morder, que é sua reação física quando não pode mentir, e Gospel não está aqui por causa da síndrome de Tourette, mas sim porque é propenso a explosões violentas. Não fui alvo de agressões de nenhum dos dois, mas é interessante, e a princípio surpreendente, assistir à elegante e controlada Saloni voar em alguém que olhou para ela torto e cravar os dentes caros na carne da pessoa. Isso só aconteceu uma vez; no restante do tempo, ela se concentra no próprio braço, ou em um travesseiro, ou em qualquer móvel próximo que possa ser mordido. Gospel é menos violento com as pessoas, e mais com objetos. Cadeiras, mesas, qualquer coisa em que ele consegue colocar as mãos se transforma em mísseis sem aviso prévio. Nenhum deles consegue entender por que eu estou aqui. Também não contei a eles o motivo, e eles se divertem tentando descobrir qual é a minha "peculiaridade".

— Ela não fala o suficiente — chuta Saloni.

Gospel dá risada.

— Ninguém é mandado para cá por não falar o suficiente.

— Bem, ela quase não diz nada, e eu sei que está me ouvindo. Oiê — diz ela, estendendo a mão para bater na minha cabeça como se fosse uma porta.

Bato os dentes como se fosse mordê-la, e ela ri.

— Meninas! — chama Amelia, nossa instrutora de ioga, lá da frente, no meio da demonstração.

Estamos na última fila, como sempre. Esperamos até que ela comece outra postura antes de voltar a conversar.

— Alice não é faladora, mas talvez tenha perseguido alguém — provoca Gospel, e sorrimos, pois ele já percebeu como observo as pessoas em silêncio.

O tempo todo observando, tentando entender todo mundo. Mesmo agora, enquanto eles continuam imaginando todas as coisas que podem haver de errado comigo, estou distraída.

— Parem de falar aí atrás, por favor, e concentrem-se. Obrigada.

Tem um homem sentado em um banco ali perto. Está meio escondido por uma árvore, mas o outono está afirmando seu poder sobre as folhagens e elas estão menos densas. Vejo as cores dele com mais clareza do que vejo o próprio homem. Ele brilha. Está encarando o parquinho.

— Ela parece normal — diz Gospel —, pelo menos até agora. Mas todos nós parecemos normais.

— Não tem nada de normal em você — responde Saloni.

— Ainda é cedo para todos revelarem suas verdadeiras cores — comenta Gospel.

Olho para ele, surpresa ao perceber como ele chegou perto.

— O quê? — pergunta ele inocentemente. — O que foi que eu disse?

— Saloni, Gospel, Alice, prestem atenção, por favor.

O homem no banco perto do parquinho está com uma bicicleta ao seu lado e um capacete no colo. Há um sanduíche embrulhado em papel-alumínio aberto no banco ao lado dele. Mas algo não se encaixa. Há um redemoinho vermelho na virilha dele, cor que reconheço do desejo de Hugh quando estava com Poh, mas não gosto disso. É a cor errada, na parte errada do corpo, no local errado. Uma nuvem preta gira lentamente acima da cabeça dele como a nuvem de tempestade rabiscada do Charlie Brown, cheia de doença e pura maldade. Nunca vi preto antes.

Eu me levanto.

— Ei, Alice, o que você está fazendo? — pergunta Gospel.

Começo a caminhar em direção ao homem no banco. Preciso ter certeza de que estou certa sobre o que estou vendo.

— Alice! Volte, por favor! — chama Amélia.

Eu me apresso.

Tem uma criança caminhando pelo chão macio do parquinho, a fralda acolchoada quase maior do que ela. O homem no banco a observa. Ela está cercada de tons de rosa e dourado, cores lindas, puras, inocentes e alegres. Está cantando sozinha enquanto pega uma folha, joga no ar e pega novamente. Ela coloca a folha no balanço, empurra o balanço, pega a folha de novo e a joga no chão. Afasta-se com passinhos incertos, esquecendo a folha. Faz uma pausa. Depois lembra, vira e volta a pegar.

O homem a observa. O capacete no colo. O vermelho, incômodo, desagradável e sujo, circulando na virilha dele. O preto é puro, solta faíscas, quase consigo ouvir. Como um rádio fora de estação, em busca de frequência. Nem aqui nem ali, apenas preso num lugar escuro e fora do mundo. Imundo nojento.

— Você gosta de bebezinhos, é?

Ele olha para mim, surpreso.

Arranco o capacete de ciclismo do colo dele, vejo sua ereção e bato com o capacete na cabeça dele. A parte dura o atinge com um som de quebrar. O homem cai para o lado enquanto eu volto a atacá-lo.

— Alice!

Amelia está ao meu lado agora, ofegante por vir correndo. Todo mundo veio atrás dela.

— Eu disse para não saírem daí! — diz ela para os outros alunos, em pânico.

Eles a ignoram e a seguem mesmo assim.

— Seu nojento escroto! — grito eu.

A turma toda aplaude.

A mãe pega a criancinha e se afasta da cena.

Com o público, eu perco a raiva e me impeço de bater com o capacete na cabeça dele mais uma vez. Em vez disso, jogo o objeto com toda a força na virilha dele, que perdeu o redemoinho vermelho superexcitado.

— Caramba, Alice — diz Saloni. — Você é *mesmo* uma de nós.

Eu tinha me preparado para a possibilidade de encontrar Saloni, apesar do horário e dos escritórios vazios. Com uma história na ponta da língua, ensaiei uma expressão de surpresa por não ter somado dois mais dois, por não ter me dado conta de que era a empresa da família dela. Mas tudo desmorona na hora H. Não que importe. Não preciso prolongar meus álibis e explicações, porque Saloni não me reconhece. Ela mal olha para mim, nossos olhares nunca se encontram.

— Só vou demorar um minuto — diz ela com educação, abrindo a bolsa de ginástica. — Tenho que me vestir. Banho de gato — completa com uma piscadela. — O chuveiro do meu escritório quebrou de novo.

Observo ela, esperando que ela me veja, querendo que ela me veja, que se lembre de mim. Para me resgatar? Ela percebe meu desconforto, me olha bem nos olhos e, mesmo assim, nada. Eu me arrasto para trás, saindo do banheiro com meu carrinho.

— Não precisa sair, não vou demorar — insiste ela, puxando a regata suada pela cabeça e ficando só de top.

Percebo que a estou encarando. Os treinos estão valendo a pena, seu abdome está tonificado, os braços e ombros estão musculosos. Ela está mais linda do que nunca.

— Pode fazer seu trabalho — diz, ainda simpática, mas com firmeza agora, abrindo a torneira e lavando as axilas.

Com o coração disparado, me afasto das pias e entro em uma cabine do banheiro enquanto tento pensar no que dizer. Mas um silêncio cai entre nós enquanto ela se limpa, depois borrifa e aplica cremes e maquiagem para ficar com a pele parecendo renovada e hidratada. Muitos minutos se passam e não consigo dizer nem pensar em nada.

— Tenha um bom dia — diz ela, juntando as coisas.

Está usando uma calça cinza justa, um suéter de caxemira do mesmo tom e saltos incrivelmente altos. Parece rica e sofisticada, o cabelo é cheio e brilhante, fenomenal.

— Você também — digo para a porta que se fecha.

Eu teria reconhecido o rosto dela em qualquer situação. Não precisaria conhecer a empresa da família para reconhecê-la, não precisaria de dica ou lembrete algum. Dividi um quarto com ela todos os dias e todas as noites durante quase um ano, e ela foi parte importante da minha vida. Ouvi todos os devaneios e fantasias que ela já teve, e eram muitos e bem detalhados. Eu me olho no espelho. Será que mudei tanto assim?

A porta do apartamento de Naomi se abre quando coloco a chave na fechadura.

— Estou com um cliente aqui agora, se quiser observar.

— Não, obrigada — digo, entrando e trancando a porta, me perguntando por que vejo todo mundo com tantos detalhes e a maioria das pessoas nunca me vê.

* * *

Estou mexendo o macarrão em uma panela no fogão elétrico, sonhando acordada, quando, como um raio vindo do nada, fico ansiosa. Meu estômago estremece de nervoso e meu coração dispara. Treinada desde meus ancestrais da Idade da Pedra, examino os arredores para ver o que fez com que meus instintos fossem ativados. Além dos murmúrios vindos do apartamento de Naomi, tudo parece normal, calmo e silencioso. Tento me livrar da sensação, respiro fundo e volto ao meu macarrão. Enquanto escorro a massa na pia, continuo me sentindo inquieta, nervosa, embora poucos minutos antes me sentisse segura e completamente em paz. Abandono o macarrão e olho em volta mais uma vez. A única coisa que continuo ouvindo são os murmúrios vindos do apartamento ao lado, o que não é nada incomum. Naomi em geral atende cerca de três clientes por dia, com algumas horas de intervalo e, embora eu não consiga ouvir as conversas com precisão, sempre sei quando ela tem companhia. Pressiono o ouvido na parede que liga os apartamentos. Ela está falando com uma voz calma e suave, não há gritos nem qualquer motivo óbvio para preocupação, mas sinto uma terrível sensação de pavor. Sem pensar direito no que estou fazendo, a emoção dominando a razão, sigo meus instintos.

Bato na porta de Naomi. Ela demora um momento para atender, mas, assim que abre a porta, a inquietação que estou sentindo se intensifica, inundando o apartamento dela e quase me derrubando.

— Está tudo bem? — pergunto, tentando ver por cima do ombro dela.

— Sim — responde ela, virando-se para olhar o que estou tão desesperada para ver.

Ela dá alguns passos para trás e abre mais a porta.

Um homem de aparência comum está sentado na poltrona da mãe dela, desamarrando os cadarços dos sapatos em preparação para o tratamento. Ele está cercado por uma nuvem da cor mais preta que eu já vi. É tão escura e pesada que a senti emanando através da parede. O chão está coberto pelo que parece ser uma mancha de óleo. Nunca vi uma cena assim desde os dias em que Lily se perdia no azul de seu quarto, quando ela estava tão desesperadamente triste. Sua tristeza verdadeira parecia preferir se esconder, enquanto esse pretume parece estar caçando.

Começo a tremer.

— Desculpa incomodar — digo para Naomi em voz alta, para que o homem possa me ouvir. — Mas tem uma emergência familiar e você precisa vir comigo.

Ela concorda com a cabeça, sem dúvida ouvindo meu tom de medo.

— Entendo. Sinto muito, Larry, vamos ter que remarcar para outro dia.

O homem para de desamarrar o cadarço e olha para ela, depois para mim. Arrepios percorrem cada centímetro do meu corpo. Há um momento desagradável e constrangedor. Fito a mancha de óleo no carpete de Naomi. Ela também parou de se mexer. A porta do apartamento em frente se abre e nosso vizinho, Ruven, sai. Trocamos cumprimentos, o espírito de camaradagem quebrando a atmosfera pesada enquanto ele tranca a porta. Faço mais perguntas do que o normal para Ruven para mantê-lo aqui mais um tempinho.

— Tudo bem — diz Larry, amarrando os cadarços.

Ele está tentando ser educado, mas dá para ouvir a irritação na sua voz. Foi insultado. Seus planos covardes foram frustrados e ele não gostou nem um pouco. Ruven vai embora e eu recuo quando Larry sai do apartamento. Sua mancha de óleo é arrastada pelo corredor atrás dele enquanto ele desce as escadas.

— Você está bem? — pergunta Naomi para mim. — Posso ajudar?

Eu a ignoro e entro na casa dela sem parar, indo para a varanda. Observo a área perto da porta principal do prédio, para me certificar de que ele vai embora mesmo.

— Como você anuncia o que faz? — pergunto.

— Tenho uma página no Facebook — responde Naomi.

— Não faça isso — digo.

— Certo — concorda ela, um pouco intrigada e bastante assustada.

Depois de um momento, Ruven aparece. Estou prendendo a respiração. Larry, se esse for seu nome verdadeiro, deve sair logo atrás dele. Um momento depois ele aparece, e eu suspiro de alívio. Ele vira a cabeça como se estivesse examinando os arredores, o óleo derramado se espalhando pelo estacionamento, depois olha para a nossa direção. Volto para dentro às pressas.

É raro encontrar o mal puro, mas você tem que reconhecer quando ele te encontra.

Transformo minha varanda londrina em um jardim do Éden. É sublime, modéstia à parte, e a maioria dos meus vizinhos já elogiou, com exceção de Dimitri, que reclama das abelhas que as plantas atraem e, é claro, dos sinos dos ventos. Instalei um sistema de coleta de água pluvial, passando um cano pela calha para alimentar um barril com a chuva. Dali, posso simplesmente utilizar a água da chuva ou, usando um sistema de bombeamento e um temporizador a bateria, configurar para regar as plantas na hora que quiser, pelo tempo que quiser. Só uso a bomba quando não existe outra opção, porque já aprendi que, embora meus tomates precisem de água, nem sempre precisam da mesma quantidade nos mesmos horários específicos. Assim como as pessoas, eles têm necessidades diferentes. Gosto bastante da relação que desenvolvo ao regá-los; provavelmente como uma mãe se sente ao amamentar seu bebê. Um momento de carinho, um momento compartilhado.

Quem diria que eu me tornaria a mulher maluca que fala com suas plantas — mas foi o que aconteceu. Plantei ervas aromáticas:

tomilho, lavanda, salsa, sálvia, alecrim e hortelã, assim como flores silvestres que atraem abelhas e borboletas. É uma varanda tão cheia que mal tenho espaço para me sentar, mas admiro a vista do lado de dentro. E, ah, as cores — e não estou falando das pétalas em si, mas das energias que pulsam nas plantas e nas flores, nas borboletas e nas abelhas quando se alimentam. Dar e receber é fenomenal, e é talvez o mais próximo que chegarei de uma viagem de LSD. São como ondas sonoras, um rádio tocando em volume alto em um dia quente, o ribombar dos alto-falantes, a névoa de calor, uma miragem na estrada. É como uma ilusão de ótica, um fenômeno impressionante no qual a luz parece se curvar, revolucionando todas as regras desse show de cores a que tenho o privilégio de assistir da primeira fileira. Sim, em momentos como este, posso até chamar isso de dom.

— Você tem que me visitar — digo para Lily.
— Só me manda umas fotos.
— Não é a mesma coisa.
— Uma varanda é uma varanda — retruca ela.
— Bem, é uma varanda linda — insisto, determinada a não deixar a negatividade dela me atingir. — Por que você não vem fazer uma visita? Posso te mostrar meu apartamento. Vem passar alguns dias em Londres. Quando foi a última vez que esteve aqui?
— Sei lá. Com seu pai. — Conto os segundos até ela acrescentar: — Aquele filho da mãe.
— O prédio tem elevador, você pode dormir no meu quarto.
— E onde você vai dormir?
— No sofá. Eu não me importo.
— E como vou entrar no avião?
— Ollie pode te levar para o aeroporto. Vai ter gente pra te ajudar durante o processo. Pessoas em cadeiras de rodas viajam de avião o tempo todo, sabia?

Ela bufa, e já sei que esta é uma conversa inútil e que ela nunca virá me visitar.

— Como está Ollie?

— Tudo bem — diz ela, soltando fumaça e criando uma barreira entre nós.

— Ele está aí?

— Sim.

— Você está fumando?

— E daí?

Um silêncio se estende entre nós.

— E se eu voltar pra casa e te acompanhar até aqui pessoalmente?

Ouço um som de algo se arrastando, o telefone é esfregado em alguma coisa e a voz de Ollie aparece do outro lado da linha.

— Não quero ver a sua cara por aqui, sua salafrária do cacete. Se colocar um pé nesta casa, eu termino o que comecei antes de você dar o fora.

— Não se atreva a falar assim com sua irmã, seu palhaço — diz Lily ao fundo. — Me devolve o telefone.

Não acredito que ele faria isso, mas ouvir essas palavras saindo da boca dele faz eu me sentir mal.

— Passa o telefone de volta pra ela — digo a Ollie.

— Bem — fala ela, de volta.

— Está tudo bem aí?

Ela ri.

— O que você acha?

— Lily, o que está acontecendo? Ele está cuidando de você?

A porta bate.

— Ollie não fica muito aqui — responde ela, podendo falar com mais liberdade agora. — Ele não consegue o auxílio que você recebia. O governo não liberou pra ele... não sei por quê, não me pergunte. Ele estava conversando com Hugh sobre isso.

— Hugh não me falou nada — digo, mais para mim mesma.

— Bem, é claro que ele não falaria, né? O Hugh é assim.
— Então, por não receber o subsídio, ele não te ajuda em nada?
— Ele ajuda um pouco.
— Vou pra casa neste fim de semana.

Passo o fim de semana com Lily. Já faz mais tempo do que deveria. Não tenho medo de Ollie, ele é meu irmão, sangue do meu sangue, não me machucaria. Certo? Sempre que me pergunto isso, me lembro da sensação dele apertando meu pescoço, dos dedos na minha traqueia, esmagando-a. Foram poucos segundos, mas deixou uma marca na minha pele e na minha mente.

Ando do ponto de ônibus até a casa me sentindo uma criança voltando da escola, com um frio na barriga e um aperto no peito de ansiedade. Eu vivia assim todos os dias. Meu corpo estava sempre tenso e estressado, e eu nem sabia disso até sair.

Tremendo um pouco por dentro, me armo para os ataques, o emocional certo e o físico duvidoso. As cortinas estão fechadas, a porta, destrancada. Entro e me preparo. O lugar parece ter sido roubado, mas é a fumaça que me atinge com força. A fumaça de cigarro, fresca e velha, pesa no ar. Pratos e copos sujos enchem a pia. Não há panelas ou frigideiras sujas, porque ninguém cozinha. Lily não consegue alcançar a pia, e ele não tem lavado a louça. A lixeira está transbordando de sacos e embalagens de delivery, e fede. Entro no modo automático: tiro o saco de lixo, jogo-o na lixeira do lado de fora e começo imediatamente a limpar. Minha fileira de plantas no parapeito da janela está morta. Levo-as para fora e coloco-as no chão, mortas em seus vasos. Isso me enfurece. A grama ainda parece boa; pelo menos está sendo cortada.

Eu limpo, arrumo, esfrego. Encho a lava-louça e limpo o forno, que está tão coberto de gordura que faz meu estômago embrulhar. Ninguém desce. Supondo que estou sozinha em casa, entro no quarto de Lily sem saber o que esperar. Não está tão ruim quanto o térreo, pelo menos ela conseguiu controlar sua parte da casa. Ela está na cama, dormindo. Eu me movo em silêncio, pegando roupas sujas para lavar. Em seguida, junto as xícaras e canecas ao lado da cama.

Quando vejo minha planta de aloe vera ao lado da cama dela, verde e feliz, choro baixinho.

Estou cansada de me sentir como uma sombra.

Peço demissão do trabalho de limpeza. Londres me fez sentir como se estivesse aqui, mas distante de todos. Cercada de pessoas, mas desconectada, como se estivesse observando todos os outros vivendo, e eles estivessem na luz e eu não. Trabalhar à noite, dormir durante o dia, sem viver de verdade. Era isso o que eu queria há tanto tempo, enquanto estava em casa com Lily: apenas sobreviver e ficar sozinha, é como sempre ajo, mas não me mudei para cá para manter hábitos ruins. Não quando as pessoas que um dia me conheceram parecem não mais me ver.

Consigo um emprego em um call center chamado Cartão de Visita. A jornada de trabalho é melhor, das nove às cinco, e paga melhor também, nesta cidade ridiculamente cara, e posso usar calça jeans e uma camiseta azul com o logotipo da empresa. Meu foco são as chamadas externas. Nosso mínimo são dez ligações por hora, mas estou fazendo o dobro disso, e não por bons motivos. Não consigo manter ninguém na linha para me ouvir. Enquanto o cara à esquerda e a garota à direita repetem o discurso de vendas que aprendemos, todo mundo para quem ligo está ocupado demais, não tem interesse, quer que eu ligue de volta mais tarde, mas quando faço isso não atende.

Tem muita gente perto de mim, o que é difícil, mas ficamos separados por divisórias para dar uma sensação de privacidade. Somos duzentos atendentes na sala, dez mesas retangulares de vinte pessoas, dez de cada lado, mas a organização para amontoar duzentas pessoas em uma sala foi inteligente, criando uma falsa impressão de espaço. É um truque que preciso aprender, uma das ótimas dicas que uma cidade como Londres pode me ensinar, mas pela primeira vez o problema não são as pessoas. São as máquinas. A sala está quente. Não posso tirar a camiseta, porque não tenho mais camadas de que me livrar. Sinto que não tem ar aqui, como se não conseguisse respirar. Minhas bochechas estão ardendo.

— Posso abrir uma janela? — pergunto a Paul, que está ao meu lado.

Ele levanta um dedo para me pedir um segundo; está ao telefone. Abano minha camiseta e olho em volta, como se esperasse encontrar ar.

— Muito obrigado pela atenção — diz ele alegremente, depois se vira para mim e fala em um tom diferente: — As janelas não abrem, é ar-condicionado. Você está se sentindo bem?

— Está quente demais aqui.

Nuvens de pontos luminosos turvam minha visão, sinto que vou desmaiar.

Uma gota de suor escorre pelo meu peito, entre os seios, e é absorvida pelo sutiã. Estou com uma dor de cabeça latejante.

— São os computadores — informa ele, olhando para mim, preocupado. — Você tem água?

Aponto para minha garrafa vazia na mesa.

— Tem água gelada no bebedouro do canto, vou encher sua garrafa — diz ele, um olho em mim, um ouvido nos fones.

Eu me sinto um pouco menos em pânico agora; a gentileza dele me acalmou, mesmo que o calor ainda esteja insuportável. Olho em volta. Todos estão grudados a suas telas, conversando com estranhos, usando suas habilidades para fazer amizade e construir confiança em nanossegundos. Alegres e prestativos, apesar do que está acontecendo com eles. As cores ao redor dos monitores são mais quentes e brilhantes que as deles próprios. Observo a garota na minha frente, Parminder, e luto contra a vontade de gritar enquanto a energia do computador chega até ela, como uma criatura alienígena tentando sugá-la para dentro da máquina. Ao longo da manhã, as cores incandescentes que emanam dos computadores se estendem para aquecer todos na sala. Quaisquer que sejam as cores que essas pessoas tenham, elas estão agora rodeadas por um vermelho ardente, uma camada adicional, como um isolante, que começa a queimar suas cores, como se fosse lava, derretendo na cabeça e no torso delas.

— Destruição da camada de ozônio — diz o sr. Walker, nosso professor de ciências, lendo as palavras no quadro branco.

Alguém geme. Estamos sentados em mesas duplas, mas todos sabem que gosto de espaço, então fico sozinha, de óculos escuros. Saloni está na minha frente com Gospel; ela está enrolando o cabelo no dedo, com tanta força que a pele fica pálida e arroxeada, como se fosse explodir, e então o desenrola novamente. Sei que ela não está prestando atenção. Parece séria, mas conheço esse olhar: ela está distante na própria cabeça, vivendo uma vida diferente. No harém de um príncipe, sendo uma de suas esposas — ela já me contou sobre essa fantasia antes —, ou em um arranha-céu em Nova York, administrando a própria empresa. Ela tem tantas vidas na cabeça que não é de admirar que a errada lhe escape pela boca às vezes.

— O que causa a destruição da camada de ozônio?

— Abacates, senhor — grita Eddie.

A turma ri.

— Quase — diz o sr. Walker, tentando não sorrir. — Produtos químicos industrializados, gases de efeito estufa como o metano, em especial clorofluorcarbonetos ou CFCs, são conhecidos como substâncias que destroem a camada de ozônio. A camada de ozônio impede que a maioria dos comprimentos de onda nocivos da luz ultravioleta atravesse a atmosfera da Terra. Esses comprimentos de onda causam câncer de pele, queimaduras solares e cegueira, e prejudicam plantas e animais.

Ele olha para a turma em busca de alguma reação.

A maioria dos alunos está com a cabeça na mesa, olhando pela janela, sem se afetar pelas palavras dele.

— Onde fica a camada de ozônio?

Nada.

— Vou dar uma dica. É grande o suficiente para envolver a Terra.

— É a mãe do Sully, senhor.

— A camada de ozônio fica no alto da estratosfera. Se vocês derem uma olhada aqui... — ele aponta para a imagem projetada no quadro branco — ... a camada de ozônio atua como um campo de força ao redor da Terra.

Saloni se vira e tenta chamar minha atenção.

Eu a ignoro.

Ela me cutuca com o lápis.

— Não encosta em mim.

— Olha — sussurra ela. — Ele, lá fora. Ele me pediu em casamento.

— Pare, estou prestando atenção na aula.

— Nerd — diz ela, insultada, depois vira as costas e volta a olhar pela janela.

Surpreendentemente, esta aula desperta meu interesse. Olho para a Terra na imagem do sr. Walker. A camada de ozônio é destacada como uma névoa verde ao redor do planeta. É como a energia da Terra.

— Então a camada de ozônio está protegendo a Terra? — pergunto.

A pergunta o satisfaz tanto quanto a ausência de uma. Já se desligou há muito tempo. Esta escola faz isso com os professores.

— Ela nos protege dos raios solares prejudiciais, sim, como o biocampo da Terra.

— O que é um biocampo? — pergunto.

Algumas pessoas riem, pensando que estou brincando, tentando impedi-lo de terminar uma frase de propósito. Ele me encara, tentando decidir se estou de brincadeira ou não, e aceita a opinião dos outros alunos.

— Considere isso seu dever de casa, srta. Kelly. Amanhã você pode me dizer o que é um biocampo. Se prestarem atenção na próxima imagem, vão ver o impacto dos CFCs. — Ele aperta um botão. — Este é o buraco na camada de ozônio.

— Não é tão perigoso quanto o buraco do Alex, senhor.

Ele também ignora isso.

— Como sabemos que o buraco está lá? — pergunto.

— Por causa de interações químicas que acontecem no ar. Não dá pra ver, então precisamos desenvolver instrumentos complexos para medir suas mudanças. São medidas em unidades Dobson.

— Chato — reclama alguém.

— Mas talvez isso fique para outra hora.

— Ou para nunca.

Olho pela janela e para o céu, até a estratosfera. Acima de todas as nossas energias, imagino uma imensa névoa verde ao redor da Terra, uma camada externa como se vivêssemos em um globo de neve. Eu me pergunto, se pudesse ir tão longe, se conseguiria vê-la e, se sim, me pergunto quais cores a Terra teria. Estaria sofrendo, como a maioria das pessoas, ou teria cores alegres? Seria possível a Terra sentir inveja? Fascinada pela ideia, quero mais do que tudo ver a aura do planeta. Ou talvez eu não precise, talvez eu já sinta exatamente como a Terra se sente, da mesma forma como sinto todos ao meu redor.

— *Um biocampo é a energia que envolve sistemas vivos. É a matriz que conecta nossas dimensões físicas, emocionais e mentais* — lê Gospel no computador mais tarde naquele dia, quando estamos fazendo nosso trabalho de casa. — Seja lá o que isso significa.

Escrevo essa definição e olho de volta para a pesquisa no Google no monitor. Sua pergunta, *o que é um biocampo?*, só gerou mais perguntas.

— *Os humanos geram um campo magnético?* — leio em voz alta. — Clica naquele link.

— *Cada órgão e cada célula têm seu próprio campo* — lê ele com um jeito de professor exagerado e bobo. — *Neurônios, o sistema endócrino e os músculos são chamados de células excitáveis, pois a eletricidade os estimula, criando um campo magnético.*

Ele empurra óculos imaginários na ponta do nariz. Tique. Joga a cabeça para trás. Grunhido.

— *Os humanos podem brilhar?* — leio.

Gospel ri e começa a ler.

— *Os cientistas afirmam que o corpo humano literalmente brilha, mas quê…?* — Ele abandona a voz idiota de professor. — *Pesquisas mostram que o corpo emite luz mil vezes menos intensa do que os níveis aos quais nossos olhos nus são sensíveis.* Que bizarrice.

— É por isso que estou aqui — digo, pronta para contar a ele, meu rosto corado de alegria com essa descoberta. — Eu consigo ver a luz das pessoas, o campo magnético, como quer que chamem. É mais fácil pra mim dizer que vejo as cores das pessoas. As cores refletem o humor delas, tipo azul para triste, rosa para feliz, mas é mais complicado do que isso. As cores me dão dor de cabeça. É por isso que uso óculos escuros.

Ele para um momento para ver se estou brincando e, por algum motivo, decide que estou falando a verdade.

— De que cor eu sou?

— Cor de mel — digo, sorrindo.

* * *

Paul volta com uma garrafa de água gelada.

— Obrigada.

— Sem problemas. Geralmente as pessoas ficam congelando na primeira semana. O ar-condicionado está sempre no máximo. Com o calor dos computadores, tem que ser assim. Mas não é para nós, é para que os computadores não explodam.

Olho ao redor da sala, para os corpos de todos sendo invadidos aos poucos pelos raios do computador, de repente compreendendo algo que eu não tinha entendido antes. Nossas energias são como a camada de ozônio, e a energia do computador, a energia eletromagnética; é como os CFCs que nos atravessam como uma faca quente na manteiga, abrindo um buraco na parte que nos rodeia. A parte que não dá para ver. O biocampo.

Há pânico em relação às mudanças climáticas. A Terra está em crise, mas me parece que ninguém está prestando atenção à crise da nossa alma. Não há unidades para medir todos os buracos que vão aparecendo em cada um de nós.

No apartamento de Naomi, uma mulher está deitada na cama no centro da sala. Tem por volta de 30 anos, acho. Usa legging e suéter, e está sem sapatos. Ela sorri para mim quando entro, embora seus olhos estejam vermelhos e inchados, como se ela estivesse chorando.

— Lucy, esta é Alice — diz Naomi, nos apresentando. — Lucy não se importa que você observe. Acabamos nossa conversa agora, então vamos começar a limpar os chacras.

Eu deveria estar observando Lucy, mas não consigo parar de admirar Naomi. Ela tem uma aura de ouro puro ao seu redor, o tipo de cor que só vi em bebês recém-nascidos. É uma luz dourada que sobe do chão, fluindo para cima e ao redor dela como uma luminária de chão com a cúpula inversa. A cor flui dentro da bolha, como um espumante ou uma luxuosa taça de champanhe recém-servida. É tão brilhante, como abrir as cortinas logo pela manhã e se deparar com os raios de sol. Quase apertando os olhos por causa da luz, observo Naomi trabalhando.

A cor proeminente em torno de Lucy é o preto. Não um preto bruto do pedófilo do parque ou as listras metálicas angustiantes de alguém doente e cheio de pensamentos ruins e assassinos. Já vi esse preto antes, inúmeras vezes, muitas pessoas o carregam todos os dias: é o preto do luto. Um preto tranquilo e contemplativo que fecha as cortinas para as pessoas cuidarem do seu interior. A cor fala comigo, com educação e calma, dizendo: não perturbe, estou exausta e descansando, estou tentando me curar. O preto é translúcido como um véu e cobre Lucy da cabeça aos pés; em alguns lugares, há pontos mais escuros onde ela está claramente com dificuldades emocionais, em especial na boca do estômago, onde sua caixa torácica termina.

Naomi precisa ter cuidado, se for fazer o que vi Esme fazendo, a única vez que presenciei uma sessão de reiki. Ela poderia enviar esses nós pretos para as partes erradas do corpo de Lucy, para a cabeça ou os órgãos, o que seria perigoso. Ou os nós poderiam resistir e permanecer onde estão, ficando apenas mais apertados e mais escuros, mais nodosos.

Observo enquanto, com os olhos fechados e as mãos estendidas, Naomi identifica corretamente as áreas problemáticas. Respirando fundo, ao som calmante de água corrente e notas de flauta, Naomi começa a trabalhar no primeiro nó. Seguro a respiração.

Quando o calor emerge das mãos de Naomi, quase me engasgo. Vermelho e laranja, quentes e convidativos como um pôr do sol. O nó preto apertado resiste no início, começa a se apertar. Em vez de forçar, Naomi para e procura algo específico. Quando volta, está com um cristal, uma pedra de um tom de preto esfumaçado. Ela a segura, como se estivesse aquecendo a pedra, inspira fundo, expira lentamente e depois coloca a pedra de volta no caminho do sol. Ela estende as mãos acima do teimoso nó preto pela segunda vez. Devagar e aos poucos, o nó começa a se desfazer. Ele se desenrola e fica suspenso no ar por um momento, como se estivesse tomando uma decisão. Então assume uma cor clara e transparente e se funde ao resto do véu de luto de Lucy.

Naomi faz o mesmo com os outros nós. Uma lágrima escorre pelo canto do olho de Lucy, ela a deixa cair e descer até a linha do cabelo perto da orelha.

Naomi desfaz cada um dos nós de emoção, mas o véu negro que paira sobre Lucy permanece intocado.

— E agora selamos os chacras — diz Naomi baixinho, para não assustar a pacífica Lucy.

Penso na paramédica, que foi à minha casa de infância, que esfregou as mãos e se livrou do azul. Eu me pergunto se fez isso inconscientemente ou se, com um trabalho como aquele, aprendeu a deixar para trás os problemas dos outros. Deixá-los antes de voltar para casa. Naomi faz o mesmo agora, esfrega as mãos, amarrotando o preto remanescente em uma bola como se fosse de papel, amassando-o. O calor de suas mãos o desintegra, e ela as sacode como se estivesse secando ao ar. Assisto com admiração.

— Pronto, Lucy — diz ela, trazendo-nos de repente de volta à realidade, ao apartamento em Islington, num prédio residencial, com as buzinas e sirenes do trânsito lá fora audíveis mais uma vez. O feitiço está quebrado.

Lucy se senta, com olhos sonolentos e cabelo despenteado. Ela leva um momento.

— Obrigada — agradece ela, e começa a chorar.

Naomi permite que ela tenha seu momento tão humano, lhe entrega um lenço de papel e serve um copo de água.

— Como você fez isso? — questiono, boquiaberta, depois que Lucy paga e sai.

— O que você me viu fazer? — pergunta ela, sorrindo. — Chá?

Estou tremendo. A adrenalina me domina.

— Não. Não quero chá. Foi... foi fenomenal. Você sabe o que acabou de fazer?

A bolha dourada ao seu redor desapareceu.

— Você era como uma taça de champanhe — digo. — Uma bolha dourada cintilante, e então o calor das suas mãos desatou todos os nós pretos ao redor dela. Aquele na pélvis dela era teimoso, admito. Estava ameaçando se apertar, e eu pensei que você fosse piorar a situação dela. Quase aconteceu, mas aí você pegou aquela pedra preta e de repente o nó se soltou. E, puf, desapareceu... só que não por completo, juntou-se ao véu negro, mas muito menos prejudicial do que antes. E o mesmo aconteceu com os outros. Foi como se eles olhassem para o primeiro nó e dissessem: de jeito nenhum vamos escapar dessa! E nem sequer resistiram. E tem a coisa do papel, amassar, dissolver e jogar fora. — Eu faço uma péssima impressão de arremesso de basquete com um movimento exagerado do pulso. — E que arremesso. Lucy está bem. Bom, ainda de luto, mas você não pode consertar isso, certo? É natural, você só abriu caminho para ela fazer isso sozinha.

Naomi se senta, exausta.

— Fazer isso te cansa? — pergunto.

— Não, você me cansa.

Paro de andar.

— Ah. Desculpa.

— Não se desculpe. *Você* é fenomenal — diz ela. — Eu sabia. Senti que havia algo especial em você.

— Em mim?

— Sim, em você. Prepara um chá pra mim, por favor? Preciso de algo para me acalmar.

Eu fico de olho nela enquanto pequenos fogos de artifício coloridos aparecem por todo o seu corpo.

— Você viu tudo o que eu fiz em cores? — pergunta ela enquanto nós nos acomodamos.

Faço que sim com a cabeça.

— Incrível. Eu deixei alguma coisa escapar? Alguma energia que deixei para trás?

Balanço a cabeça.

— Não.

Ela é a especialista, parece errado perguntar isso. Como se ela fosse o piloto que saiu da cabine em busca de conselhos dos passageiros.

— Incrível — repete ela. — Você disse que eu parecia uma taça de champanhe?

— Sim, uma *flute* — digo. — Toda dourada, brilhante e borbulhante. Estava ao seu redor como uma bolha. O que foi aquilo?

Entrego um chá de camomila para ela e me sento na poltrona da mãe dela. Sinto um pequeno sobressalto quando me sento.

— É um escudo — diz ela. — Eu crio sempre que um cliente entra na minha casa para uma sessão. É importante me proteger e manter as energias separadas.

Esta talvez seja a informação mais importante que já ouvi na vida.

— Você consegue construir um escudo?

— Claro. Alice, você pode fazer o que quiser com suas energias. São suas energias.

— Uso luvas, máscara, óculos, mantenho a pele coberta, temos divisórias no call center, mas escudo? Eu usaria todos os dias.

— Não queremos ficar protegidos de tudo na vida, Alice. Algumas coisas devem ser vivenciadas, para algumas pessoas devemos nos abrir. As luvas, a máscara, os óculos... Você tem dito às pessoas para ficarem longe, em vez de descobrir como estar entre elas. Você decidiu se tornar uma estranha em vez de se misturar.

— Como uma sombra — digo. — Já decidi que não quero mais ser isso, mas é a única maneira que sei como viver.

— Vou te mostrar outra maneira. Vou te ensinar como se proteger. Uma coisa é estar sozinha, Alice, outra bem diferente é estar solitária.

Sinto outra sacudida embaixo de mim e me levanto.

— Qual o problema com você?

— Sua mãe está agitada hoje — digo, olhando para a poltrona, que está brilhando mais que o normal.

Ela abre a boca, surpresa.

— Ah, meu Deus, Alice. É aniversário dela!

Naomi e eu estamos sentadas de pernas cruzadas no tapete dela. Velas perfumadas estão acesas e uma música relaxante toca ao fundo. As portas da varanda estão abertas para um dia claro de primavera, os sinos de vento resistentes tilintam na brisa leve. O forno exala cheiro de coco e, seja lá o que for, quero que me ofereçam um pedaço.

— Estamos criando um escudo de ouro — diz Naomi. — Depois de criar o escudo, você não precisará fazer isso de novo por muito tempo. É como um par de sapatos artesanais que se usa até precisar consertar ou fazer um novo. Estará sempre lá, mas você vai andar descalça quando for necessário. Pense nisso como a viseira de um capacete, que recua quando você não precisa dela.

Dou uma risadinha.

— Isso é tão legal. Pra onde ele vai?

— Pense que o escudo está lá, mas desativado.

Estou confusa, sem ter certeza de que serei capaz de fazer isso. Seria mais fácil se houvesse um botão de liga e desliga.

— Não é para uso diário — diz ela, com um tom de alerta, como se pressentisse minhas verdadeiras intenções.

Concordo com a cabeça, mas pretendo usar essa invenção maravilhosa o tempo todo. Naomi parece decepcionada com minha mentira; ela pode não ter minhas habilidades de ver a aura, mas seus instintos são os mais aguçados que já encontrei.

— O escudo repele todo o mal. Você pode usar quando se sentir sob ataque psíquico e psicológico, para se proteger contra pessoas que são autoritárias e que ameaçam sua aura.

— Isso é todo mundo. Todos os dias, o tempo todo.

— Não é, Alice, e você sabe disso — diz ela, como se estivesse repreendendo uma criança.

Dou risada.

— Então por que você estava se protegendo da Lucy? Ela não estava te atacando.

— Sinto falta da minha mãe — responde ela simplesmente. — A maior perda da minha vida é a minha maior fraqueza. Tive que me esforçar muito pra lidar com isso depois de perdê-la, e permitir que a dor da Lucy entrasse em contato com a minha seria prejudicial para mim.

— OK. Entendi.

— O que costumo fazer durante as sessões é selar minha aura. Permite a entrada de energias positivas e filtra as energias negativas.

— Legal. Eu preciso disso também.

Ela ri.

— Tudo a seu tempo.

— Uma vez, em um bar, vi um cara mudar de cor para combinar com as mulheres com quem ele estava conversando — comento.

— Isso se chama espelhamento de aura. Você viu as cores dele mudando? Incrível. É uma boa ferramenta. Muita gente faz isso instintivamente, qualquer um que seja carismático. Dá para ajudar as pessoas a se sentirem mais confortáveis na sua presença, para que não sintam que você está sendo dominadora e para que elas possam relaxar.

— Aposto que você fazia isso quando trabalhava como parteira.

— Ajudava as mães e os bebês.

A ficha cai.

— Você fez isso comigo, não foi?

— Não é um tipo de manipulação, Alice — diz ela, rindo. — As pessoas fazem isso de forma subconsciente e natural.

— Mas você fez isso comigo, não fez? Eu não queria gostar de você, mas gostei.

— De que outra forma eu iria me apresentar? Você fugia toda vez que eu abria a porta — diz ela, rindo.

— Me ensina a fazer tudo — digo, entusiasmada.

— Tudo. A. Seu. Tempo.

Quero aprender tudo agora, mas o ritmo de Naomi é mais lento. Embora ela tenha instinto para a maioria das coisas, o que ela não conseguiria entender completamente é minha impaciência em parar de ficar à margem, sair da sombra e sentir o calor e todo o brilho da luz do sol em meu rosto. Eu quero isso agora.

— Você está pronta, Alice?

— Você não tem ideia.

Aproximo-me do prédio da Cartão de Visita e crio a bolha de champanhe ao meu redor, como Naomi me ensinou. Sinto como se eu flutuasse até meu espaço de trabalho ao lado de Paul.

— Bom dia — diz ele.

— Bom dia — respondo, com um sorriso e aquela voz simpática de telefone que todos fazem.

— Preparada? — pergunta ele.

Coloco meus fones de ouvido.

— Vamos nessa.

É o meu dia mais produtivo até agora. A equipe me convida para um drinque depois do trabalho.

* * *

Da invisibilidade à invencibilidade, o escudo começa a me dar a vida com a qual sempre sonhei. Tenho um novo emprego, estou investindo em um novo guarda-roupa. Os olhos de Naomi se arregalam enquanto atravesso o corredor com um vestidinho preto novo, como se estivesse em uma passarela.

Fico um pouco descontrolada depois que Naomi me ensina os truques — ou as ferramentas, como ela prefere chamar — do ofício. Eu vejo mais como truques, como formas de manipular. Saio *muito*, ansiosa para recuperar o tempo perdido.

Posso ficar com quem eu quiser.

Faço isso espelhando a aura das pessoas ou alterando a minha para agradá-las. Isso significa observar os homens por algum tempo, descobrir quais cores chamam a atenção deles. Alguns gostam de mulheres quietas e vulneráveis, muitos procuram por isso, problemáticas e flexíveis. Alguns querem mulheres carentes, outros querem distantes. Ainda há outros que gostam de mulheres dominantes e dominadoras, que vão castigá-los por suas travessuras, se precisarem ser colocados em seu lugar, ou orientá-los e guiá-los.

Eles não sabem o que há em mim que os atrai. Posso não ser seu tipo habitual, uma garota varapau com um vestido preto barato, mas é a minha presença que chama a atenção deles. Algo pré-histórico que faz com que eles sintam arrepios na nuca, algo que os obriga a me buscar, enviando exatamente a energia que procuram. Isso lhes dá a sensação de que querem saber mais, ouvir mais, ver mais.

Camaleões humanos; eles existem.

É por isso que os vigaristas conseguem roubar à vista de todos, profissionais que sabem desaparecer na multidão sem se mover ou causar distração quando necessário. Eles fazem isso o tempo todo, esses homens que eu caço. Posso ser um deles quando quero. Com meu escudo, minha aura selada e minha habilidade de espelhamento, agora tenho as ferramentas e armas de um super-herói para me equipar para esses homens encantadores. E sei exatamente onde encontrá-los.

É engraçado, depois de tentar escapar das sombras, consigo criar um novo esconderijo sendo o centro das atenções e ainda assim não ser vista.

O quarto do hotel está escuro. As cortinas estão fechadas, e a única indicação de que está de manhã são os sons florescentes da vida lá fora. O chuveiro no quarto ao lado, o noticiário em alto volume, o maquinário do elevador despertando e apitando alto a cada poucos minutos. Em geral, eu não escolheria um quarto perto do elevador, mas já estava tarde e este era o único disponível. Aceitamos o que tinha, gratos por não ser um armário, um banheiro ou um beco.

O peito dele sobe e desce, e minha cabeça se move junto. É calmante, o ritmo. Eu poderia ficar assim o dia todo, não para sempre, mas só por hoje, definitivamente por mais uma noite. Meus olhos se fecham enquanto ouço os batimentos cardíacos calmos dele e, no momento em que estou caindo no sono, sinto-o se mover embaixo de mim. Abro os olhos e vejo sua expressão antes que ele tenha tempo de mudar. Confusão. Desorientação. Saio de cima do peito dele. O príncipe acordou, o conto de fadas acabou, agora aguardo o sapo se revelar.

— Bom dia — digo.

— Ei — responde ele, sonolento. — Que horas são?

Finjo verificar.

— Seis e meia.

— Uau. Nossa, eu desmaiei.

— É, eu também.

As faxineiras gritam umas com as outras no corredor do lado de fora do quarto. O sotaque romeno destrói a paz, nos lembra de que somos uma engrenagem em uma roda, de que estamos atrapalhando, de que elas têm trabalho a fazer antes que mais pessoas cheguem.

Ele esfrega os olhos e se senta na cama, com os lençóis em volta da cintura. Olha ao redor do quarto como se o visse pela primeira vez.

— Cacete, onde estamos?

Dou risada.

— Em um Premier Inn.

— Onde? — pergunta ele como se estivesse brincando, mas dá para ver que não sabe mesmo.

— Bermondsey. — Eu me enrolo nos cobertores com mais força. — Meu nome é Alice. Nós nos conhecemos na galeria.

— Ei — diz ele gentilmente, olhando para mim. — Eu me lembro disso. Eu me lembro de você. Só estava confuso com o resto.

Sorrio. Ele foi como um ímã para mim ontem à noite. Ainda é. Aquele filtro de luz dourada brilhando na escuridão de todas aquelas pessoas na galeria, como se houvesse uma fresta nas cortinas por onde a luz passava. Ele era a luz. Mesmo sabendo que não era uma luz natural, que era uma lâmpada e não o sol, ainda assim era convidativo.

— Já estava tarde, você disse que teria que chegar cedo ao trabalho, então não adiantava voltar pra casa...

O mercado nunca dorme. Mas ele sabe viver. E nós rimos. Foi tão idiota.

— Aham — diz ele, distraído, verificando o relógio, depois o telefone, o pânico estampado no rosto.

— Tudo bem?

Obviamente não está tudo bem, não tenho dúvidas, porque ele se levanta da cama, o corpo nu movendo-se com pressa em busca de roupas, indo ao banheiro. Liga o chuveiro. Ouço a voz dele através da parede fina.

Ela deve estar com raiva. Eu estaria, se fosse ela.

Gospel estava certo sobre eu ser atraída por meus inimigos. Nesse caso, homens ambiciosos e carismáticos que querem tudo e parecem não sentir nada. Não sei se é o comportamento deles ou simples autoconfiança de que são os maiorais, de que são intocáveis, mas é uma fantasia da qual quero fazer parte, para a qual sou atraída, mesmo sabendo que é mentira.

Eles desejam emoção, são viciados em riscos — esse é o tipo de homem que chama minha atenção. Homens como esses são motivados e focados, me atraem com sua confiança. Confundo sua ganância com luxúria, seu desejo de consumo com lascívia. O foco e a determinação cega me atraem, o charme que transborda com a promessa de ter tudo no mundo, do jeito deles, onde as regras são sugestões e a verdade é maleável.

É isso que eles querem que você veja, diz Naomi quando esses homens não me ligam mais, quando questiono o que fiz de errado, quando tudo termina em sofrimento.

São suas cores que me atraem. Eles são cintilantes. Ouro e prata. E eu sou como uma gralha, capturada pelo brilho deles.

Não sei por que, com minha visão tão única, não consigo ver que, apesar de brilharem de longe, de perto são sujos. Vícios, compulsões, os tons cinzentos sombrios de informações ocultas e meias-verdades. Não sei como não percebo a ferrugem nas bordas e dobradiças, como não ouço os rangidos de suas juntas. Esses homens de metal brilhante, necessitados de óleo, com cérebro em abundância, mas sem consciência. Gostaria que eles me levassem para casa, mas para um lar duradouro, um lar que sinto dentro de mim, não um Premier Inn por uma noite.

Ando descalça pelo corredor até meu apartamento. Carrego os sapatos nas mãos, a parte de trás do tornozelo machucada e em carne viva por causa dos sapatos novos, e não houve acolchoamento extra ou esparadrapo que ajudassem. Procuro as chaves na bolsa. Baixar a guarda é como tirar um par de saltos apertados depois de uma longa noite.

A porta de Naomi se abre e ela me olha de cima a baixo, com a sobrancelha levantada, notando que ainda estou com o vestido da noite anterior.

— Não me julga.

— Não estou fazendo isso. Você acha que eu não me divertia?

— Você ainda se diverte — respondo.

Ela ri.

— Enquanto meu coração bater. Tenho um cliente ao meio-dia. — Ela olha para o relógio de forma exagerada. — Ah, veja só, daqui a apenas vinte minutos. Você pode observar se quiser, ele não vai se importar. É uma alma gentil, que está passando por um divórcio e uma briga pela custódia dos filhos. Isso está acabando com ele.

— Desde que ele não seja o assassino da machadinha, acho que você vai ficar bem sem mim. Você não precisa de mim, acerta sempre.

Ela me observa, preocupada.

— Não é verdade. De qualquer forma, não foi por isso que te chamei. Ele está passando por uma crise de identidade, pode ser interessante pra você ver o que está acontecendo.

Irritada com o que considero um comentário incisivo, entro e fecho a porta de casa. As plantas da varanda precisam da minha atenção, tem uma árvore de ave-do-paraíso branca meio seca me observando da cozinha. Não tenho energia para isso. Fecho as cortinas para impedir que a forte luz do sol entre e caio de cara na cama.

* * *

— Usamos discadores preditivos — Paul se gaba para Reynash, o cara que está conversando com Parminder.

Reynash também trabalha em um call center, mas menor, para uma empresa pequena que não faz tantas ligações por hora quanto nós. É como se eles estivessem comparando o tamanho dos pintos na mesa frágil cheia de garrafas de cerveja. Bobo, mas já vi coisas piores.

— Não só temos discagem automática nos telefones, mas também usamos algoritmos sofisticados para prever a disponibilidade e otimizar a utilização do agente, garantindo que os atendentes nunca fiquem ociosos. Integramos o discador preditivo com aplicativos de CRM, o que permite que os atendentes vejam informações do cliente e façam chamadas mais relevantes e personalizadas — continua Paul.

Sua capacidade de recitar informações, em comparação à minha leitura robótica do roteiro à minha frente, sempre me impressiona. Ele lambe o dedo, ergue-o no ar e sibila.

— Uuuuh — dizemos todos em uníssono.

Reynash ri, achando graça.

— Sim, mas ainda temos que discar os números, por isso estamos fazendo um trabalho extra…

Nós vaiamos, e ele desiste.

— Dedos ágeis, Parminder.

Paul dá uma piscadinha e agita os dedos para ela, que ri.

— Enfim, não adianta discutir quem é o melhor porque todos sabemos que sou eu — diz Paul, acendendo um cigarro.

Estamos sentados do lado de fora de um bar, O Porco e o Pato, em um beco estreito cheio de funcionários de escritórios comemorando o fim do dia de trabalho, portas derramando gente, vestidos derramando pele, bocas derramando meias-verdades. As pessoas gritam para serem ouvidas, riem para se sentirem vivas, e estou entre elas, na confusão de linhas que passam de uma para outra, cruzando-se como os raios laser de segurança de uma galeria de arte em um filme de mistério. O tipo de cena pela qual eu só passava antes, observando de longe, o tipo de lugar onde eu nunca ficava no epicentro. Meu escudo está ativado, é claro, quase sempre está. Estou presa em uma bolha cálida para me defender de todas as energias alienígenas. Só o retiro quando enfio a chave na porta ou quando dou um passeio pelo parque. Se bem que depende do parque e da hora. Esse escudo me deu novas liberdades e estou aproveitando tudo o que posso.

— É verdade, você é o melhor — concordo. — Quantas vendas esta semana? Daqui a pouco você vai estar mandando em todo mundo.

Ele revira os olhos, como se a ideia o entediasse.

— Não pretendo ficar muito tempo. Não me mudei pra Londres para trabalhar em um call center fedorento pelo resto da vida. Eu tenho planos. — Ele faz piruetas pelo beco de paralelepípedos e cai de lado em uma mesa de madeira lotada de gente. Estende a perna bem alto, em um movimento perfeito de balé. Todos aplaudem, menos o rapaz cuja cerveja foi derrubada. Paul se vira de volta para nós. — Vou ser uma estrela do West End. Vocês estão olhando para o Aladdin de *Aladdin* no Swindon Theatre, para Adam e Felicia de *Priscilla, a rainha do deserto* em turnê nacional e para Munkustrap de *Cats* na turnê sul-coreana.

Parminder se surpreende.

— Coreia do Sul? Como foi?

— Incrível — diz ele, revirando os olhos. — Eu nem consigo explicar.

— Fabuloso — falo, tentando parecer tão fascinada quanto gostaria de me sentir se acreditasse de verdade em uma palavra dele.

Paul é uma criatura divertida e fascinante; aparentemente superficial, mas com camadas incríveis que são difíceis de compreender. Sempre há algo verdadeiro no que ele diz, baseado em algum tipo de realidade, mas não tenho certeza de qual é. Ele pode conhecer alguém que foi dançar na Coreia do Sul, pode ter planejado fazer isso, pode ter feito o teste, pode ter visto a apresentação na Coreia do Sul. Há parte dele que quase acredita no que está dizendo, mas as luzes metálicas o desmentem. Eu teria evitado alguém assim. Antes de Londres, antes do escudo, teria visto isso como uma característica perigosa; uma pessoa instável e insegura que poderia causar tremores no meu mundo, então eu o teria evitado à primeira vista. Mas agora não faço mais isso. Quando sou essa outra pessoa, não importa. Ele não pode me afetar.

Paul se vira para mim.

— E você... Espiã misteriosa internacional?

Nós rimos.

— Não sei, o que posso contar?

— Tudo. Por que você se mudou sozinha para Londres? Está fugindo? Testemunhou um assassinato? Está no programa de proteção a testemunhas? Fugindo de um namorado ciumento? Ou namorada?

Reynash vem em meu auxílio:

— Se ela estiver no programa de proteção a testemunhas, não pode dizer.

— Nada tão emocionante quanto isso — digo, desejando ter algo mais dramático para contar a eles, mas depois percebo: quem saberia a verdade?

Ninguém aqui diz a verdade. A maioria das pessoas que conheci nessa cidade não são de Londres, vieram de algum outro lugar, atraídas por esta grande metrópole multicultural porque estão se escondendo de alguma coisa ou procurando alguma coisa. Até a adorável Parminder, que está fazendo Reynash perder tempo porque sabe que tem um ano até que sua família comece a apresentá-la a uma sequência de possíveis maridos. Quando você não conhece ninguém e ninguém te conhece, por que não ser livre e se libertar das suas algemas?

— Eu estava na universidade, mas larguei no terceiro ano. Direito — respondo, causando uma onda de *aaaahs*. — Eu queria viajar.

— Advogados não podem viajar? — pergunta Paul.

— Pra onde você foi? — interrompe Parminder.

— Europa, Índia, Sudeste Asiático, Austrália. Então agora estou aqui, dura de tudo e trabalhando em um call center.

Eu poderia ter inventado algo mais emocionante. Pensarei em algo melhor para as próximas pessoas que perguntarem.

— Hmm — diz Paul, levantando-se da cadeira, já entediado. Prefere quando a conversa é sobre ele. — Vou pedir uns shots.

— Pra mim, não — falo na mesma hora.

Mas Reynash acha que é uma ótima ideia, então os dois se espremem em meio à multidão que espera no bar. Opto por não beber porque tenho medo de perder o controle, principalmente em um ambiente como este, onde poderia ser atingida por pelo menos algumas dezenas de energias diferentes no fogo cruzado. Seria como ser baleada mil vezes por uma arma de choque, se a corrente elétrica fosse emoções. Eu não saberia quem ser ou como ser quando confrontada com o que todo mundo está sentindo. Mas agora tenho meu escudo, que uso há meses, e minha vida mudou de forma inacreditável. Estou com meu escudo. Vou continuar assim. É hora de me juntar ao resto do mundo.

— Tequila! — grita Paul, trazendo uma bandeja cheia de copos de shot.

— Está muito claro aqui — digo, colocando o braço sobre os olhos. — Tem comida? Alguma coisa está cheirosa.

— Hum — fala Naomi, andando silenciosamente pela sala.

É como se ela pairasse. Ela tira os sapatos quando os clientes chegam e anda descalça. Não há sons para quebrar o silêncio e a calma. Além de mim, reclamando por estar nesta cama, embora eu tenha subido aqui por vontade própria.

Estou exausta. Usar meu escudo com tanta frequência está cobrando um preço. Embora me proteja dos outros, construí-lo e mantê-lo significa que estou me esgotando.

— Você está usando seu escudo?

— Às vezes. No metrô e tal.

— Por que não apenas selar sua energia? Por que se proteger com tanta firmeza? É uma maneira agressiva demais de existir.

— Porque funciona.

— Será? Vamos ver. Braços na lateral do corpo.

Ela fecha os olhos e respira fundo, estendendo as mãos. Franze a testa e diz:

— Hum. — E não no bom sentido. — Você precisa encontrar outra maneira de viver, Alice.

— Não — respondo com raiva, me sentando e balançando as pernas para fora da cama. — Não estou com paciência pra isso. Você não diz uma palavra para os seus outros clientes. Nem uma palavra. Não era pra ter julgamento. Eles chegam aqui com vícios, impulsos estranhos e histórias malucas, e você não diz nada. Comigo, você não consegue se segurar.

— Tem razão. Sinto muito, mas considero você minha amiga, Alice. É difícil pra mim não dizer nada quando vejo você sofrendo.

Uma amiga, ela me chama de amiga, quantas amigas eu tenho? Em vez de aceitar a amizade, vou embora como uma criança petulante.

Ela sugeriu que eu abaixasse o escudo, mas pareço uma criança com um cobertor confortável. Não permitirei que ninguém tire isso de mim. Não voltarei a deslizar pelos cantos como uma sombra.

* * *

Ouço Paul ao telefone e sinto a inveja crescendo dentro de mim.

É a maneira como ele fala, seu tom. Deveria ser chato, mas quase sempre funciona e as pessoas nunca desligam. Ele faz piadas, elas riem, elas fazem piadas, ele ri. Paul faz tudo parecer tão fácil. Se eu pudesse ver as pessoas, tenho certeza de que conseguiria me sair melhor, como ele. Eu poderia ser a melhor do time. Poderia espelhar a aura das pessoas, poderia ser o que elas quisessem que eu fosse para convencê-las a acreditar nessa promoção idiota de conta de luz. Fico irritada com a habilidade de Paul, minha incapacidade de me conectar com qualquer pessoa do outro lado da linha, mesmo conseguindo quando estou em uma sala com alguém. A inveja está crescendo em mim.

Alguns engravatados entram na sala e voltamos ao trabalho, como robozinhos obedientes.

— Quem são? — pergunto para Parminder.

— A passagem dele pra fora daqui — diz ela, olhando para Paul, que imediatamente concorda com um aceno exagerado de cabeça.

— A Magma está montando uma nova equipe de vendas.

— Chamadas externas?

— Não. Visitas mesmo.

— Visitas tipo no... mundo? — pergunta Henry, ao lado de Parminder.

Todos nós rimos e depois atendemos nossas ligações.

— Eles estão procurando o melhor vendedor — continua Parminder após a chamada.

Paul estende as mãos como um dançarino no final de uma apresentação.

— Nem adianta a gente tentar — comenta Henry. — Olá, estou ligando em nome da Magma Energy... Ok, tchau.

Observo os três homens de terno reunidos, conversando, e algo novo e ruim surge em mim.

* * *

Os campos de treinamento do Crystal Palace ficam em Selhurst Park, a uma hora de trem de Paddington. Não fico pesquisando sobre Gospel como uma fã doida, mas tenho ficado de olho nele; é difícil não acompanhar sua vida quando ele é um dos maiores jogadores da Premier League. Em 7 de junho, Dia de Conscientização sobre a Síndrome de Tourette, ele lançou sua autobiografia, detalhando sua jornada com a síndrome e como isso o ajudou a se concentrar no campo, a se sentir mais livre do que em qualquer outro lugar, apenas com foco e precisão. Era um livro para torcedores de futebol mesmo, eu passei os olhos, não estava nele nem esperava estar, mas mesmo assim procurei meu nome.

Os torcedores do Crystal Palace sem dúvida são fanáticos, fazem sites dedicados a cada um de seus ídolos. Gospel é particularmente popular, não por suas habilidades, mas pela aparência. Vejo muitas fotos dele sorrindo alegre com os fãs após os treinos, enquanto eles esperam lá fora, sob o sol, o vento e o granizo, pela oportunidade de uma fotografia ou um autógrafo. Gospel parece ser generoso com seu tempo. Não vou a nenhum dos jogos, mas certa vez, num dia de folga, reúno coragem e visito o campo. Não consigo acreditar em como é fácil ver os jogadores caminhando do campo de treinamento até o carro. Os fãs ficam amontoados, embrulhados em seus gorros e cachecóis do Crystal Palace para se aquecer. É um dia fresco e seco, o sol está alto, sempre útil para não me destacar por conta dos óculos. Uso uma parca pesada e um gorro de lã. Se eu não soubesse que sou eu, não me reconheceria. Mantenho minhas mãos enfiadas bem fundo nos bolsos.

Os jogadores saem em duplas ou trios, criaturas inumanamente atléticas. De banho recém-tomado, com a pele brilhando, cortes de cabelo tão caros quanto as roupas, musculosos e magros, ricos, talentosos, desejados, admirados por homens e mulheres. As energias dos torcedores se apressam em direção a eles, como adolescentes cheios de hormônios se jogando aos seus pés, envolvendo-os, e os homens as absorvem, as aceitam de braços abertos, suas próprias energias pulsando um pouco mais a cada adoração. Não sei quem são, mas, cada vez que um novo rosto é revelado por trás da porta mágica, uma grande comoção se segue. A adrenalina dos fãs é difícil de ignorar; é tão inebriante que não sei se a excitação é deles ou minha quando Gospel aparece e meu coração dá um pulo. Já se passaram dez anos desde que o vi pessoalmente.

Alguns jogadores passam correndo entre os fãs, de cabeça baixa, enquanto assinam autógrafo após autógrafo sem se envolver muito ou olhar as pessoas nos olhos. Gospel fita todos, fala com todos. Doa seu tempo generosamente, prestando atenção especial ao homem na cadeira de rodas e às crianças, perguntando seus nomes e se jogam futebol. A cor de mel da adolescência amadureceu, como se um enxame de abelhas estivesse ocupado transformando sua colmeia em um forte. Ele exala calor, doçura, charme e, o mais importante de tudo, gentileza. Essa cor predominante se espalha como se tivesse tentáculos, não de forma negativa, como a de Lily, mas tentáculos inclusivos, que se enrolam nas pessoas, as aconchegam, as puxam para mais perto. Ele é um ímã.

Estou longe da multidão. Mas, como se de repente sentisse minha presença, ele levanta os olhos por cima da cabeça dos torcedores, diretamente para mim. Levo um susto e mudo minha aura para uma névoa cinzenta, como um manto de invisibilidade que diz: não olhe para mim, não estou aqui. Seus olhos passam por mim e ele continua assinando o pôster de si mesmo. Meu coração bate forte.

Eu me afasto antes que ele volte a olhar para cima.

Cronometro minha chegada para entrarmos no prédio ao mesmo tempo. Eu e Jacob Blake, diretor da Cartão de Visita. Nunca me importei com ele antes, nunca quis que ele me notasse, porque eu não precisava que ele fizesse isso. Meu recorde de vendas com certeza não faria com que eu me destacasse. Não é horrível, mas com certeza não está no topo. Fico em algum lugar no meio. Um pouco à frente de Parminder, que fica nervosa e desliga a ligação facilmente, mas nem perto do imbatível Paul. Se fosse tão simples quanto permitir que a energia dele se espalhasse para mim, eu faria isso, mas não funcionaria. Você pode deixar o humor passar por você, mas não pode adquirir uma habilidade assim.

Mudo minha aura para combinar com a de Jacob Blake. Uma pessoa presunçosa, no controle, alguém a quem admirar e aspirar a ser. Como se sentisse uma presença tão importante quanto a sua no espaço compartilhado, ele de repente desvia a atenção do celular e me encara. Da sombra aos holofotes.

— Bom dia, sr. Blake.

— Você o quê?

Paul olha para mim, boquiaberto e surpreso.

Ele me ouviu, então não vou repetir; já foi difícil o suficiente dizer isso da primeira vez. Apesar da faca nas costas dele, eu estava estranhamente ansiosa por este momento, pelos olhares de admiração no rosto deles, o choque e a surpresa. Não está indo tão bem quanto eu esperava.

— Você pagou um boquete para o Blake? — pergunta ele.

Parminder engasga.

— Paul!

— Mas você nem queria o emprego — diz ele, me encarando, a mágoa e a raiva evidentes.

— Uau — murmura Henry para Parminder.

— Queria, sim.

— Por que não disse nada?

Olho em volta, fingindo confusão.

— Achei que todo mundo estivesse concorrendo.

— De jeito nenhum, pensei que Paul tivesse o trabalho no papo — comenta Henry.

— Estou feliz aqui — diz Parminder, sem querer ter nada a ver com isso.

— Mas...

Olho para Paul. Seu choque se transformou em puro ódio, raiva, inveja. Meu escudo está ativado e não sinto nada, sou como mera espectadora observando com interesse.

— Mas todo mundo tinha o direito de tentar — argumento. — A vaga não era *sua*.

— Praticamente me disseram que era — diz ele. — Você é uma mentirosa do cacete, Alice — declara, se levantando e jogando o almoço no lixo. — Boa sorte, é só isso que posso dizer — completa, com a voz trêmula de raiva. — Boa sorte no mundo real, se vai esfaquear as pessoas pelas costas desse jeito. E boa sorte contando pra eles sobre o seu falso diploma de Direito — completa ele com maldade e levanta a voz. — O que nunca aconteceu. Certo?

Henry e Parminder olham para mim.

— Tão real quanto sua turnê de *Cats* na Coreia do Sul — retruco para ele, e horrorizado, assustado, envergonhado, ele se afasta, tentando esconder a derrota em seus movimentos.

Tento ignorá-lo durante as poucas semanas antes do início do novo trabalho, mas a situação fica pior. Não é que ninguém fale comigo, não é um filme americano de colégio, mas eles mudam a maneira como agem. São frios. Distantes. Como se eu fosse uma pessoa em quem não se pode confiar. Uma pária. Estou com meu escudo, mas não funciona tão bem como no começo, sinto o nojo que eles sentem de mim, a desconfiança. Mais importante ainda, seus sentimentos gerais de insignificância em relação a mim atravessam meu espaço pessoal e me atingem profundamente.

* * *

— Como posso fazer um escudo mais forte? — pergunto a Naomi de maneira casual e sutil.

Saímos para almoçar em um café caribenho em Shoreditch, para comemorar o aniversário de Naomi. Ela tira os olhos de seus bolinhos de peixe salgado e me encara. Pela sua expressão, me arrependo de ter perguntado.

— Por que você quer deixar seu escudo mais forte?

— Coisa do trabalho. O call center. É a energia dos computadores. Acho que é muito forte pra mim. Eu só queria ver se tem mais alguma coisa que eu possa fazer para...

— Não tem mais nada que você possa fazer.

Acho que ela vai deixar por isso mesmo e espero que sim, porque ela sabe que estou mentindo e não quero falar sobre o assunto.

— Quando baixar a guarda, Alice, você vai sentir tudo, cem vezes mais forte do que nunca sentiu antes. Seu corpo estará tão acostumado a não sentir nada, imagine só isso. Por exemplo, essa sua pele pálida. Você evita o sol, né, sempre coberta? O sol nunca toca sua pele, então nunca se acostumará com a luz. Você precisa deixar o sol bater em você de vez em quando, ou vai ser queimada.

Essas palavras têm o efeito oposto ao que ela pretende. Engulo a comida nervosamente, planejando nunca baixar a guarda, imaginando minhas entranhas queimando como alcatrão sob o calor de uma lupa.

As vendas porta a porta são perfeitas para mim. Meu sucesso e minha facilidade nesse trabalho significam que nunca olho para o que passou. É verão, a equipe foi formada especialmente para esta época em que é mais fácil encontrar as pessoas no jardim, quando não podem ignorar a campainha e algumas são educadas demais para mandar a gente deixá-las em paz. Tudo de que preciso é que as pessoas me vejam, e eu as conquisto. Aprendi a ganhar esse respeito com cada vendedor desonesto que recebemos na minha casa de infância. Sou a melhor vendedora da equipe, superando todo mundo todos os meses. Logo aprendo a parar assim que bato nossas metas, guardando clientes em potencial para o mês seguinte. Recebo bônus e elogios, estou feliz da vida, mas também absolutamente exausta. Para cada um que conheço e conquisto, sinto que estou entregando um pedaço da minha alma, e logo não sobrará nada para mim.

— Me conserta — digo assim que Naomi abre a porta.

Entro no apartamento dela sem esperar ser convidada e procuro a maca, que não está no centro da sala como de costume. Em vez disso, há uma mesa arrumada para o jantar.

— Vou receber visitas em breve.

— Não vai demorar muito. Posso deitar no chão.

— Não vou ficar no chão. O que você pensa que eu sou?

Ouço o tom perigoso na voz dela, mas continuo a pressioná-la.

— Você consegue fazer comigo de pé?

Tiro os sapatos.

Ela me observa por um momento e depois se aproxima de mim. Fecho os olhos, não preciso ver a irritação dela, seu julgamento a meu respeito. Não me importo com o que ela pensa de mim. Preciso de um curativo temporário, só para poder voltar ao trabalho amanhã.

— Não.

Abro os olhos, surpresa.

— O que acontece quando você toma antibiótico demais? Eles enfraquecem seu sistema imunológico — diz Naomi de forma grosseira, batendo os pés, nada como o seu normal. — Eles impedem o sistema imunológico de combater infecções. Ou o germe fica tão habituado ao antibiótico que consegue resistir.

— Então eu sou a bactéria, é isso que você está dizendo?

— Bem, talvez seja, mas estou falando do seu escudo. Você usou demais e ele enfraqueceu.

— Ah, não começa com isso de novo.

Nós duas levantamos a voz.

— O escudo não foi feito pra ser usado o dia inteiro, todos os dias, Alice. Ele está enfraquecendo e você fica enfraquecida por carregá-lo, então fica ainda mais sensível do que o normal. Você pode até continuar vindo aqui — diz ela com raiva —, mas no momento é como colocar um lenço de papel em um ferimento à bala. Você está com uma hemorragia, menina, mas minha casa não é um pronto-socorro, e eu não sou nenhuma milagreira.

— Obviamente — digo, sarcástica.

— Fora.

— Quê?

Olho para ela, surpresa. Ela está apontando para a porta.

— Você ouviu. Saia da minha casa, por favor.

— Você está me expulsando?

— Não posso ser só eu trabalhando aqui, Alice, nós duas temos que nos esforçar. Eu mereço ser tratada com mais respeito.

— Ótimo — digo. — Valeu mesmo.

Pego meus sapatos, saio às pressas e bato a porta.

Abro a porta da varanda e me deito no chão quente onde o sol bate, sem energia para encarar as flores moribundas, e rezo para que a luz do sol me recarregue. No apartamento ao lado, os convidados de Naomi estão barulhentos e animados. Eles não se importam de serem ouvidos enquanto riem e gritam uns com os outros, a varanda aberta de Naomi espalhando o delicioso cheiro de comida caribenha em minha direção como se fosse de propósito. Eu me deito no tapete aquecido pelo sol escaldante, sentindo como se estivesse num deserto, ressecada, faminta e morrendo.

A Magma vê minhas vendas. Eles me tiram da Cartão de Visita e me oferecem um emprego como representante de vendas itinerante, trabalhando com seus melhores clientes nas suas maiores contas. Um carro da empresa. Um celular. Bônus maiores. Um guarda-roupa mais bonito. Um corte de cabelo melhor. Eu bebo mais. Trabalho mais. Da sombra aos holofotes. Isso é que é viver.

— Quando você vem me visitar? — pergunta Lily.
— Quê? — pergunto, surpresa. Ela nunca quer que eu vá visitá-la. Em geral eu só apareço quando ela está me evitando de propósito. — Está tudo bem?
— Aham. Tudo bem.
— É alguma coisa com Ollie?
— Ollie é... o Ollie.
— Então, o que é? Qual o problema?
— Talvez eu vá visitar você.
Ela está me testando. Pena que eu não era tão sagaz ao telefone com os clientes quanto sou com ela.
— Sim, claro. Quando você quer vir?
Ela suspira. Peguei seu blefe.
— Você está bem? — pergunta ela.
— Estou. Por quê?
— Só estou perguntando! — Ela perde a paciência, solta um palavrão e desliga.

Alguém bate na porta, o que é uma surpresa, porque as únicas pessoas na cidade inteira que sabem onde moro são meus vizinhos, e posso contar nos dedos de uma mão quantas vezes eles me visitaram. É sábado de manhã, eu planejava ficar na cama até segunda. Estou exausta, mal consigo levantar a cabeça do travesseiro. Tenho toda a intenção de ignorar as batidas; deve ser Naomi, vindo pedir desculpas, e não estou com saco para isso. Ela pode esperar. Mas as batidas se intensificam, cada vez mais fortes.
— Tá bom! — grito rispidamente e me levanto da cama.

Visto um suéter e, sentindo que minhas pernas mal conseguem sustentar meu peso, me apoio na parede para me manter de pé até a porta. Dou uma olhada pelo olho mágico.

— Mas que… Hugh!

— Surpresa!

— Só um segundo. Espera aí.

— Abre a porta, Alice.

— Não, não estou vestida, espera.

Corro que nem uma galinha sem cabeça, sem fazer nada de produtivo, incapaz de pensar no primeiro passo para me vestir, até que paro, penso por um momento, visto uma legging, escovo e prendo o cabelo, e passo um hidratante no rosto, torcendo para parecer menos morta e um pouco mais saudável. Abro a porta.

— Surpresa — repete ele, desta vez com menos entusiasmo.

Apesar do meu tamanho e da minha falta de energia, quase o derrubo com a força do meu abraço. Enquanto parece que estou tirando todo o ar dos pulmões dele, ouço o clique silencioso da porta de Naomi se fechando. Quando termino de abraçá-lo, inspecionando cada parte do rosto que não vejo pessoalmente há tanto tempo, observo todas as cores ao seu redor para ter certeza de que ele está bem, mas sinto um homem com problemas.

— Por favor, não me diz que você se separou da Poh.

— Não.

— Ela está bem?

— Sim, está ótima, levou as crianças ao Museu de História Natural.

— Sem mim?

— Vamos passar duas semanas aqui. Estamos de férias da escola, então é um bom momento.

— Já não era sem tempo — zombo, sabendo que isso vai irritá-lo. — Não acredito que você escolheu Londres em vez da Grécia ou da Croácia ou de qualquer outro lugar onde você costuma passar o verão, mas estou feliz que você esteja aqui.

Ele me deu a animação de que eu tanto precisava, como uma dose de açúcar.

Hugh olha ao redor do apartamento.

— Em geral o apartamento fica mais arrumadinho. Tenho estado muito ocupada.

Ele olha para a varanda, antes tão gloriosa e decorada com abelhas, borboletas e vida, mas que no momento parece negligenciada.

— Estou sem tempo. Geralmente é muito mais agradável... Ah, Hugh, você deveria ter me avisado, aí eu teria me preparado.

— Por quê? Pra você poder fingir que tudo está diferente?

— Na verdade, sim, em geral é isso que as pessoas fazem quando recebem visitas.

Coloco a chaleira no fogo, aguardando as inevitáveis más notícias. Ele não veio para cá só para me ver, tem alguma coisa em mente. Fico esperando até ele tocar no assunto. Hugh fica olhando em volta como se estivesse dissecando o apartamento. De repente fico ansiosa e trêmula, tentando prever o que está por vir. Tão fraca que irrito a mim mesma. Me sirvo um copo d'água.

— Você não falou que estava ganhando mais?

— Estou, bem mais.

Dou uma risadinha de emoção, de pura surpresa e choque. Eu consegui, fiz acontecer, mas de alguma forma é como se estivesse acontecendo com outra pessoa.

— Por que você não se muda para um lugar melhor, se está ganhando mais?

— Eu gosto daqui. Além disso, agora tenho dinheiro extra pra mim, não só pra pagar o aluguel. É um luxo. Se me mudar agora, vai tudo para o aluguel de novo.

— Sim, mas você poderia se mudar para algum lugar um pouco mais seguro. Acho que quase fui furtado no elevador.

— Por que diabo você pegou o elevador? De qualquer forma, não se preocupe: eu pago para o traficante do outro lado do corredor me proteger.

A expressão no rosto dele me faz rir.

— Estou brincando. Hugh, você está passando tempo demais na sua casa chique se acha que esse prédio é uma pocilga.

— Não tem nada de luxuoso em viver numa refinaria de petróleo. Estamos pensando em nos mudar para outro lugar. Uma escola internacional em algum canto. Na Espanha, talvez. Onde tenha sol, mas que não seja um deserto. Algum lugar com água que não chova o tempo todo.

— Londres? — pergunto, esperançosa.

— Um lugar onde possamos alimentar e vestir os nossos filhos — acrescenta ele, olhando em volta.

— Então, agora que já tiramos a conversa sobre o clima do caminho, e aí, qual é o problema?

— Por que teria um problema?

— Porque você apareceu aqui, sem aviso prévio, vindo lá de Doha, pela primeira vez em... quantos anos? Eu não sou idiota.

— Como você está, Alice?

Hugh pergunta isso de uma forma que embrulha meu estômago, que me dá vontade de levantar meu escudo na hora. Ele está aqui por minha causa e isso me deixa enojada. Não preciso da ajuda de ninguém, nunca precisei, sempre cuidei muito bem de mim.

— Estou ótima.

Tento erguer meu escudo. Nunca tive que fazer isso com Hugh antes, não estive com ele desde que aprendi a me proteger, mas é estranho me proteger da pessoa que sempre me fez sentir mais segura. Quando tento levantar a guarda, algo que era tão fácil quanto mudar um pensamento, meu corpo começa a tremer, como se eu estivesse tentando levantar um elefante. Sinto uma cãibra no peito, um aperto, um puxão. Respiro fundo por causa da dor, e meu copo cai no chão e se quebra.

Hugh não pode me ver assim, não ele. Tento fingir que está tudo bem, tento pensar em alguma coisa inteligente, alguma coisa engraçada, qualquer coisa que eu possa dizer para desviar a atenção do que está acontecendo, mas, em vez disso, sinto que estou quebrando como o copo no assoalho e caio no chão.

— Alice! — grita ele.

Ele me abraça, e quero me mover, sorrir, dizer que estou bem, mas não consigo fazer nenhuma dessas coisas. Eu me sinto paralisada, completamente entorpecida, tremendo de dentro para fora, como se estivesse em um milhão de pedaços no chão.

— Vou chamar uma ambulância. Cadê seu telefone? Não. Vou pegar o meu, tá? Não se mexe.

Ele sai correndo para sua mala, e eu descanso o rosto no chão.

— Não, Alice! — brada Hugh.

Preciso fechar os olhos.

— Tem vidro.

Ele larga o telefone e se aproxima de mim novamente, afastando o vidro. Ouço batidas na porta.

— Agora não — grita Hugh.

— Me deixa entrar, sou vizinha, uma amiga!

Ele corre até a porta e ouço Naomi entrar, sinto sua presença.

— Estou chamando a ambulância. Ela desmaiou.

— Por que ela está sangrando?

— Ela caiu no vidro quebrado.

— Alice, querida, abre os olhos — diz Naomi. — Volta pra si agora.

Abro os olhos e olho para ela.

— Desculpa — falo, batendo os dentes. — Por favor, me desculpa.

— Não há motivo para pedir desculpas, você só tem que melhorar. Respira fundo.

— Desculpa.

— Pare com as desculpas — diz ela, sorrindo. — Não creio que haja motivo para uma ambulância, mas faz o que te parecer certo, Hugh. Meu nome é Naomi, sou vizinha da Alice. Sou amiga dela. Posso ajudá-la.

— Ela me contou sobre você. Certo, o que você acha? — diz ele, vindo para o chão e sentando-se ao nosso lado. — O que aconteceu? — pergunta gentilmente enquanto eu inspiro e expiro devagar.

— O muro desabou — explica Naomi. — Todos os tijolos desmoronaram. E ela está fraca por dentro. Precisa se construir de dentro para fora.

Olho para ela.

— Todos nós caímos, todos tropeçamos, ficamos de pé de novo. Graças a Deus você estava aqui, Hugh — diz Naomi, me balançando para a frente e para trás. — Além disso, acho que me ajoelhei em um caco de vidro.

Começo a rir. Isso pega os dois de surpresa. Não consigo parar, está beirando a histeria. Então, tão de repente quanto chegam, as risadas se transformam em lágrimas incontroláveis.

Gospel estava certo sobre as características do meu arqui-inimigo. Eu me mantive atenta, sempre esperando a pessoa que poderia me derrubar, a pessoa que não sente empatia, compaixão, que não demonstra remorso, que manipula e encanta. Ele me avisou que meu inimigo me atrairia várias e várias vezes durante a vida, que seria tão inteligente que eu nunca perceberia sua presença. Ele me disse: se seu inimigo é um reflexo seu, então de certa forma ele se torna parte de você.

Em todos os cenários que imaginei, em todas as pessoas que observei com olhos de lince, nunca, nem por um segundo, pensei que meu arqui-inimigo pudesse ser eu mesma, que eu poderia me destruir de forma tão violenta enquanto não estivesse prestando atenção.

* * *

Eu estava confiante demais. Manipulei minha aura por muito tempo, fingi ser alguém que não era e, cada vez que me transformava para virar alguém novo, isso devastava o que era realmente eu. Não foi preciso Hugh me ver para eu perceber isso, mas precisei ver como ele olhava para mim, para minha vida da perspectiva dele, para eu entender que não dava mais para esconder.

Eu me livro do escudo, me sentindo nua sem minha concha protetora, mas, pelo lado positivo, também mais leve. Aceito que devo aprender a viver sem ela. Volto a usar óculos escuros porque minha própria dor faz com que eu possa ver ainda mais a dor das outras pessoas. Depois do que passei, as emoções alheias ficam muito mais claras e nítidas.

Eu estava ficando entorpecida ao efeito que os outros têm sobre mim, mas não consigo fazer isso comigo mesma. Não é possível se proteger de si mesmo, não sem ficar doente. É irônico que minhas ações tenham sido o que me fez sentir pior. Não posso continuar tentando lidar com outras pessoas, preciso lidar comigo quando estou com elas.

Peço demissão do trabalho. Preciso dar um tempo. Minhas economias vão bastar por um curto período enquanto me recupero pouco a pouco. Um passeio no parque por dia alimenta minha alma. Volto a dar atenção ao jardim na minha varanda e, enquanto cuido das minhas plantas, cuido de mim mesma. Hoje é o primeiro dia que vou pegar o metrô sem meu cobertor protetor. Eu me sinto fraca e vulnerável, o escudo desapareceu por completo. Sinto que estou tremendo por dentro, que a qualquer momento vou desistir e correr para casa. Odeio essa jovem frágil que me tornei, mas preciso viver como ela por um tempo.

Em vez de ficar perto da porta do vagão, vou me sentar. Uma adolescente tira os olhos do telefone e encara meus tênis. Ela envia cometas verdes de ódio e inveja para mim do outro lado do trem.

Um homem bem à minha frente está lendo um jornal e se fixa por muito tempo na página três, onde uma jovem com seios avantajados sorri para ele, convidando-o a criar todo tipo de fantasias. Redemoinhos vermelhos giram em torno de sua virilha, misturados com preto. Nunca vi antes, mas é um desejo doentio. Eu me lembro do motivo pelo qual odeio pegar o metrô e gostaria de poder voltar a usar minha máscara e subir meu escudo. Mas não posso, com ele era como se dissesse a mim mesma que estava sob ataque psicológico constante todos os dias, submersa em corpos estranhos, mas preciso me acostumar a viver sem isso.

Um homem que parece nunca ter tomado um banho na vida senta-se perto de mim. A cabeça dele gira com uma nuvem de cores em constante mutação. Uma jovem cansada ouvindo *dance music* nos fones de ouvido, com o maxilar fazendo hora extra e pupilas tão grandes que quase preenchem seus olhos, tem luzes de discoteca piscando em volta de si. Um casal está sentado junto, de mãos dadas, compartilhando tons de rosa. Cansados e com a cabeça apoiada um no outro, parece que não faz muito tempo que saíram da cama. Não me importo de ficar perto deles; não estão interessados em compartilhar suas cores com mais ninguém, se é que notaram que há mais gente no vagão. *Meu*, seus tons de rosa dizem um para o outro. Um homem com a cor predominante azul se levanta para deixar que uma mulher grávida com torso dourado sente-se no lugar.

Estou bem perto de desistir e levantar meu escudo quando vejo um cara mais distante no metrô. Ele está usando fones de ouvido grandes e lendo um livro. Como consegue fazer as duas coisas está além da minha compreensão, mas talvez os fones estejam desligados ou talvez ele não esteja lendo de verdade. O homem vira a página. Eu observo seu rosto. Ele está mergulhado na história. Veste um terno cinza-claro, sem gravata, os botões de cima da camisa abertos, tênis e uma bolsa atravessada no corpo, que está apoiada no assento vazio ao seu lado.

Continuo olhando para ele sem conseguir entendê-lo. Lendo e ouvindo música, terno e tênis sem gravata. Não sei se ele está gostando do livro ou da música que ouve. Não sei se está cansado, ou solitário, ou feliz, se tem um espírito e uma mente generosos. Não sei se está sofrendo ou animado com alguma coisa. Ele me lembra o casal que só tem cores um para o outro — como eles, este homem está em um mundo próprio e não parece notar mais ninguém —, mas a semelhança é impressionante por um motivo diferente e não consigo definir o que é.

O metrô para. As portas se abrem. Uma multidão sai, uma multidão entra. Uma mulher se senta ao meu lado e me aperta com seus quadris largos. Alguém bloqueia minha visão do homem. Eu me inclino para a frente. Percebo agora o que há de tão diferente nele, percebo por que não tenho noção de quem ou o que ele é.

Ele não tem cores.

Mas isso é impossível. Talvez as cores dele sejam fracas; algumas pessoas têm cores muito insípidas e insossas. Tiro meus óculos escuros.

Ele não tem cores.

Nenhuma cor.

Desde que tinha 8 anos ou menos, nunca vi ninguém sem cores, a não ser que estivesse na televisão — e esse cara não está na televisão. Ele está bem na minha frente. Não consigo parar de olhar para essa aberração da natureza. Provavelmente estou olhando para ele da mesma forma que a maioria das pessoas olha para mim.

De repente, ele ergue os olhos do livro, a atenção vai direto para mim e depois para baixo de novo. Sem dúvida está incomodado com a intensidade do meu olhar, mas, se estiver, não consigo saber. Eu não consigo saber! Não sei se ele está abalado, irritado ou se sequer me notou.

Eu o examino em busca de cores, por todo o corpo, mas não há nada. Nenhum redemoinho ou névoa ocultos, nada de fogos de artifício girando, nada de faíscas ou estalos nem espirais lentas e molengas. Absolutamente nada.

Ele olha de novo para cima e pela janela, para a plataforma. De repente, percebendo onde está, se levanta de um pulo e sai correndo do metrô, pouco antes de as portas se fecharem. Atordoada, eu salto para as portas, mas elas estão fechando. Aperto o botão várias vezes, mas elas não abrem. Com as mãos no vidro, observo-o correr pelo meio da multidão na plataforma, se esquivando dos passageiros, entrando e saindo de cores como se fossem nuvens de fumaça de um trem a vapor. À medida que o metrô se afasta, minhas mãos permanecem no vidro enquanto observo o homem solitário correndo em meio à multidão colorida, sem emitir cor alguma.

Tamborilo os dedos sem paciência na mesa da cozinha, esperando que Hugh entre na ligação.

— Ei — diz ele, finalmente. — Você está bem?

Hugh está preocupado. Eu pedi para que me ligasse com urgência; ele estava no meio da aula, então tive que esperar. Ele teve que esperar. Sem dúvida estamos ambos com bolhas de estresse.

— Eu vi uma pessoa hoje.

Ele se aproxima da tela para observar meu rosto. Vejo a sala dos professores ao fundo.

— Certo?

— Um cara no metrô.

— Não se apaixone por um cara no metrô de Londres — alerta ele, com tom de brincadeira.

— Ele não tinha cores.

Hugh pensa no que eu disse por um momento. Essa é uma coisa que aprecio nele, o fato de que ele sempre analisa as coisas que eu digo, tentando ver como elas se encaixam, o que significam, em vez de descartá-las como insanidade.

— Talvez fosse uma cor fraca? — diz ele. — Bege. Talvez ele seja muito chato.

— Não, eu verifiquei. Olhei pra cada parte dele. Não tinha nada. Não dava pra saber como ele se sentia, quem ele era, eu não consegui saber… nada.

— O que você fez?

— Fiquei encarando até ele pirar? Eu não sabia o que fazer. Aí perdi o homem de vista.

Eu desci na próxima parada e voltei para a estação onde o perdi. Vagueei pelas plataformas mesmo sabendo que ele não estaria mais lá. Então subi para a rua e andei para cima e para baixo. É uma avenida grande, com ruas perpendiculares dos dois lados, edifícios escalando até o céu, um número infinito de empresas, lojas e escritórios. Ele poderia estar em qualquer lugar.

— O que é uma pessoa que não tem cores? — pergunta Hugh. — Um sociopata?

— Já vi muitos sociopatas: eles são cheios de cores, sentem muita coisa, mas não os sentimentos certos na hora certa.

— Você acha que seu dom está desaparecendo?

Abro um sorriso. Hugh sempre chamou de dom, quando eu sempre senti que era uma maldição.

— Não, talvez tenha ficado até mais forte desde que você foi embora. O que você acha que eu deveria fazer?

Ele pondera.

— Acho que você precisa ter muito cuidado.

Concordo com a cabeça, sentindo o coração afundar.

— Sim, eu deveria simplesmente deixar pra lá.

Incapaz de levantar a voz na sala dos professores, ele se aproxima da tela.

— Não, Alice. Sem dúvidas, você deve encontrá-lo.

Encontre o homem sem cores.

* * *

Eu acabo naquele vagão específico do metrô devido a uma série de erros — erros propositais, suponho. Eu estava vagando, tentando me perder, sem nenhum destino específico em mente além de tentar me sentir melhor, me sentir a minha versão normal de novo. Não devo estar ali, as chances de encontrá-lo são mínimas, mas já tinha acontecido uma vez. Só que preciso encontrá-lo novamente. Por isso, passo os dias seguintes pegando o mesmo metrô, o mais próximo da hora que me lembro, e então, pensando em como ele estava correndo quando desembarcou, imagino que estivesse atrasado e deveria ter pegado o metrô mais cedo. Então no dia seguinte viajo no horário anterior também, subindo e descendo dos vagões, lutando contra a tentação de erguer meu escudo, mesmo sem a energia para fazer isso. Aí mudo de estratégia, desisto do metrô e fico na entrada da estação onde ele desceu, monitorando todo mundo que entra e sai.

Não o encontro.

Então raciocino que as chances de eu estar naquele vagão eram tão baixas que o mesmo poderia ter acontecido com ele, e ele pode nunca mais entrar naquele metrô, ou naquela estação, ou naquela rua, nunca mais na vida. Então, depois de três semanas, paro com meu comportamento de *stalker* obsessiva, me sentindo vergonhosamente triste.

Sou frequentadora assídua da loja de jardinagem local desde que cheguei a Londres, mesmo quando não tinha dinheiro para comprar nada. Eu gosto de passear. Percebo que uma mesa de orquídeas está tão sofrida quanto possível; estão vivas e bonitas, aparentemente perfeitas para o comprador, mas tristes. Não tem ninguém por perto, então logo começo a mover os vasos para a mesa ao lado. Já matei muitas orquídeas na vida. Eu as levava para casa e vagava com elas por todos os cômodos, tentando descobrir onde elas teriam mais chances de sobreviver.

— Com licença — diz uma mulher atrás de mim.

Fui pega em flagrante. Eu me viro, pronta para me desculpar.

— Você poderia me dizer onde estão as dálias? Vou visitar uma amiga no hospital e quero dar dálias a ela.

Imagino que eu pareça trabalhar aqui, vestida de preto e usando luvas. Eu direciono a mulher até as dálias, mas ela parece confusa, então vou junto enquanto ela me conta sobre sua amiga, que escorregou e machucou o joelho, o que é uma pena, justo quando ela estava começando a se acostumar com o novo quadril. A mulher é simpática e, depois de mostrar as dálias, volto para as orquídeas, onde um jovem está olhando para a mesa meio vazia de orquídeas e a mesa um pouco abarrotada de gerânios.

— Elas não gostam de lá — explico a ele.

— Você tirou os vasos do lugar?

— Tirei. Elas não gostam de lá — insisto eu. — Olha.

Aponto para a tubulação na parede ao lado das orquídeas, com um exaustor e ar quente saindo do café que fica na direção oposta.

— É como colocá-las ao lado de um radiador.

— É — concorda ele. — Vou tirar daqui, obrigado.

Volto para casa toda feliz, com uma orquídea triste que tive que salvar.

Todo mundo precisa de tempo para encontrar seu lugar, e isso também vale para as plantas. A Orquídea Tristonha demora um pouco, meio teimosa no começo, meio carrancuda e mal-humorada. Mas logo passo a amar minha amiga temperamental. Quer estar sempre mudando de lugar para receber o melhor de tudo em todos os momentos. Ela se recusa a se acomodar em um lugar quando há outro canto com uma luz melhor em outro momento. Não se acomoda, sempre quer o melhor para si. Ela me ensina.

* * *

Volto ao campo de treinamento do Crystal Palace. Já estive lá muitas vezes, sempre observando-o, só alimentando algum tipo de desejo, não necessariamente dele, mas de algo familiar, caloroso, reconfortante. Vou até Gospel para aliviar a solidão, o que ele faz sem saber, mas sempre acabo me afastando. Eu costumava mudar minha energia para que ele não me notasse, ou ia embora, mas não vou mais fazer isso.

Gospel assina os cartazes, folhetos, sua autobiografia e qualquer camisa que os torcedores tragam. Mais uma vez, olha para cima enquanto autografa, por cima da cabeça de todos, porque é muito alto. Estou usando óculos escuros, luvas e um casaco longo. Eu seguro o livro dele nas mãos, abraçando-o junto ao peito, na verdade.

Ele estreita os olhos com desconfiança.

— Alice?

O grupo de torcedores se vira para olhar para mim.

Estendo o livro.

— Autografa meu livro?

— Alice Kelly!

Ele devolve o livro ao torcedor e depois coloca uma das mãos na barreira e, com um salto leve, pula sem esforço por cima da barra de metal e vem correndo até mim.

— Alice?

— Sim.

Sorrio, a animação dele contagiante.

Ele me tira do chão e me gira, e eu dou risada, encantada e envergonhada ao mesmo tempo.

— O que você está fazendo aqui?

— O que acha? Eu vim te ver. Não sabia outra forma de entrar em contato com você.

Ele me coloca no chão e me observa.

— Ai, meu Deus, isso é incrível. Ainda usando óculos.

— Sim.

Ele ergue um dedo e puxa a ponte dos óculos para baixo, fazendo-os deslizarem pelo meu nariz. Ele não os tira por completo, só me olha nos olhos profundamente.

— Isso. Aí está ela. Certo! — Ele bate palmas. — Vamos.

— Pra onde?

Ele segura minha mão, percebe as luvas, mas não diz nada.

— Como você veio pra cá?

— De trem, por que...

— Você vem comigo. Com licença, com licença — diz Gospel, abrindo caminho entre as pessoas. — Esta é Alice Kelly, minha melhor amiga da escola. Vamos.

Dou risada enquanto o grupo comemora, e ele me leva ao estacionamento até um jipe preto de luxo.

— Vamos lá pra casa?

Eu olho para ele.

— Não nesse sentido. Se formos pra qualquer outro lugar, não vamos ter paz — explica, se referindo aos torcedores. — E não quero perder um segundo, quero saber tudo de você.

Meu coração dá um pulo.

— Hum, não tem muita coisa pra contar.

— Cala a boca e entra no carro.

Eu dou risada e subo na enorme Range Rover.

— Gospel, quanto custou essa coisa?

— Duzentos mil — responde ele com um sorriso atrevido. — Dá pra acreditar?

Nós dois começamos a rir, e sinto que estou de volta à escola com ele.

— Eu tenho duas.

Nós rolamos de tanto rir. Ele enxuga os olhos e liga o motor.

A casa dele é ainda mais impressionante que o jipe. Uma enorme casa no campo, com edícula para hóspedes, um terreno imenso, um longo caminho e um amplo estacionamento decorado com uma fonte.

— Uau.

— Gostou?

— Gostei? Eu amei. É incrível.

A porta se abre e um garotinho sai correndo, seguido por uma mulher loira e baixinha.

— Papai, papai, papai, papai — grita ele, correndo direto para Gospel.

Ele abre os braços e pega o menininho, sufocando-o com beijos enquanto ele se contorce de alegria.

— Ei, rapazinho, eu trouxe uma pessoa especial pra casa hoje.

— McDonald's?

— Não, não McDonald's. É melhor ainda. É minha melhor amiga da escola, Alice.

— Oi. Qual o seu nome?

— Cassius.

— Cassius, que nome lindo. Prazer.

Apertamos as mãos.

— Vamos — grita Cassius, correndo de volta para dentro de casa.

— Olá — digo para a jovem loira parada na porta, imediatamente sentindo ciúme e aliviada por Gospel não conseguir ver a imaturidade das minhas cores.

— Essa é Mia, a babá — apresenta Gospel.

— Ah, oi. — Abro um sorriso ainda maior.

— Deixa eu te mostrar tudo.

Parece um hotel. Acabamos nos sentando na cozinha imensa, com bancadas reluzentes e fornos sofisticados, janelas que ocupam a parede inteira e dão vista para um enorme jardim, com uma casa na árvore e todos os brinquedos que uma criança poderia desejar. Mas a energia está estagnada. Não sei quem decorou o local, mas a energia não é de Gospel. Em todos os cômodos, há chifres nas paredes ou tapetes de pele de tigre no chão, partes de animais mortos como marfins, peles, conchas, chifres, animais taxidermizados e embalsamados. Gospel é tão positivo e caloroso, e o filho dele é tão cheio de vida e alegria, e ainda assim o fluxo é constantemente interrompido pela morte, que paira sobre a casa.

— O que você acha?

— Gospel, você se deu tão bem na vida. É incrível. Parabéns.

— Eu não teria conseguido sem você.

— Bem, isso é mentira — digo —, mas é gentil da sua parte.

— É verdade. Nunca vou esquecer o que você fez por mim. Aquele dia mudou tudo.

Balanço a cabeça e cruzo os braços, sem querer falar sobre aquilo.

— A roseira morreu — diz ele, com os olhos arregalados. — Claro que funcionou. Olha pra mim, Alice! — Ele levanta os braços, tão longos, para indicar tudo: ele, sua casa, sua vida. — Te escrevi várias vezes, mesmo depois que você mudou de telefone e não me deu o número novo. Até te liguei na escola, mas você não atendeu.

— Sim, eu sei. Eu recebi as cartas, só... Você sabe como era na escola. Quando você saiu, foi estranho. Eu estava meio sozinha. Tive que começar de novo.

— Se você tivesse continuado em contato, não estaria sozinha.

Eu me mexo desconfortavelmente.

— Você recebeu seu certificado de conclusão?

Faço que sim.

— Oba.

Nós rimos.

— E aí?

— E aí... — suspiro. — Lily ficou doente. Câncer na coluna. Fez uma operação. O tumor foi removido com sucesso, mas a cirurgia deixou ela paralisada, então virei cuidadora dela.

— Como assim? Não... — diz ele balançando a cabeça, não gostando do rumo que isso vai tomar. — E os seus irmãos? Hugh e...

— Ollie? Ollie foi para a prisão, nem pergunte. — Reviro os olhos. — E Hugh se mudou para Doha.

— Mas que... Alice, que horror, sinto muito.

— Não, na verdade não foi tão horrível. E está tudo bem agora, estou morando aqui em Londres. Aluguei um apartamento. Arrumei um emprego. Eu trabalhava com vendas, mas agora sou assistente de treinamento e recrutamento da Grow Wild, no Kew Gardens. É um projeto para jovens, um programa de extensão que incentiva pessoas em áreas desfavorecidas a se envolver no estudo de plantas e fungos. Pois é. Bem chique.

— Você parece o sr. Smith na escola.

— Eu não pareço nada o sr. Smith — digo, rindo da lembrança do nosso pobre professor. — Ah, coitado do sr. Smith. Lembra quando o Simon jogou o vaso na parede porque tinha uma minhoca dentro?

— Ele agora é cinegrafista da Sky Sports.

— O Simon?

— Sim, eu encontrei ele quando estava dando uma entrevista. Não consegui acreditar quando ele apertou minha mão. Superou a parada dos germes.

Dou risada e decido não mencionar que vi Saloni.

— Você sempre gostou de colocar a mão na terra — comenta ele, com um sorriso se abrindo em seus lábios com a lembrança. — A roseira morreu, Alice.

— Sou só a administradora do curso — insisto, ignorando o comentário repetido, não querendo entrar nesse assunto. — É mais mão no computador do que na terra. É um contrato de um ano e termina em alguns meses, então preciso encontrar outra coisa. Mas está tudo bem. Eu só queria te ver.

Ele consegue sentir minha solidão, e fico envergonhada, desejando ter vindo para cá como o sucesso que ele se tornou, desejando ter outra história para contar.

Gospel coloca a mão na minha e sinto seu calor através das luvas. Ele me atravessa, sobe pelo braço, até o peito. Como uma xícara de chá quente num dia frio.

— Está tudo bem — sussurra ele.

Concordo com a cabeça, lágrimas enchendo meus olhos.

— Obrigada. Acho que deveria ter te acompanhado quando você convidou — digo, rindo e enxugando o canto do olho rapidamente antes que a lágrima caia. — "Vem comigo, Alice" — imito-o, rindo. — "Podemos morar juntos."

— Eu queria muito isso — diz ele.

— A gente tinha só 17 anos.

— Sim, mas eu estava falando sério.

— E, nossa, olha como você se deu bem — falo, mudando o clima e me animando. — Você é um jogador de futebol profissional. Você teve um filho.

— Sim — diz ele, com bolhas rosa estourando como chiclete ao seu redor quando menciono o menino. — Ele é o melhor. Cassius é a melhor coisa que me já aconteceu. E as cores dele? Você viu?

— Claro. Estão girando em torno dele que nem minitornados. Vermelho brilhante, hiperativo e energético, amarelo brilhante e verde neon. Muita energia.

Ele joga a cabeça para trás e ri.

— Ele é exatamente assim. Então ele está bem? — pergunta Gospel, com alívio na voz.

— Ele está bem — concordo.

As pessoas mudam, mas a cor predominante de Cassius é um vermelho enérgico e poderoso. Acho que ele passará pela vida como um ciclone e poderá, em algum momento, ter que aprender a desacelerar; não tem nenhuma das cores atenciosas, focadas e lógicas do pai.

A porta da frente se abre.

— Cheguei — avisa uma mulher.

Cassius corre que nem um louco pela casa até chegar nela.

— Mamãe!

O feitiço é quebrado, nós dois afastamos as mãos, e eu enxugo os olhos, me sentando melhor para ver a bela mulher de pernas longas que entra na casa, com um tapete de ioga debaixo de um braço, o filho sob o outro. Braços e pernas de supermodelo, pele e cabelo brilhoso. Se ela fica incomodada com a minha presença, esconde bem, embora pareça surpresa.

— Olá.

Ela olha para mim e depois para o marido.

— Amor — diz ele, levantando-se, indo até ela e lhe dando um beijo. — Essa é uma pessoa muito especial de quem eu já te contei muita coisa: Alice Kelly. Alice, esta é minha esposa, Jamelle.

Os olhos dela se arregalam.

— Alice. Ah, meu Deus. Eu ouvi falar tanto de você.

Ela larga Cassius e seu tapete de ioga e se aproxima de mim com os braços abertos, depois para.

— Ah, não, você não gosta de abraços. Espera. O que eu faço?

Jamelle olha para Gospel, nervosa, depois de volta para mim. Então aperta o próprio peito em um abraço.

— Tá, esta sou eu te abraçando.

Dou risada.

— Obrigada.

Estou chorando. Gospel está chorando. Ele fez as malas. As férias de verão vão acabar logo, seu tempo na Academia acabou, ele não vai voltar, vai participar da peneira do Burnley, não pode perder essa oportunidade. Passamos o verão juntos, tive permissão para ficar na casa dele, os pais dele foram como pais para mim, e agora acabou.

— Vem comigo — diz ele, segurando meu rosto.

Ele me beija com gentileza.

— Para Burnley? — Dou uma risada, chorando. — Pra fazer o quê?

— Você não precisa fazer nada. Eu vou ser pago.

— Não posso simplesmente ficar sem fazer nada.

— Você pode fazer o que fez neste verão. Trabalhar num café, sei lá, não importa. Quando eu for um grande astro do futebol, vou ganhar dinheiro suficiente para nós dois.

Nós rimos do sonho.

Ele pisca, se contorce, joga a cabeça para trás e grunhe.

— É uma boa ideia, Gospel, mas não acho que a família que vai te receber vai me deixar ficar com você. Além disso, tenho que terminar meus estudos. Hugh ficaria louco se eu não fizesse isso. *A educação é o único caminho a seguir* — digo, imitando meu irmão.

— Não se você for jogador de futebol.

Eu sorrio.

— Acha que tenho alguma chance?

Ele se contorce e pisca novamente. Está chateado e ansioso, tem agido mal com mais frequência nas últimas semanas. Está nervoso. Joga a cabeça para trás três vezes seguidas.

Ele xinga alto, frustrado consigo mesmo, e depois grita. Não comigo, consigo mesmo, pela parte do corpo e da mente que não consegue controlar. Bolhas vermelhas explodem ao seu redor como tinta estourando, deixando-o cercado por uma névoa vermelha. Espero um momento para ele se acalmar, para a névoa evaporar.

— O que vou fazer quando isso acontecer comigo no clube? — pergunta ele, com a garganta doendo de gritar.

— Isso não vai acontecer. Nunca acontece em campo.

— E fora do campo? — Pisca, pisca, contrai, grunhe. — E se eu estiver no vestiário, com o treinador fazendo um discurso inspirador, e eu não conseguir parar? O que acha que vai acontecer?

Ele tem tanto laranja em volta do peito.

Sempre evitei tocá-lo quando ele está assim — por mim e por ele. Percebi que ele não queria ninguém por perto quando estava muito chateado e irritado, assim como um leão enjaulado não gostaria de receber carinho. O laranja pálido da baixa autoestima, da sensação de insignificância, do desconforto e da vergonha traz as névoas vermelhas da raiva; para Gospel, essas cores andam de mãos dadas. Ele se esforçou muito enquanto estava na academia para controlar a raiva, respirando fundo, inspirando devagar, segurando e soltando o fôlego, correndo ao ar livre, dando voltas no campo ou fazendo exercícios de ioga. Mas essas ferramentas não são aceitáveis ou acessíveis na vida normal; nem sempre você pode sair correndo de uma sala e correr pela rua, nem sempre pode interromper uma conversa desconfortável ou uma discussão acalorada para respirar fundo, inspirar e expirar. Às vezes, as ferramentas que aprendemos aqui não podem nos preparar para a vida, mas o próprio viver, a experiência de nos encontrarmos nessas situações desconfortáveis, nos dá ferramentas únicas. Ele terá que encontrar isso nos vestiários, quando estiver cercado por seus colegas e heróis. Meu coração dói e sinto medo por ele. Quanto tempo vai durar lá, como vão tratá-lo? Será que perceberão que seus talentos em campo superam em muito os tiques motores e vocais fora do campo?

Tiro as luvas e coloco a mão no peito dele. Ela fica daquele tom laranja-claro, mas deixo lá. Sinto sua batalha consigo mesmo; um conflito de controle, e ele se torna meu também.

— O que você está fazendo?

— É sempre aqui — digo, tentando ignorar os sentimentos dele que estão sendo transferidos para mim.

É a primeira vez que digo isso a Gospel. Já falamos sobre as cores dele, mas nunca sobre a coloração do desconforto, e não sei se ele sabe que tem diferença. O laranja sempre gruda nele neste ponto, como se prendesse seu peito e provocasse os tiques, as piscadas, as contrações, os grunhidos. Faço Gospel se sentar no chão e ficamos frente a frente.

Coloco as duas mãos no laranja e movo as palmas. Pela primeira vez não tenho medo de que me afete. Eu quero tirar isso dele. O laranja se move comigo, de um lado para o outro, mas é mais espesso do que parece. Lento como muco, mas denso como se precisasse ser decomposto. Descanso as mãos em seu peito. Não admira que ele mal consiga respirar. Está estrangulando-o.

— Por que está aqui? — pergunto. — Aqui, justamente.

— Sei lá.

— Li algo sobre trauma — digo, engolindo em seco, sem saber como ele vai reagir. — Quando vivenciamos um trauma, ele fica armazenado no subconsciente, como um eco. Fica preso no nosso campo energético, interrompendo o fluxo natural de energia. Acho que isso é um eco. Não está relacionado ao que está acontecendo no presente. Não tem nada a ver com agora.

Ele tenta se mover, desconfortável com a conversa. Eu me seguro nele.

— Está tudo por aqui — digo, movendo as mãos.

Não consigo sentir, mas a cor se mexe como uma gosma espessa sob meu movimento.

Quanto mais atenção eu dou, mais o laranja cresce. Gospel pisca, se contorce, grunhe.

— O que os terapeutas da escola disseram pra fazer? — pergunto.

— Respirar. Ver as coisas na sala em que estou. Cinco coisas, depois quatro coisas, depois três coisas…

— Esquece isso. Só manda esse troço se foder — digo.

Ele começa a rir.

— Vai se foder! — grito para o laranja em seu peito.

— Vai se foder! — grita ele junto comigo.

Nós dois gritamos isso várias e várias vezes, cada vez mais alto, nos livrando de todas as nossas frustrações.

Fecho os olhos. Tenho tanto amor por ele. Não quero que ele vá embora, mas quero seu bem. Não quero que ele sofra bullying no vestiário, essa alma tão linda e gentil. Não quero que ele tenha nenhum dia de preocupação. Quero que tenha a vida perfeita que merece, que todos os seus sonhos se tornem realidade. Se alguém merece, é Gospel. Quero tirar tudo isso dele e facilitar o mundo para ele. Eu quero, eu quero, eu quero tanto.

— Alice — diz ele de repente, e abro os olhos.

— Quê?

Ele está respirando normalmente. O laranja de seu peito desapareceu.

Mas minhas mãos estão em chamas.

Fico de pé e corro para fora, passando pela cozinha, onde os pais dele largaram a leitura dos jornais de domingo para nos espiar atrás da porta.

— O que houve? — pergunta o pai.

— Deixa, eles estão discutindo — diz a mãe.

Corro para o jardim. Gospel vem atrás. Minhas mãos estão ardendo, como se duas chamas tivessem tomado conta das palmas. Caio de joelhos na grama e enfio as mãos no solo ao lado da roseira, o mais fundo que posso, até que o fogo se apague.

Caio na grama, exausta. Ele se deita ao meu lado e olhamos para o céu.

— Ficou nas minhas mãos — digo simplesmente.

— Bem, talvez uma laranjeira cresça aí — diz ele.

Por dentro, duvido muito que qualquer coisa cresça neste lugar. Mas talvez Gospel possa crescer agora. Começamos a rir que nem loucos.

O pai de Gospel resmunga, nos observando da porta, e depois volta para dentro.

* * *

O velho ditado — você encontra o que procura quando para de procurar — é um absurdo. Nunca parei de procurar o homem sem cores. Nunca parei, desde o momento em que o perdi. Busquei por ele em todos os lugares, principalmente no metrô, como se fosse o único lugar onde uma criatura como ele pudesse viver. Tentei achar outros como ele, pessoas sem cores, mas ele continuou sendo um fenômeno.

Até que eu o encontrei.

São nove da manhã e estou na esquina em frente à entrada da estação de metrô. Estou aqui desde às oito, achando que será um bom momento para cobrir todos os ângulos e todos os horários normais de início de expediente. É claro que ele poderia estar na área por lazer, para visitar alguém, ou talvez fosse um vendedor, mas isso apenas levava à conclusão deprimente de que eu nunca mais o encontraria, então voltei ao Plano A: acreditar que ele trabalha na área. Cogitei a ideia de que ele estivesse tão absorto no livro e ouvindo o que quer que estivesse nos fones que talvez tivesse perdido a estação. Então também passei manhãs nas estações anterior e seguinte, procurando por ele.

Mas esta manhã estou aqui na esquina, com vista para a escadaria do metrô e para todos os caminhos que ele poderia seguir a partir daí, pensando se deveria me arriscar a comprar uma garrafa de água ou me manter no meu posto. O mantra — *só mais cinco minutos* — é uma tortura sem fim, então decido ficar até as dez, mas, quando as dez chegam, quero ficar mais cinco minutos. Talvez uma garrafa de água e mais cinco minutos. Enquanto estou tendo essa discussão interna, ele aparece. Chega ao topo da escada, com um terno azul-marinho, camisa branca, botões abertos, tênis, bolsa nas costas. Na verdade, não consigo acreditar. Nove meses depois.

Fico paralisada, em choque, aí percebo que preciso andar logo ou vou perdê-lo novamente. Ele vira à direita, então atravesso a rua correndo; um carro buzina ao virar a esquina enquanto evito por pouco ser atropelada, e o sigo, me apressando e desacelerando, seguindo o compasso da minha voz interior animada e ao mesmo tempo em pânico.

Ele anda devagar, passeando, na verdade todo mundo o ultrapassa. É como uma pedra presa em um riacho, bloqueando tudo atrás dele e fazendo as pessoas correrem ao seu redor. Está usando os mesmos fones de ouvido, terno com tênis, a mesma bolsa. Tento memorizar para onde estamos indo, mas sei que nunca vou conseguir refazer meus passos. Meus olhos estão nele e em sua falta de cor. Agora que posso vê-lo de perto e examiná-lo, confirmo que realmente ele não tem cor. Depois de um tempo, começo a relaxar, me acostumando ao fato de que o encontrei. Ele caminha pelas ruas laterais, às vezes esperando o sinal, às vezes atravessando em cima da hora. Imprevisível e sem ritmo. Estou me divertindo agora, observando-o em carne e osso depois de pensar tanto nele.

Ele é mais alto que eu. Magro, com uma cortina de cabelo preto ondulado curto na nuca. Quero enxergar melhor o rosto dele e conto com o ônibus e o trânsito nas ruas menores para poder ver seu reflexo.

Mais velho que eu. Uns 30 e poucos anos, mas não sei exatamente, idades não são meu forte. Ele é bonito, mas não de uma forma chamativa. O tipo de rosto que fica melhor quanto mais você olha, como eu faço. Ele tem um nariz arrebitado que parece pequeno demais para seu rosto à primeira vista, mas é fofo.

Ele olha para mim por cima do ombro em determinado momento, em uma rua lateral, quando um carro passa. Estou perto demais. Ele tem um cheiro limpo e fresco, como se tivesse acabado de tomar banho. Não sei os nomes dos aromas. Talvez ele tenha roupas de ginástica naquela bolsa, talvez tenha acabado de malhar e tomado banho. Talvez esteja indo para a academia agora. Há tanta coisa sobre ele que não sei, especialmente seus sentimentos íntimos, sua alma. Ele atravessa a rua, e eu deixo mais espaço se abrir entre nós.

Ele vira à direita e eu também.

Há apenas um prédio que domina esse beco sem saída, apenas um lugar para onde ele poderia ir e, portanto, o único lugar para onde eu poderia ir também.

Centro de Trabalho Juvenil Novos Horizontes.

— Oi, Andy — diz um cara ao passar por ele.

— Ei, Greg — responde ele com sotaque escocês.

Meu coração dá um pulo. Andy, da Escócia.

— Sua aula não está quase acabando? — brinca Greg, olhando para o relógio.

— Estou dando uma lição sobre resistência — grita ele de volta. — Eles vão precisar.

— Rá! — retruca Greg.

Paro de andar quando Andy se aproxima do prédio. É isso. Ele vai entrar, eu não vou mais vê-lo, mas pelo menos vou saber que está aí. Eu me pergunto quantas entradas e saídas existem no prédio. Se eu deveria esperar e segui-lo até em casa ou ter fé e voltar amanhã. É claro que vou segui-lo até em casa; qualquer coisa pode acontecer, ele pode ser demitido hoje por estar atrasado e nunca mais voltar. Eu nunca o encontraria novamente.

Ele abre a porta e olha para mim. Em seguida, abre mais a porta e dá um passo para o lado. Está mantendo a porta aberta para mim.

— Ah — digo.

Eu sei que deveria desvanecer minha aura, não quero que ele pense que sou uma *stalker* maluca, mas também quero que ele me veja. Não consigo espelhar a aura dele, escolher qual cor seria melhor e mais atrativa, porque não consigo ver a dele. Não posso diminuir minhas cores para não parecer dominadora nem aumentar para que ele seja atraído pelo meu poder. Não sei como chamar a atenção dele, como agradá-lo, como ser algo ou alguém que desperte seu interesse.

Estou presa aqui, como eu, só eu, e não sei o que fazer.

— Você vai entrar? — pergunta ele, mantendo a porta aberta.

— Ah, não, obrigada — digo, tirando os óculos escuros.

— Só… dando um passeio? — sonda ele com um sorriso. — Você tem que voltar por onde veio, é um caminho sem saída.

— Não, não é — digo, olhando para ele, olhando para cima. — Estou torcendo pra ser só o começo.

Não sei mais o que dizer, mas não quero que ele vá embora. Ainda estou parada no meio da rua, olhando para ele. Andy deixa que a porta se feche e permanece do lado de fora.

— Eu te vi no metrô — falo antes de sequer ter a chance de pensar no assunto, tudo escapa sem que eu controle. — Meses atrás. — Engulo em seco. — Aí te vi de novo, agora há pouco. Você passou e eu só queria… Hum, bom, eu sei que parece estranho, e prometo que não sou estranha. Quer dizer, isso não é verdade, eu sou, mas não de um jeito ruim.

Ele está sorrindo para mim, aparentemente aberto às minhas divagações.

— Eu só queria dizer oi pra você.

— Você me seguiu até aqui? — pergunta ele.

— Hum. Eu deveria dizer não, mas sim.

Ele ri, tira os fones de ouvido e os coloca no pescoço.

— Qual o seu nome?

— Alice Kelly.

— Olá, Alice Kelly. Eu sou o Andy. É um prazer te conhecer — diz ele. — Fico lisonjeado.

Eu sorrio e seguramos aquilo por um segundo.

— A gente se vê no metrô então, talvez.

— Aham.

Eu me afasto e aceno, depois me viro e ando de volta pela rua, o coração disparado, lutando contra a vontade de me virar. Perco a batalha na esquina e, quando me viro, com um sorriso pronto, ele já se foi.

— Você vai pegar o metrô de novo amanhã — fala Hugh. — É claro.

— Não sei — diz Poh, com o bebê dormindo nos braços. — Não sei mesmo. Preciso da perspectiva de um homem.

— Eu não sou um homem?

— É, mas somos casados e estamos fora do mundo dos namoros há muito tempo — responde ela. — Na verdade, só namoramos um ao outro.

— Isso é o que você pensa — diz Hugh, de brincadeira. — Andy praticamente disse pra ela: "Te vejo no metrô".

Andy Tennant, ele está no site do centro juvenil. Gosto que Hugh tenha usado o nome dele, que fale dele como se fosse real agora, porque é real. Eu o encontrei, mas como faço para mantê-lo, entendê-lo?

— Sério? Você não acha que ele vai ficar assustado por estar sendo seguido? — pergunta Poh. — Sei lá, Alice, isso é tão diferente, você vir perguntar pra gente o que as pessoas querem. Geralmente você já sabe de cara.

— Eu sei, é isso que é tão estranho nele. É como se ele estivesse falando uma língua diferente e eu tivesse que aprender a falar tudo de novo.

Ambos riem.

— Que foi?

— Bem-vinda a ser humano — diz Hugh. — Ainda estou tentando descobrir o que ela quer.

— Dormir — diz Poh, levantando-se. — Os conselhos dele deveriam vir acompanhados de um alerta. Boa noite.

Poh dá um beijo em Hugh, que a observa sair.

Eu quero o que eles têm.

E sorrio para mim mesma porque, por mais assustador que seja, há muito tempo eu quero ser igual a todo mundo. Agora eu posso. Andy é a conexão que eu procurava, o cabo de alimentação que pode me conectar a outra pessoa sem que eu enfie o dedo direto na tomada e leve um choque, a fonte que preciso para minha própria qualidade de vida. Ele é o único homem, a única pessoa capaz de me fazer sentir tão... humana.

Participo de uma entrevista de emprego para a qual não sou nem de longe qualificada o suficiente, para uma vaga de gerente de um centro de jardinagem e viveiro de mudas, ou berçário, como gosto de chamar. Não faço ideia do motivo pelo qual me chamaram para uma entrevista; talvez estejam desesperados.

Três pessoas me encaram. Enquanto aperto a mão de cada um e me sento, tento senti-los o mais rápido possível. O fato de eu ter observado os três juntos antes de entrarem na sala de entrevista ajudou. Há um amarelo lógico, um azul intenso e poderoso e um verde profundo e empático. Na hora sei que nunca devo ficar com um tom mais escuro do que o azul poderoso, para não ser vista como ameaça. O homem de verde profundo é compreensivo e sorri o tempo todo, fazendo perguntas gentis e leves sobre assuntos em que acha que vou brilhar, me perguntando sobre atividades preferidas, hobbies, esse tipo de coisa. A Amarelo Lógico faz perguntas para avaliar como vou lidar com questões problemáticas, clientes difíceis e preparação de plantas para uma onda de frio. É a mulher do azul poderoso que devo conquistar. A Azul-Escuro, cínica e conservadora, que tem a intenção de me deixar o mais desconfortável possível e me despachar.

Já se passaram nove meses desde que parei de me proteger e de mudar as cores da minha aura. Acho que hoje é uma exceção aceitável, e até Naomi concorda. Uso temporariamente um tom de azul predominante por cima da minha cor quando ela faz perguntas e eu respondo. É difícil fazer isso estando tão nervosa e ao mesmo tempo pensar em respostas inteligentes e também manter a calma, mas me tornei especialista nisso. Levei o que Naomi me ensinou a novos níveis que nem ela consegue compreender.

— Normalmente — diz Azul-Escuro —, os candidatos têm formação em botânica ou horticultura, ou alguma experiência na área.

Não é uma pergunta. É uma razão pela qual eu não deveria conseguir este emprego.

Puxo o azul por cima de mim, um pouco mais claro que o dela, mas escuro o suficiente para ela sentir que somos parecidas, que há uma chance de estarmos no mesmo nível.

— Desde o ano passado, trabalho no Kew Gardens na principal iniciativa de ensino de extensão, o Grow Wild, envolvendo jovens e o público comum de Londres, para incentivar as pessoas a apreciarem plantas e fungos. Pessoas de áreas desfavorecidas, que em geral não teriam condições de fazer isso.

— Sua função é administrativa, não é? — pergunta Azul-Escuro.

— Eu queria me envolver no mundo da botânica e aprendi muito nesse ambiente. Meu amor pelas plantas me ajudou a aprender e conhecer melhor a flora. Aprendi sobre elas de forma independente, não na faculdade.

Verde Profundo olha meu currículo.

— Sim. Você foi cuidadora da sua mãe.

— Exato. Costumávamos fazer muitos passeios, principalmente por parques e jardins. Foi assim que descobri meu amor pela área. Transformei o jardim de casa e senti que ajudou na recuperação da minha mãe e também na minha saúde mental. — É uma entrevista, é quase esperado que você minta sobre alguma coisa. — Ela não era uma pessoa muito fácil de lidar, então acho que essa experiência vai me ajudar com clientes problemáticos. Ela me ensinou a ter paciência.

Conforme digo isso, percebo que não é mentira.

— Mas este trabalho não é de jardinagem — diz Azul-Escuro. Ela quer seguir as regras. Está contra mim. Verde Profundo está a meu favor. Cabe a Amarelo Lógico dar o voto de Minerva.

— Acho que as mesmas regras se aplicam a um centro de jardinagem ou à minha varanda — digo, pensando na movimentada varanda de casa. — Preciso considerar a escala e o uso do espaço disponível, a importância da sazonalidade e a seleção de plantas que proporcionem pontos de interesse ao longo do ano. Tentar ter algo florido todas as semanas do ano. Considerar a iluminação e o aspecto para ajudar a selecionar as plantas que vão prosperar. Ser realista para criar algo possível de manter.

— Como você imagina que será um dia típico pra você aqui? — pergunta Azul-Escuro com um sorriso malicioso.

— Imagino que não vou ter dois dias iguais — respondo. — O clima e a sazonalidade vão ditar a maior parte do trabalho.

Verde Profundo sorri em apoio.

— Posso não conhecer a teoria nem ter qualificações em horticultura, mas conheço as plantas. Digamos apenas que entendo de árvores e plantas melhor do que entendo a maioria das pessoas. As raízes das árvores se conectam e se comunicam sob o solo, então, se você seguir a linha de comunicação delas, é possível identificar onde está o problema. Como uma fileira ou círculo de mãos dadas: quando alguém solta e quebra a corrente, é preciso identificar o problema.

— Você tem algum exemplo de como identificou um problema como esse? — pergunta Amarelo Lógico.

— Eu trouxe uma carta de Laurence Metcalf, jardineiro-chefe do Patrimônio e Jardins Ormsby.

— Laurence Metcalf, o recente ganhador do Prêmio Presidencial da Sociedade Real de Horticultura? — pergunta Azul-Escuro.

— E vencedor da Exposição de Flores de Chelsea — complementa Verde Profundo com um sorriso.

Eu não sabia disso. Tento esconder minha surpresa.

— Eu estava passeando com minha mãe quando reconheci o fungo *Hymenoscyphus fraxineus* nos freixos e chamei a atenção dele para isso. Em consequência, o governo criou um programa para ajudar parques e florestas, oferecendo um fundo de financiamento para o replantio de freixos afetados pela doença. Acredito que Laurence tenha sido o primeiro a tirar proveito do programa, o primeiro a relatar a ocorrência da doença.

Entrego a carta a Amarelo Lógico. Ela coloca os óculos e lê.

Eles entram em contato comigo três dias depois para dizer que a vaga é minha.

Estou no metrô, radiante com a notícia do meu novo emprego. Estou um pouco distraída, imaginando como diabo vou conseguir fazer isso, ao mesmo tempo acreditando em mim mesma e pensando que sou a maior fraude do mundo, quando sinto uma cutucada no ombro.

— Olá, Alice Kelly.

— Andy, oi.

Tenho ido ao metrô todos os dias desde que o encontrei; ele não apareceu. Fiquei decepcionada, mas não entrei em pânico. Sei onde ele trabalha, posso encontrá-lo se quiser.

— Está muito claro aqui, né? — diz ele, notando meus óculos.

— Ah, sim. Mais ou menos.

— Ressaca?

— Ah, não. Eu não bebo.

— OK. Esquisitinha — diz ele, rindo, e na mesma hora para. — Desculpa, era pra ser uma piada. A última vez que perguntei pra alguém por que ela não bebia, a pessoa me disse que era alcoólatra. Foi constrangedor.

Olho para ele, ao seu redor. Tentando entendê-lo. Nunca estivemos tão perto.

— Não me diz que você é alcoólatra — fala ele, preocupado.

— Não!

— Ufa. É que em Glasgow, onde eu cresci, se alguém era alcoólatra significava que bebia demais, sabe? Não é como agora, quando são os alcoólatras que dizem que não bebem. — Ele fica visivelmente desconfortável. — Melhor eu começar de novo. Olá, Alice Kelly.

Eu sorrio.

— Olá, Andy. Pode me chamar de Alice, sabe.

— Ótimo, nós nos conhecemos um pouco melhor mesmo agora. Indo para o trabalho?

— Na verdade, não, mas acabei de saber que consegui um novo emprego.

— Sério? Parabéns. Fazendo o quê?

— Gerente de um berçário.

— Bebês?

— Não.

Não sei se dou risada ou não, não sei se ele está brincando ou não. Não consigo entender o tom, embora talvez eu conseguisse, se parasse de olhar ao redor dele em busca dos habituais sinais reveladores. Na verdade, tenho que começar a ouvi-lo, a lê-lo de verdade. Ele olha por cima do ombro para ver para quem estou olhando. Tento me concentrar nele, em seu rosto, no nariz redondo, nos olhos castanho-claros, mas estou tão acostumada a ler cores que me perdi na pura interação humana. As lacunas são claras, minhas fraquezas são reveladas. Sinto o corpo começar a tremer de nervoso. Quero tanto agradá-lo.

Um homem sobe e fica ao nosso lado. Ele tem cores preocupantes e problemáticas por todo lado. Afasto Andy dele às pressas.

— O que há de errado?

— Só é melhor sair daqui.

— Tá bom.

Atravessamos o vagão até a próxima área livre. O homem que deixamos para trás de repente vomita por todo lado. As pessoas gemem e se afastam, o fedor é horrível.

— Mandou bem — diz ele, impressionado e tapando o nariz.

— Vamos descer na próxima parada, podemos ir andando o resto do caminho, beleza?

Concordo e não falamos mais nada até sairmos, junto com o resto das pessoas do vagão.

— Então você trabalha com bebês — diz ele, assim que estamos ao ar livre.

Ele anda tão devagar que o mundo gira em torno dele de novo, e ele apenas acompanha, provavelmente atrasado para o trabalho, mas sem pressa alguma.

— Não. Na verdade, é um berçário de mudas, de horticultura — digo. — Plantas.

— Ah, que diferente — diz ele. — Você estudou biologia ou algo parecido?

— Nada disso. Não fiz faculdade. É uma história longa e desinteressante.

— Essa é uma boa maneira de começar.

Eu rio.

— Não se preocupa, não vou contar. Pra resumir, sou completamente desqualificada. Não sei por que me contrataram, então as chances de que não vou durar muito são grandes.

— Esse é o espírito — diz ele, dando um soco no ar, e eu dou risada. — Mas, falando sério, é quando você se sente perdido que sabe que está fazendo a coisa certa.

— Ah.

— A menos que esteja em alto-mar e não saiba nadar. Aí, estar perdido é uma má ideia.

Eu rio.

Ele me observa por um momento.

— Quer tomar um café?

* * *

— Então você também não toma café — diz ele, olhando para mim agarrada à garrafa de água com as mãos enluvadas.

— Não. Nada de cafeína.

Eu não ofereço uma razão e ele não pergunta.

— Você estava dizendo que não fez faculdade porque…

— Eu não estava dizendo.

Sorrio.

— Mas eu quero saber.

Ele puxa a parte superior de um bolinho de chocolate e enfia na boca.

— Eu tive que cuidar da minha mãe. Ela passou por uma operação na coluna e ficou na cadeira de rodas, então continuei em casa pra cuidar dela em tempo integral.

— Você não tem irmãos?

— Dois. Um está em Doha, o outro estava preso na época.

Ele levanta as sobrancelhas. Bebo minha água e observo sua reação. Ele se inclina.

— Doha? Puxa, diferente.

Dou risada.

— A prisão não é grande coisa, mas Doha é?

— Bom — diz ele —, conheci muita gente que foi presa, mas não conheço ninguém que foi para Doha.

Nós dois rimos.

Olho ao redor da cafeteria. Não gosto das energias da pessoa mais próxima de mim.

— Você se importa se formos para lá? — Aponto para uma mesa livre longe de todo o resto.

— Sem problemas.

Ele pega seu café e bolinho de chocolate e muda de lugar imediatamente. Quando nós nos sentamos, ele continua:

— Você não cuida mais da sua mãe, então isso significa que ela…?

— Ainda está viva. Meu irmão saiu da prisão e cuida dela. Pelo menos é o que eles dizem. Eu tinha que ir embora, não dava pra ficar lá.

— Nunca é bom ficar em famílias tóxicas.

— Não.

— Eu sei muito bem disso.

— Sinto muito.

— Principalmente por causa do centro juvenil. Tenho uma ótima família, ainda bem. Fui criado pelos meus avós. Não conheci meu pai e minha mãe era viciada em drogas, mas, apesar disso, tive uma criação idílica. Poderia muito bem ter sido diferente. Acho que foi por isso que me senti atraído por esse trabalho.

— O que é exatamente um "centro de trabalho juvenil"?

— É quando um homem de 36 anos sofre bullying todos os dias por adolescentes.

Dou risada.

— Não. A maioria das pessoas pensa que é dar aulas para moleques encrenqueiros, mas discordo. — Ele lambe o chocolate do polegar. — Quer ouvir um desabafo? Vai me ajudar a praticar quando eu for arrancar a cabeça de outro professor hoje de tarde.

— Claro.

Eu sorrio.

— Vou dizer o que penso sobre os encrenqueiros. Melhor, vou dizer o que *sei* sobre encrenqueiros. É um rótulo social que desprezo. Os encrenqueiros são geralmente pessoas muito sensíveis, e pessoas muito sensíveis podem ser muito corretas, cautelosas, perspicazes e empáticas. Muitas vezes conseguem ver o que os outros não veem e são como esponjas, absorvendo toda a energia e todo o estímulo ao redor.

Observo seus lábios, seus olhos. De repente não me recordo de como respirar. Estou prendendo o ar. Eu tenho que me lembrar de inspirar e expirar. Isso é uma armação? Hugh fez isso? Ou Naomi?

— Eles percebem quando alguém está desconfortável, triste ou com raiva, por mais que a pessoa tente esconder os sentimentos. Entendem as diferenças entre percepção e realidade, eles percebem a desigualdade. Geralmente têm valores fortes, como bondade e justiça. Gente que não entende a natureza das pessoas muito sensíveis se referem a elas como encrenqueiras. É isso que acho sobre o assunto. Só vou parar de defender meus alunos no Dia de São Nunca.

Ele dá uma última mordida no bolinho e amassa a embalagem, espalhando migalhas por toda parte. Ele é muito bagunceiro.

— Não vou me desculpar — diz ele, de boca cheia. — Você me deu permissão pra reclamar.

— Estou feliz por você ter feito isso. Onde aprendeu a ver o mundo assim?

— Estudei sociologia, mas aprendi principalmente convivendo com meus alunos ao longo dos anos. Enfim. Qual é o seu filme favorito?

Dou risada da mudança repentina de assunto.

Um homem entra no café com um redemoinho verde lamacento em volta da cabeça. Ele se senta à mesa ao nosso lado; o turbilhão me lembra moscas varejeiras circulando sobre um monte de esterco. Finalmente estou com Andy aqui, bem diante de mim, em carne e osso, e tudo o que quero fazer é ir embora. Não quero, *preciso* ir embora, preciso ficar longe do homem cujos pensamentos estão atraindo uma infestação. Fecho bem a tampa da minha garrafa de água, fico inquieta no assento.

— Ou você gosta mais de TV? Sou capaz de maratonar uma temporada inteira até as quatro da manhã, mas por algum motivo um filme agora parece longo demais.

Dou risada de novo. Poderia ficar ouvindo Andy falar o tempo todo, sem dizer uma palavra, mas sei que não funciona assim. E o homem ao meu lado está me incomodando. Eu poderia usar meu escudo, mas não faço mais isso depois do que aconteceu, não posso voltar àquele estado frágil e, de qualquer forma, não quero ficar apática com Andy, justamente não com ele.

— Você acabou? — pergunta ele.

Faço que sim.

— Obrigada.

— OK. Da próxima vez você tem que me deixar pagar por mais do que uma garrafa de água.

Sorrio com a promessa de uma próxima vez.

Quando estamos indo embora, o homem que estava sentado atrás de mim empurra a cadeira para trás com violência, derrubando a minha, e se levanta. Ele começa a bater no peito como se estivesse na igreja, gritando uma admissão de culpa e pecaminosidade.

— Meu Deus, os doidos saíram todos do hospício hoje. Você desvia de malucos que nem Muhammad Ali se esquiva dos golpes — comenta Andy.

— Eles estão sempre por aí. A gente só precisa saber identificar — digo.

— Mas por que não posso tocar em você? — pergunta Andy.

— Você está me tocando. Eu estou nua, você está nu, estou em cima de você.

Ele apenas olha para mim com aqueles olhos, e eu odeio não saber o que ele está pensando. Provavelmente que sou uma aberração. Alguns poucos encontros e ele já descobriu.

— Se você não quer fazer assim, a gente para — digo.

Desço dele.

Ele me puxa de volta.

— Eu quero. Mas fizemos do seu jeito. Agora vamos tentar do meu. Confia em mim.

Eu me vejo sendo deitada devagar na cama, os lençóis aquecidos pelos primeiros raios de sol que entram pela janela. Ele beija meu pescoço, pega minhas mãos e entrelaça nossos dedos. Estou acostumada a fazer do meu jeito, do jeito que sempre fiz. Quanto menos contato corporal, melhor. Não quero nem preciso sentir tudo o que o meu parceiro sente neste momento, nada é cem por cento paixão, tudo está sempre muito conectado. Às vezes eu sinto a culpa deles, o que é bem desagradável; a fome, a ganância e a carência podem me fazer sentir o seu desespero; a solidão pode me fazer sentir pena. Tudo pode ser ruim. Quero desligar as emoções dos outros, fazer isso para mim, só nesses momentos.

Mas Andy não tem cores que eu consiga ver. Tem energias que preciso aprender a sentir e ler, mas até agora não consegui. Tento do jeito dele. Abro os olhos, algo que não estava fazendo antes. Eu o vejo. Eu o sinto. Percebo coisas que não tinha notado antes, coisas que as cores escondem, que podem distrair.

— E aí? — pergunta ele depois, enquanto nós nos aconchegamos debaixo dos cobertores.

Ele está me abraçando e beijando meu ombro. Sinto o coração dele batendo nas minhas costas, o sol já nasceu.

Admito que o jeito dele é melhor, mas só com ele.

Ele me mostra seu escritório.

Há uma caneca na mesa dele que diz TEM UMA BOA CHANCE DE QUE ISTO SEJA VODCA. Na parede há uma pequena placa pendurada em um porta-retrato: ALGUNS DIAS EU TENHO CERTEZA DE QUE SOU O MAIORAL. OUTROS DIAS PROCURO MEU CELULAR ENQUANTO FALO NELE. Um enorme quadro de avisos está cheio de Post-its de cores diferentes cheios de mensagens de ex-alunos: *Obrigado, mano, Johnny. Obrigada por tudo, Laura. Boa sorte sem mim, Alan B. Nunca vou te esquecer, Alison. Melhor professor de todos os tempos, Sarah.* Ursinhos de pelúcia e criaturas estranhas ocupam sua mesa e decoram o monitor do computador. Um apoiador de livros do Mr. Messy mantém a papelada no lugar com suas mãos rabiscadas. Fotos dele com os avós que o criaram, dele com amigos em um festival de música, com purpurina no rosto e botas enlameadas nos pés. Uma caixa de lenços que diz: *O que um lenço diz quando faz besteira? Mas que meleca!*

Olho novamente para o quadro de Post-its. Muita gente confia nele. Esses alunos devem ter gostado muito de Andy, para rabiscarem seus recadinhos e colarem no quadro. Andy deve ter gostado deles, para mantê-los lá. Todos saíram daqui. Devem ter contado a ele seus segredos e seguido em frente. Uma parede de referências, uma parede de vozes me dizendo para confiar.

Embora eu saiba muito pouco sobre como administrar um viveiro de mudas, essa parte na verdade é a mais fácil. As pessoas são a minha maior dificuldade no início. Abro o berçário de manhã e fecho no final do dia. Crio listas de trabalho para a equipe e delego funções. Encomendo estoque de mantimentos, incluindo terra, pedras, fertilizantes, arbustos, plantas e árvores. Eu me baseio nos pedidos anteriores para ter uma ideia das quantidades. Cultivamos plantas, árvores e arbustos para usar como estoque. Monitoro os tempos de rega, as condições do solo e as posições das plantas.

Não posso me dar ao luxo de trabalhar exatamente como fazia em Dublin ou na varanda do apartamento, deixando as plantas morrerem para descobrir onde se darão melhor, mas interpreto tanto as cores das plantas quanto as leituras dos instrumentos e me inspiro na minha varanda para montar um sistema de coleta de água da chuva no telhado. Para ser sincera, me pergunto por que o gerente anterior não fez isso antes, mas há muitas outras coisas que fico surpresa por ele não ter feito e muitas coisas novas que fico surpresa por contribuir por aqui.

O que mais gosto de fazer é criar jardins atraentes e arranjos de plantas nas vitrines. Eu passaria o dia inteiro fazendo isso se tivesse tempo. Os funcionários são simpáticos, mas nem todos se gostam, o que é normal. Nas aterrorizantes primeiras semanas, observo o fluxo das cores para ver quem é o personagem dominante, quem muda o clima para pior e quem melhora o ambiente. Essa seria Cathy: todas as cores fluem para ela. As pessoas gostam dela. Eu a coloco no comando das atribuições dos funcionários.

Margo é como dinamite. Ela chega irritada, consegue brigar com todos que cruzam seu caminho, inclusive clientes que considera imbecis, e depois vai para casa. A raiva dela me parece inchada, como gengivas inflamadas. Algo está enterrado, forçando passagem, causando dor e, como resultado, ela machuca todos ao seu redor. Percebo sua irritação aumentar quando recebe ordens descritivas, longas e detalhadas. Quanto menos palavras e orientações, melhor. Uso frases curtas quando o vermelho começa a aparecer.

Umar é o oposto. Antes de eu chegar, ele cuidava das vitrines, mas isso confundia sua cabeça. Ele prefere logística, resolução de problemas, organização e preparo de árvores e arbustos para venda e envio.

Donal cuidava do trabalho com maquinário, mas brigou com Terry. Jim fala sem parar sobre plantas e flores para quem quiser ouvir, mas poucas pessoas querem. Donal, que perdeu o pai quando tinha 13 anos, parece gravitar em torno de Jim. Ele envia suas cores, Jim as recebe e devolve. Donal as abraça. Tiro Donal das ferramentas e o coloco na manutenção com Jim, longe da área comercial.

Coloco Margo, a dinamite, no trator, movendo as coisas, saboreando a troca de farpas brincalhonas com o desbocado Terry. Se Terry assustava Donal e o estressava, sua companhia parece revigorar Margo.

Dou um telefone a Jim para que possamos transferir as ligações dos clientes para ele, mas apenas aqueles clientes que têm tempo e apreciam o excesso de informações.

Percebo que Lucy, uma garota extrovertida da cafeteria do centro de jardinagem, conversa com todos. Ela é jovem, moderna e descolada. Eu a tiro do café e coloco para trabalhar no marketing. Ela cria posts informativos nas redes sociais e responde às solicitações dos clientes, e suas postagens espirituosas nos rendem muitos novos seguidores. Ela também tem uma sensibilidade para o que funciona bem no Instagram, informa ao público o que está em estoque, quais são as últimas tendências. E faz uma reformulação no site antiquado.

Crio cestas para vender na loja e no site, e elas fazem tanto sucesso que mal conseguimos dar conta das encomendas para o Natal. Os clientes gostam de percorrer os corredores e as áreas externas em busca da planta perfeita, e eu começo um novo projeto para criar um jardim onde as crianças possam ficar soltas enquanto os pais fazem compras. Já estamos atraindo clientes, mães e carrinhos para a cafeteria, então seria bom trazê-los para o centro de jardinagem. Montei uma área dedicada ao poder curativo das plantas. As melhores plantas para o escritório, plantas para a casa, as melhores plantas para um banheiro com pouca luz, plantas ideais para o peitoril da janela. Plantas que ajudam a reduzir o cansaço mental, plantas que geram oxigênio em abundância e ajudam a ter uma boa noite de sono. Meu cantinho cresce sem parar, recebendo muito interesse, até precisar de uma seção própria só para ele. Os anos cuidando de Lily me deram a experiência e o conhecimento necessários para isso, para poder ajudar outras pessoas.

Nos meus dias contemplativos, quando tenho tempo, reflito sobre todos aqueles anos solitários e cheios de preocupação em que me perguntei *por que eu*, por que isso está acontecendo comigo? E agora sei que, se você não sentir a sua própria dor, não poderá reconhecê-la nos outros. Nosso próprio sofrimento pode cultivar a capacidade de ajudar os outros.

Quando chega a hora da minha primeira avaliação, três meses depois da contratação, fico nervosa, mas os poderosos — a Amarelo Lógico, o simpático Verde Profundo e até a conservadora Azul-Escuro — declaram que a satisfação dos funcionários nunca esteve tão alta. Este centro de jardinagem só vai funcionar se a energia fluir entre minha equipe.

Não é fácil, nem de longe; fico estressada a maior parte do tempo, exausta, muitas vezes sem conseguir dormir. Estou fazendo visitas semanais, às vezes duas vezes por semana, a Naomi, para sessões de reiki, reflexologia, tudo que posso para me reconstruir. Na maioria das vezes ela me diz apenas para respirar.

Mas o que mais me ajuda, o maior tônico de todos, é o fato de que me apaixonei perdidamente por Andy.

Levo Lily a um bom restaurante no aniversário dela; não é um lugar requintado, mas é muito melhor do que ela está acostumada. Avisei à equipe do restaurante com antecedência sobre a deficiência dela e por isso fazem um estardalhaço quando ela chega, não de uma forma ofensiva, mas de maneira que mostra que fizeram esforços e se prepararam para a sua chegada. É claro que Lily está desconfortável com a situação toda, mas não é necessariamente ruim. Eu também acho difícil ser cuidada; a atenção parece exagerada e imerecida, mas sempre me faz sentir melhor. Sei disso por causa de Andy.

Lily estuda o cardápio com o rosto contorcido de nojo, lendo em silêncio com os lábios se movendo, segurando os óculos enquanto examina a página. Sei que esse nojo é principalmente medo; medo da nova experiência, medo da nova comida, medo de não saber o que é alguma coisa, de pronunciar errado, de não gostar do sabor, de fazer papel de boba.

— Está em italiano — digo a ela. — É um restaurante italiano, o inglês está abaixo.

— Mal consigo ver! Por que o inglês é tão pequeno? — pergunta ela em voz alta enquanto o garçom serve a água da casa e o pão de cortesia para a mesa.

Respiro fundo e solto o ar devagar, com calma.

Lily se desespera com o gaspacho, pois nunca ouviu falar de sopa fria na vida. Que tipo de idiota está comandando a cozinha? Ela escolhe o minestrone, cujo nome conhece pelas sopas enlatadas.

— Vem quente? — pergunta ela ao garçom com tom mordaz nas palavras.

Está envergonhada, eu a conheço.

Depois de uma conversa com o garçom sobre o que é o quê, o nariz torto para a maioria e uma expressão de horror ao ouvir os especiais do dia, ela se contenta com um penne simples com molho de tomate do cardápio infantil.

— Bem — diz ela, olhando em volta, um pouco mais relaxada agora que o estresse de fazer os pedidos passou. — Que chique.

Duas palavras simples, que podem parecer inofensivas para a maioria das pessoas, mas para mim têm uma carga. É um insulto. Dizem: olhe para a sua vida agora, desde que você me abandonou, vivendo no luxo enquanto estou em casa sem nada. Quem você pensa que é esfregando isso na minha cara, se achando… Tudo em apenas duas palavras.

— É, o novo emprego está me pagando bem. Em Londres, a gente precisa de um bom salário. Tudo é muito caro.

Ela me observa, me olha direito pela primeira vez desde que cheguei e a encontrei me esperando na porta.

— Você parece melhor do que da última vez que a vi. Você parecia que estava metida com aposta.

Era para ser ofensivo, mas dou risada. Talvez ela esteja certa, eu estava meio que arriscando a mim mesma, arriscando tudo. Também está certa sobre a diferença na minha aparência. Antes de me mudar para Londres, eu me escondia atrás das roupas. Usava cores escuras, principalmente agasalhos, moletons, roupas largadas — nada que chamasse a atenção; as luvas e os óculos já faziam isso por mim. Hoje em dia, minha vida envolve mais do que idas diárias ao parque e a necessidade de me vestir de maneira confortável para manobrar melhor uma cadeira de rodas. Não que eu precise me vestir bem para o trabalho; preciso estar aquecida e confortável, mas ao mesmo tempo quero estar elegante. E também há Andy. Nós vamos a muitos lugares: restaurantes, teatros, shows, bares. Embora eu esteja relutante em conhecer os amigos dele, está chegando um casamento do qual não tenho certeza de que conseguirei escapar.

— No centro de jardinagem — diz ela, pegando a cesta de pães no centro da mesa, avaliando todos os tipos diferentes, examinando-os como se fossem granadas e optando pelo mais simples.

— Sim, é um berçário também — respondo, e para explicar acrescento: — Cultivamos nossas próprias plantas a partir de sementes.

— Eu sei o que é um viveiro de plantas — diz ela. — Você sempre gostou de jardinagem. Agora é o sr. Ganguly que cuida do jardim.

— Obrigada — falo.

— O jardim é meu — retruca ela. — Mas você deixou a grama tão bonita que tivemos que manter. Ollie e eu estávamos tomando sol no domingo passado.

Ela dá uma risada.

Fico contente com essa imagem.

— Que maravilha.

— Eu me queimei um pouco, não foi? Adormeci e tive insolação. Ainda assim, peguei uma corzinha bonita.

Ela estende os braços magros e os vira.

— É verdade.

Chegam nossas entradas. Pedi muçarela de búfala e tomate.

— O que é isso? — pergunta ela, franzindo o nariz novamente.

— É queijo.

— Queijo? Não parece queijo.

Ela experimenta a sopa, um pedacinho na colher como se fosse veneno. Seus olhos se iluminam.

— Isso é uma maravilha.

Ela olha para mim. Nós duas começamos a rir.

— É a melhor sopa que já tomei — diz ela alegremente para o garçom enquanto ele leva o prato embora. — Ah, meu Deus, estou tão cheia. Não vou conseguir comer mais nada.

Ela está mais relaxada agora que a comida não é tão assustadora quanto pensava. Observo as cores ao seu redor.

— O quê? — pergunta ela, cautelosa.

— Você está tomando remédios novos?

— Sim.

Ela não quer falar sobre isso. Por mais que eu temesse vir aqui, deixando o calor e a tranquilidade da companhia e da cama de Andy, tenho que admitir que é um conforto estar com ela. Posso lê-la, e isso me faz sentir segura. Eu a conheço como a palma da minha mão. Não tenho essa vantagem com Andy; a maioria de nossas discussões foi por causa da minha incapacidade de sentir qualquer coisa até saber como ele se sente. Ele não sabe das minhas habilidades, optei por não contar porque não sei como fazer isso. Sempre fui guiada pelos outros, reajo a eles, uso-os como ponto de partida para depois decidir como e quem vou ser. Não posso fazer isso com Andy. Nunca me senti tão feliz e segura, mas tão vulnerável e perdida ao mesmo tempo.

— Por que os médicos mudaram seus remédios?

— Porque os outros não estavam funcionando.

O garçom coloca nossos pratos principais na mesa.

— Nunca vou conseguir comer tudo isso — comenta ela.

— Obrigada — digo.

— O que é isso? — pergunta ela, apontando para o meu prato com a faca.

— Canelone.

— O que é isso?

— Um tipo de macarrão recheado com queijo e espinafre.

250

— Alice — diz Lily, enojada, depois se concentra no prato dela.

Ela tira o manjericão do centro do prato e o coloca de lado, como se tivesse encontrado um fio de cabelo na comida.

O garçom se aproxima da mesa com um moedor enorme.

— Pimenta-do-reino?

— Olha o tamanho desse troço — comenta ela.

— Não, obrigado — respondo eu a ele.

— Parmesão? — pergunta ele.

— É queijo — explico a ela.

— Não sou burra — fala Lily em voz alta.

Olho para o garçom, que me dá um sorriso de compreensão e se afasta.

— Esses remédios são mais fortes — digo.

Eles são mais pesados, dá para ver. Para começar, têm uma cor diferente dos outros; envolvem o humor dela como se fosse uma bactéria, mas não como os outros, esses remédios destroem o humor, são pesados.

— Eles me deixam cansada.

— Você se lembrava de tomar seus remédios antigos quando deveria? Eles sempre funcionaram bem antes.

— Sim, eu lembrava — diz ela em voz alta, e então lembra onde está. — Às vezes eu esquecia. Ollie não é tão carrasco quanto você.

— Vou considerar isso um elogio.

Ela enfia o macarrão na boca.

— Que delícia.

Estou satisfeita. Inspirada pela positividade, eu me abro.

— Eu conheci alguém.

Ela olha para cima, com um sorriso malicioso no rosto.

— Ah, é?

— Ele se chama Andy. É da Escócia.

— Quando você foi pra Escócia?

— Eu não fui. Nós nos conhecemos aqui em Londres.

— Ah, bom, eu não sabia disso, né? Eu não sei de tudo que você faz.

Silêncio.

— Nunca consigo entender o que esses escoceses dizem.

Eu rio, sorrio que nem uma boba ao pensar nele.

— Ele tem algumas expressões peculiares mesmo.

Ela continua comendo. Para uma mulher pequena que disse que não aguentaria mais nada, ela está detonando a tigela gigante de penne.

— Ele trabalha com jovens.

— Como assim?

— Ele ajuda crianças e adolescentes que precisam de apoio, até 25 anos.

— Encrenqueiros? — pergunta ela com um sorriso no rosto. — Não é à toa que vocês se dão bem. Ele é pago ou é um daqueles trabalhos voluntários?

— Ele é pago.

— Que bom.

Ela coloca o macarrão na boca tão rápido que mal a vejo mastigar.

— Quantos anos ele tem?

— Trinta e seis.

Ela levanta as sobrancelhas.

— Ele é casado?

— Não!

— Tem certeza? Eles mentem, você sabe.

— Ele não é casado.

— Bem, ele está velho pra não ser casado. Ele é separado ou divorciado? Você não quer que o pouco dinheiro que um professor ganha vá para outra família.

— Não, ele não é. De qualquer forma, posso cuidar de mim mesma.

— Foi o que eu disse — fala ela, mas está bem-humorada, porque coloca o garfo na tigela vazia e geme. — Eu não aguento comer mais nada.

— Eu não trouxe seu presente...

— Ah, não é... — interrompe ela, sem querer falar sobre seu aniversário.

— Temos que pegar o presente hoje. Não é longe daqui.

Foi por isso que escolhi este restaurante.

Eu pago a conta, ela agradece e olha os funcionários nos olhos enquanto sai. A melhor comida que já comeu, diz a todos.

Estamos a apenas um quarteirão do nosso destino, e ela fica em silêncio quando vê para onde estamos nos dirigindo, com a cabeça, tenho certeza, cheia de pensamentos acelerados.

Jamais esquecerei a expressão dela quando o vendedor apareceu com uma cadeira de rodas elétrica, enrolada em um grande laço vermelho. O laço deve ter sido ideia de Hugh.

— É presente meu e do Hugh — digo. — E do Ollie — eu me forço a completar. Ele não pagou nada, mas ela sabe disso.

Suas mãos trêmulas vão para o rosto enquanto lágrimas enchem seus olhos.

O casamento dos amigos de Andy será em Edimburgo, em uma propriedade particular da antiga nobreza, uma impressionante mansão do século XVI que foi ampliada e renovada ao longo dos séculos. A cerimônia em si será realizada numa capela também do século XVI que fica na área externa, mas dispomos de uma sala na casa principal: a recepção com champanhe acontece na sala de estar que dá para um longo gramado e para os magníficos jardins bem cuidados, que é onde eu gostaria de estar. Mais tarde, passaremos para uma tenda, para a recepção.

Fiquei nervosa por este dia desde o momento em que Andy me pediu para acompanhá-lo. Estamos juntos há cinco meses e até agora consegui evitar conhecer os amigos dele. Entre nos conhecermos melhor, minhas viagens de fim de semana para Dublin para ver como está Lily, viagens de fim de semana dele e o trabalho, até agora fizemos este relacionamento ser centrado só em nós, que é o que prefiro. Estamos mudando de patamar, posso sentir, mas não sei se consigo acompanhar. Tenho medo de que ele veja como sou de verdade. Inventei todas as desculpas que pude imaginar para me livrar do compromisso, desde ter que trabalhar até visitar Lily; mas ele não é burro, percebeu que eu estava fazendo de tudo para não ir. Por fim, tomei a decisão adulta. Se eu quiser que este relacionamento sobreviva, e quero, então preciso fazer um esforço e encarar essa viagem.

Ele conhece meu comportamento muitas vezes neurótico. Já viu como sou no metrô, em restaurantes e cafés, como sou exigente sobre lugares para sentar, como quero evitar certas vibrações negativas nas mesas e como sou atraída para outra mesa, perguntando ao garçom se podemos mudar de lugar, experimentando um antes de mudar para outro, e ele não se importa, porque também é exigente. Prefere sempre ver a porta de todos os cômodos, odeia ficar de costas para a saída. Não consegue dormir se a porta do guarda-roupa estiver aberta sequer alguns centímetros e se não tiver uma máscara para os olhos, só em escuridão total. Nós dois temos nossas peculiaridades e as aceitamos, mas ele não sabe como sou em uma festa. Principalmente um casamento realizado sob uma tenda em um gramado que já foi um campo de batalha.

A tristeza me atinge assim que saio do carro. É o campo mais triste em que já pisei. Andy confunde minha paralisia com uma pausa para apreciar o ambiente glamoroso.

— Lindo, né?

— Hum.

A razão pela qual vim dirigindo é que, como não bebo, isso significa que não precisamos pegar o ônibus fretado com todos os outros convidados e ser transportados juntos como se fôssemos crianças em idade escolar ou, pior ainda, como gado.

— Você é só uma maníaca por controle — comentou ele quando insisti em alugar um carro. — Não pode fazer as coisas do seu jeito o tempo todo.

Seu tom era provocativo, mas ele estava falando sério, e estava certo. Sou uma maníaca por controle, tenho que controlar o que posso, porque a alternativa é assustadora.

— Não sou uma ovelha — digo a ele.

Não, ele não entende a reação que tenho quando piso no chão onde tantos homens foram massacrados, quando minhas raízes se conectam com as raízes deles e começam a se comunicar, sussurrando em voz baixa sentimentos de perda e medo, medo de que eles voltem, de que isso aconteça novamente. Sinto um turbilhão de tontura, náusea, pânico, ansiedade, raiva. Uma onda de bravura e coragem. Eu me sinto irritada, pronta para lutar. Pronta para atacar alguém e brandir um machado, pronta para arrancar cabeças. Não é o clima ideal para conhecer os amigos de Andy pela primeira vez.

— Onde fica a capela? — pergunto, olhando em volta.

— O convite só dizia para nós nos encontrarmos no estacionamento principal — responde ele, mal olhando para mim e observando as pessoas ao redor. — Você acha que precisa usar óculos escuros hoje? — pergunta gentilmente. — Está bastante nublado.

Os dias nublados são piores, porque as cores das pessoas ficam mais fortes, mas ele sabe que não uso por causa do sol, acha que tem alguma coisa a ver com enxaquecas. Seu comentário me magoa. Ele está com vergonha de mim. Diante de seus amigos, ele quer que eu seja outra pessoa.

Andy parece nervoso quando me apresenta ao fluxo de casais que encontramos. Ele sabe que odeio tocar nas pessoas, acha que é um problema que tenho com germes, mas estou usando luvas, incorporadas ao look noturno meio Audrey Hepburn que estilizei de propósito para poder apertar quantas mãos ele quiser, mas me afasto de seus abraços e beijos no ar. Não há necessidade desse nível de proximidade com pessoas que nunca vi antes.

Quando chega um ônibus para nos levar à capela, que fica em algum lugar do terreno, Andy olha para mim e sorri.

— Béeee.

Subimos todos no veículo, com nossas melhores roupas, a maioria dos homens de kilts, mulheres com vestidos bonitos e sapatos altos que dificultam andar nas pedras soltas do estacionamento. Um conjunto de personagens complexos, que se misturam, como loção pós-barba e perfumes, alguns que se complementam, outros que se chocam.

É bonito de se ver, mas não de se estar. O campo de batalha é triste e raivoso, as pessoas estão animadas e ansiosas, e então eu sento no transporte lutando contra os sentimentos de raiva, luta, ansiedade e excitação. Ah, como eu adoraria usar meu escudo.

Eu odeio como a personalidade de Andy mudou quase que instantaneamente. Estamos sentados no ônibus com os fantasmas do passado dele, enquanto eles se comportam como um bando de meninos travessos, ouvindo piadas infantis, discussões animadas e insultos voando para cima e para baixo. É como se ele estivesse de volta à escola. Andy já tomou alguns drinques enquanto nós nos arrumávamos na pousada; ele está de folga, tem o direito de se soltar, mas é novidade ver ele se comportando assim. Não sou a única que se torna uma pessoa diferente na companhia dos outros.

Na capela, a quantidade de amor é suficiente para me fazer relaxar. As energias pulsantes vermelhas e rosa sendo enviadas em todas as direções me fazem querer ficar próxima de todos que evitei no ônibus. É claro que também há tristeza — mesmo quando as pessoas estão felizes, podem se sentir tristes também —, e há arrependimento e amargura partilhados entre os casais ao testemunharem uma união que os lembra do seu potencial não alcançado, mas a energia avassaladora e predominante na sala é o amor. Tiro os óculos escuros e seguro a mão de Andy, observando a aurora boreal das energias do amor girando, um balé celestial de luz na rotunda.

Andy vai até o altar para fazer seu discurso e uma onda de vermelho neon surge de trás de mim. Eu me viro para ver de onde vem, mas não consigo encontrar a fonte na capela lotada. Não consigo me concentrar no discurso de Andy, meu coração bate forte nos ouvidos, enquanto o vermelho dispara na direção dele como raios laser. Viaja para o campo magnético de Andy e gira antes de desaparecer. As cores parecem se desintegrar assim que atingem seu biocampo. Não sei se ele as aceita ou se as joga de volta. Não tenho ideia do que ele faz com as energias que recebe e com as que ele mesmo fabrica. Andy olha para os convidados enquanto lê, e quero saber quem na sala o ama tão feroz e intensamente que faz com que seu amor seja disparado como se fosse um canhão. Meu coração está acelerado, furioso com a ofensa, o perigo de alguém em algum lugar querer algo que é meu.

Nós nos misturamos na recepção com champanhe. Muitas perguntas sobre crianças e pessoas do passado das quais nunca ouvi falar, então me sinto como um estepe guardado no porta-malas, sendo carregado para todos os lugares com Andy, mas na verdade só necessário nos momentos em que a conversa é interrompida ou está fraca e precisa ser resgatada. Eu me desligo da maioria das conversas, procurando a fonte do violento raio de amor.

Peço licença de uma conversa com outro casal simpático para ir ao banheiro, mas em vez disso sigo o chamado dos majestosos jardins, inspirando a calma e expirando o estresse. Aproveito o tempo para examinar cada uma das flores e plantas, lendo os nomes das árvores. Estou em um estado de felicidade plena quando ouço meu nome ser chamado.

— Mas que porra você está fazendo? — pergunta Andy, com os olhos injetados e a gravata torta. — Estou te procurando há meia hora. Todos estão sentados à mesa, esperando você. Estou me sentindo um idiota.

Nunca o vi com tanta raiva. Não preciso de cores para me dizer isso.

— Desculpa. Eu só queria olhar.

— Você poderia ter me falado e eu teria vindo com você. Está tudo bem? — pergunta ele, de uma forma irritada que não aceita uma resposta honesta e emocional.

Além disso, ele obviamente já bebeu demais.

— Está — respondo com firmeza, precisando da ajuda dele, mas incapaz de pedir. — É que eu não sou muito boa com pessoas.

— Bem, tenta, então — diz ele, voltando para a recepção.

Meu coração está pesado. Olho para a rosa cor-de-rosa, com vontade de poder absorver sua cor. Não quero arrancá-la do arbusto, acabar com sua vida, extrair suas lindas cores e energia, mas é o rosa que eu quero. Seguro a flor nas mãos, presa ao caule, e imagino que a estou puxando em volta de mim como um véu, para que tudo fique rosado e bonito.

Os pés dele pisam duro nas pedras conforme ele volta até mim. Há raiva em seus passos.

— Mas que...? — Andy está prestes a explodir e de repente recua, derrete um pouco. Ele solta a energia acumulada, seus ombros relaxam visivelmente enquanto ele me observa. — Você está tão linda.

Sorrio, surpresa.

Ele passa os braços em volta de mim, esconde o nariz no meu pescoço e me beija.

Eu sorrio enquanto giro a haste da rosa entre meus dedos.

* * *

— Como vocês podem ver, isto é um ímã — explica o sr. Walker na aula de ciências. — Todos têm um na sua frente. Os ímãs são objetos sólidos de pedra, metal... Alex, tire o ímã de perto do seu aparelho... ou de outro material, que têm a propriedade de atrair materiais que contenham ferro. Essa propriedade de atração pode ser natural ou induzida, o que significa que foi criada por meios não naturais.

— Exatamente como Eddie foi concebido, senhor.

— Todos os objetos são compostos de minúsculas partículas chamadas... o quê?

— Herpes, professor.

— Átomos. Os átomos são compostos de várias partículas diferentes, incluindo minúsculos elétrons carregados negativamente que giram em torno... do quê?

— Ânus, professor.

— Núcleo do átomo — diz o sr. Walker, como se não tivesse sido interrompido por quase todos na classe. — Os elétrons nos átomos dos objetos magnéticos giram quase todos na mesma direção em torno do núcleo. É isso que faz com que um objeto seja magnético. Em cada objeto magnético existem muitos grupos diferentes de átomos, cada um formando seu próprio mini-ímã, mas esses grupos giram em direções opostas entre si. Em um ímã, esses grupos de átomos estão alinhados de modo que os mini-ímãs apontem todos na mesma direção. O termo para isso é... o quê?

— Homossexualidade, professor.

— Polaridade. Todos os ímãs têm um polo norte e um polo sul. Polos opostos se atraem, polos iguais se repelem. Isso significa que, se o polo norte de um ímã estiver voltado para o polo sul de outro, eles ficam juntos, isto é, se atraem.

— Tipo um meia nove, senhor.

— No entanto, se você segurar o polo norte de um ímã contra o polo norte de outro, eles se afastam ou se repelem.

— Como os pais do Eddie, senhor.

— Como podem ver, cada um de vocês tem uma coleção de materiais na mesa à sua frente. Experimentem o ímã... não, não no seu piercing do nariz, Jennifer, nos itens da cesta. E me digam quais materiais grudam no ímã.

O barulho começa no minuto em que ele para de falar, e ele se senta à mesa, com os braços cruzados, enquanto observa as duplas em cada mesa mergulharem em suas cestas compartilhadas. Estou sentada com Gospel, que começa a trabalhar.

Eu seguro dois polos iguais e sinto o poder deles afastando-os um do outro, essa força invisível que não permite que eles se unam. Faço isso várias vezes. Gosto de observar o poder invisível.

De repente, o sr. Walker está ao meu lado.

— Esse é o campo magnético; o espaço ao redor de uma corrente elétrica ou ímã no qual a força magnética é sentida.

— Isso pode acontecer com as pessoas?

— Não, a menos que você seja o Homem de Ferro, não. Richard, fora.

— Ah, mas, senhor...

— Fora. Eu vi o que fez.

Continuo juntando os dois ímãs, e eles estremecem contra a minha força, mas vencem todas as vezes e se separam. Há algo familiar na sensação de repulsa um pelo outro. Não importa o que o sr. Walker diga: não sou o Homem de Ferro, mas já tive esse sentimento com outras pessoas.

Encontramos nossos assentos na Tabela Periódica de Assentos de Michael e Lisa. Nossas iniciais ficam no meio, o número da mesa em cima e nossos nomes completos embaixo. Fico tensa com a ideia de não estar sentada ao lado de Andy, mas talvez seja melhor, considerando o humor em que ele está no momento. Se eu tivesse prestado atenção, poderia ter adivinhado quem era a pessoa que enviou os corações de amor para Andy sem nem ver suas cores. Isso teria acontecido pela sensação de repulsa que sinto sempre que estou perto dela. Caminhando pela recepção, em vários momentos tive a sensação de que estava sendo empurrada, e lá estava ela. Meu corpo não quer que eu fique perto dela. E, se alguém me perguntasse com quem eu menos preferiria me sentar à mesa, entre qualquer um dos trezentos estranhos presentes no casamento, eu a teria escolhido, o que me faz rir quando nós nos aproximamos da mesa e lá está ela, sentada e satisfeita.

AK, Alice Kelly, está na mesa catorze de trinta. São dez em cada mesa. As flores de centro estão em tubos de ensaio. O mapa de assentos é do modelo tradicional e, portanto, Andy e eu não estamos sentados juntos; estou entre um Hamish e um Scott. Minha cabeça está girando, a esta altura todo mundo está bêbado e eu já recebi beijos molhados indesejados na bochecha e cuspe voando no globo ocular o suficiente para uma vida inteira. Andy está tonto, começando a ficar desleixado; ele precisa comer alguma coisa. Eu passo o pão para ele. Ele me oferece vinho.

Hamish, o simpático senhor à minha direita, trabalha com ciências ambientais, tem um barco e passa os verões navegando e os invernos competindo. Ele e a esposa Anna, do outro lado da mesa redonda, têm filhos adultos que, segundo ele, não os amam mais, exceto quando precisam de dinheiro e querem lavar a roupa.

Scott, à minha esquerda, está tão embriagado que fica cuspindo nos meus olhos, na minha comida, no meu copo d'água e repetindo as mesmas perguntas sobre o que eu faço, enquanto sua esposa, Rachel, observa Andy. Ela acalmou suas declarações de amor agora que está sentada na mesma mesa que ele; emite baforadas rosa-marshmallow como se estivesse enviando sinais de fumaça, transmitindo seu amor por ele. Acha que ninguém na mesa percebe como ela ignora o marido e concentra toda a sua atenção em Andy. Mas eu percebo.

Não sei se ele responde aos sinais dela porque não consigo ver suas energias, e isso nunca me enfureceu mais do que neste momento. Eu o observo em busca de sorrisos secretos e olhares reveladores, mas, depois de apenas cinco meses juntos, ainda estou descobrindo como Andy é, ainda estou aprendendo a falar a língua dos humanos. Rachel mal olha para o marido e, quando o faz, não é lisonjeiro.

Se ela capta as vibrações que estou enviando para ela, não reage. Por um lado, acho que teria que ser uma completa idiota para não perceber meus sentimentos por ela, mas, por outro, não sei como consegue sentir qualquer coisa através de sua própria camada isolada de amor e desejo por Andy. Cansada de me esforçar com essa gente, desisto e ergo meu escudo. Fico sentada, de braços cruzados, e deixo o circo girar ao meu redor. E é o que acontece. Se eu pensei que haveria uma chance de Andy ficar sóbrio com o jantar, fui muito inocente. Ele só piora. Quanto mais largado ele fica, mais certinha eu pareço me tornar. Irritada e crítica, mesmo com meu escudo e minha aura selada. Ainda assim, ela envia todas as suas energias para ele, e não posso fazer nada para impedir. Só o que posso fazer é me perguntar: ele as está absorvendo, envolvendo-as com suas mãos bêbadas? Elas estão fazendo com que ele se lembre dela, dos dois como um casal? Quando ele me puxa para dançar, tão grudento, me apalpando de uma forma que não costuma fazer em público, me pergunto se é a luxúria dela que está deixando-o tão lascivo.

Sinto-me como uma sanguessuga, grudada com força à medida que ele me gira e se contorce sem ritmo contra mim. Sou rígida enquanto todos ao meu redor são fluidos. A cabeça deles está em outro lugar, em algum lugar feliz e alucinante com borboletas e unicórnios, enquanto eu estou aqui vendo tudo exatamente como é. Não consigo ser arrastada para seu passeio mágico de bobagens porque vejo os cordões da marionete, tudo é só um show. A pista de dança fica lotada e eu saio às escondidas.

Eu me afasto da tenda e das luzes pisca-pisca para a escuridão, ouvindo o farfalhar das árvores e permitindo que a brisa varra o calor do meu rosto corado. Finalmente, posso ficar sozinha.

De volta à pousada, estou sentada no canto do quarto, com as pernas dobradas contra o corpo, de pijama e sem maquiagem. Andy está andando de um lado para o outro e se debatendo como se fosse feito de borracha. Estamos brigando feio e tenho que ouvir todas as coisas terríveis que fiz. Fui fria. Ignorei seus amigos. Não dancei. Toda hora sumia. Fui tão distante.

Seu sotaque está mais forte do que já ouvi, cercado por seu povo e cheio de uísque. Ele está falando tão enrolado que mal consigo entender os pontos principais.

— Você nem apertou a mão do Jamie. Jamie estava na minha turma de química — diz ele, desnecessariamente. — Ele não machucaria uma mosca.

— Você sabe que não gosto de tocar nas pessoas — digo baixinho.

Odeio falar sobre isso, não quero falar sobre isso.

— Você não gosta de tocar em mim — diz ele de repente.

— Gosto, sim.

— Você não segura minha mão. Você nem…

Ele arrasta as palavras conforme relata uma série inaudível de meus fracassos.

— Olha, você tem seus motivos — continua, de repente com uma clareza de pensamento e um respeito surpreendentes. — Mas esses são meus amigos, você pode confiar neles, não precisa ficar se achando superior…

— Eu não estava me achando superior.

— Ah, sim, estava sim, toda arrogante, enquanto…

— Enquanto você e a Rachel babavam um no outro.

Ele para.

— Quê?

— Se eu fosse te fazer sentar em uma mesa com um ex meu, eu te contaria. De verdade. Inclusive, eu te contei sobre Gospel antes que a gente saísse com ele, pra você saber, mas provavelmente nem deveria ter te contado nada, porque agora vocês nunca mais vão se ver.

Eu nunca faria ele passar a noite inteira duvidando de si mesmo, se sentindo um nada, como uma peça esquecida e largada no canto.

Ele parece tonto e confuso. Abre a boca e fecha de novo.

— Quem?

— Hum, vou te dar uma chance de adivinhar: eu estava sentada ao lado do marido dela, que também não deve ter ficado muito feliz.

Isso é mentira. Não acho que Scott tenha notado, acho que ninguém percebeu. Nem sei se Andy notou. Suas cores não me diriam. Eu não consigo lê-lo.

Ele parou de andar. Seus pés estão parados, mas o corpo balança. Atingi um ponto sensível. Eles não foram um casal, mas algo aconteceu, talvez algo secreto.

Respiro fundo.

— Eu vejo energias, Andy. O humor das pessoas em cores, em torno do corpo delas. Isso me ajuda a ver coisas que outras pessoas não veem.

— Ah, para com isso, Alice. O que ele disse? O marido dela.

Faço uma pausa. Acabei de revelar meu maior segredo e ele o ignorou e fingiu que não ouviu.

— Você me ouviu, Andy? Estou te contando uma coisa importante sobre mim, algo que nunca fui capaz de contar. — Fico de pé. — Eu vejo energias, Andy, as energias das pessoas. Como cores. É por isso que uso óculos escuros, é por isso que eu...

Ele tomba ligeiramente, embora continue parado no mesmo lugar; ele me olha torto e acho que vai vomitar. Suas pupilas estão enormes, tão grandes que não há castanho à vista. Parece que ele quer chorar com a confusão que isso causou em seu cérebro.

— Quê?

Então ele vai embora.

Estamos deitados na cama, poucas semanas depois de nós nos conhecermos. É uma manhã de domingo e está chovendo. Estou me deleitando com a sensação de total relaxamento e contentamento. Rick Stein está na TV viajando para algum lugar exótico, em um barco, falando sobre comida, cozinhando, comendo. Estamos conversando de nada e de tudo. Na maior parte do tempo, eu ouço, adoro o som da voz dele, tão jovial e positiva, até mesmo a voz profunda e gutural quando acabou de acordar.

— Como você era na escola?

— Ah, você sabe…

— Não sei, não. É por isso que estou perguntando.

— Quieta. Mais ou menos. Às vezes. Às vezes não.

— Parece a previsão do tempo para Glasgow. Chuva, com neve e um pouco de sol.

— Essa sou eu. Um pouco de tudo.

— Como sua escola se chamava?

— Você não conhece.

— É por isso que estou perguntando.

— Era no meio do nada, a cerca de uma hora de Dublin.

— Aham, e como se chama? — pergunta ele, tirando uma mecha de cabelo do meu rosto e me observando mais de perto agora, sentindo a hesitação.

Fico quieta.

— Você não se formou no ensino médio, foi isso?

— É claro que eu me formei — digo, ofendida.

— Tá bom! — Ele ri. — Achei que você estava enrolando. Onde você estudou, então?

— Na Academia Clearview — digo, recostando a cabeça em seu peito e dessa vez de frente para a TV, olhando para longe dele. — Era uma escola comportamental.

Ele tenta se posicionar para ver meu rosto, mas não me movo.

— Por que você foi estudar lá?

Penso por um momento.

— Eu tinha muita raiva.

Sonho em contar a ele. Tenho conversas completas na minha cabeça em que revelo minhas neuroses. Às vezes ele aceita bem, às vezes não. Eu sei que contarei a ele algum dia. Só precisa ser o momento certo.

Depois da nossa discussão, ele se junta à festa que continua no salão de refeições da pousada. Tem um karaokê que começa a se desfazer às quatro e meia da manhã, mas, mesmo que a cantoria tenha parado, ele ainda não voltou. Imagino-o em algum lugar com Rachel, confessando seus sentimentos a ela enquanto choro no travesseiro. Não consigo dormir. O que foi que eu fiz? Não era assim que eu queria contar a ele sobre ver a aura das pessoas. Quer dizer, eu nem queria contar.

Arrumo minha mala. Alguns convidados ainda estão acordados às seis da manhã, falando bobagens, quando passo pelo café da manhã e saio furtivamente da pousada. Entro em um táxi, pego o carro e compro um chá enquanto espero a locadora abrir, depois pego o primeiro trem de volta para Londres. Chego em casa na hora do almoço, talvez antes mesmo de Andy acordar.

* * *

Durmo a maior parte da viagem para casa. Não é a mesma viagem alegre como foi a ida com Andy. Agora me sinto tão triste, como se houvesse um buraco em mim e eu tivesse perdido algo, alguém excepcional, mas também há uma grande sensação de inevitabilidade. Como alguém que nem poderia ter pensado que seria feliz teria uma vida normal com alguém como ele? Meu subconsciente está gritando *eu avisei* enquanto o resto de mim está encolhido em um canto gritando *me deixa em paz*.

Às oito da noite, alguém bate à porta.

É Andy. Parece que brigou consigo mesmo, como se tivesse rastejado das montanhas em busca da civilização pela primeira vez.

— Me desculpa — diz ele, entrando e me abraçando com força, tão apertado que mal consigo respirar.

Estou confusa. Eu fui a culpada. Contei uma loucura a ele e então o deixei lá.

Ele inspira meu cheiro e faz cócegas no meu pescoço.

— Eu sinto muito.

Ficamos muito tempo abraçados, e não quero que ele solte, porque não quero conversar. Falar vai me fazer arrumar problemas de novo.

Ele se afasta e olha para mim.

Meus olhos estão inchados depois de doze horas de choro. Meu nariz está vermelho e dolorido de tanto assoar, arranquei pele dos lábios, roí todas as unhas.

— Você está bem?

— Não.

— Claro que não. Quando acordei, não sabia onde você estava. Eu nem conseguia me lembrar de ter ido embora do casamento. — Ele esfrega o rosto. — Eu sinto muito. Eu me lembro de ter procurado você na festa — diz, franzindo o rosto, depois balança a cabeça. — Não sei. Eu estava muito bêbado. Jamie disse que eu passei vergonha.

— Jamie, da sua aula de química.

— Sim, como você sabe...? Olha, não consigo me lembrar de nada... — continua ele, me observando, com cautela, se perguntando se e quando vou atacar. — Eu não deveria beber uísque. Me deixa... irritado e... — Ele se senta, tonto. — Na verdade, definitivamente não vou beber de novo, até o fim de semana.

Eu sorrio.

Ele não se lembra de nada. Estou exultante. Mas também frustrada por ter passado por tudo isso e ele nem se lembrar. Ele está com a mente limpa. Eu me afasto dele e encho a chaleira, aperto o botão e cruzo os braços, esperando que ferva. Não lembrar pode ser uma mentira conveniente para ele, mas não tenho como ter certeza. Eu não consigo lê-lo.

— Você disse que eu te envergonhei — digo por fim. — Na frente dos seus amigos.

Ele balança a cabeça.

— Não, Alice.

— Que sou fria.

— Não.

— Que eu não sou divertida. Que sou distante. Que não toco em você.

— Eu estava tão bêbado...

— Isso tudo veio de algum lugar, Andy.

— Foi um monte de besteira confusa e bêbada, Alice.

Eu poderia fingir que nunca contei a ele, viver a mentira por mais tempo, fingir que ele nunca reagiu da maneira que reagiu perante a minha confissão, mas sei que não posso. De repente, minha raiva desaparece, porque ele está certo sobre todas as coisas que sente e precisa saber por quê.

— Preciso conversar com você sobre uma coisa.

— Não — diz ele. — Não termina comigo.

— Ouve o que tenho a dizer e depois a gente vê quem quer terminar com quem — digo, nervosa mas pronta, puxando as mangas do suéter por cima das mãos e sentando no sofá. Ele se junta a mim.

Levo um momento para me recompor.

— Quando eu tinha 8 anos...

— Você não precisa me contar — interrompe ele, pegando minha mão. — Eu acho que sei. Não precisa.

— Você não sabe, e eu preciso te contar. Quando eu tinha 8 anos, comecei a ver o humor e a energia das pessoas como cores.

Não é o que ele esperava.

Ele leva um momento para julgar se estou falando sério ou não, talvez para ver se essa revelação faz sentido com meu comportamento. Não tenho certeza, mas agradeço o tempo de reflexão.

— Sinestesia — comenta. — Meu amigo Johnny tem isso com música. Ele ouve notas como cores.

— Certo — digo, surpresa. — Então você meio que conhece. Poderia ser explicado assim, mas é um pouco diferente. Vejo a energia das pessoas em torno delas, e é por isso que uso óculos escuros. Às vezes me dá dor de cabeça, quando tem muita gente reunida, o que explica as enxaquecas. É por isso que uso luvas e que não gosto de ser tocada. O humor das outras pessoas pode me afetar. Sou sensível ao modo como os outros se sentem. As emoções parecem querer ir até mim, como raiva, ou tristeza, ou pesar, ou felicidade. Não quero as emoções dos outros, quero as minhas.

Andy pensa por um momento. Dá para ver seu cérebro raciocinando. Ele quer ficar com alguém assim? Eu tenho algum tipo de psicose ou é real? Ele deveria tentar me curar ou aceitar? Ir embora ou ficar? Ainda está segurando minha mão, pelo menos.

— Mas estar perto de pessoas é saudável. Compartilhar emoções é bom. A sua felicidade é a minha felicidade — diz ele, encontrando uma maneira de entender o que eu falei.

— Eu sei — respondo, surpresa por estar tendo uma conversa mais profunda, além do básico sobre se é real ou não.

— Compartilhar algumas emoções é bom. Ter alguns sentimentos bons e ruins é bom. Eu aprendi isso. Não posso ficar completamente desconectada, embora às vezes faça isso pra suportar, e é aí que você diz que estou sendo fria. Ou distante. E você está certo — completo rápido, antes que ele intervenha com outro pedido de desculpas. — Você tem razão, Andy: às vezes eu me entorpeço quando estou com outras pessoas, e é um péssimo hábito, mas agora você sabe por que sou assim. Numa rua movimentada, ou num bar cheio, ou num casamento, por exemplo, se eu encostar em cada pessoa e sentir o que cada uma delas sente... é demais. Pouco antes de te conhecer, aprendi como desligar tudo, mas fazer isso me deixou doente. Então tive que aprender como me misturar um pouco, sem ser afetada por isso.

— A Lily tem a mesma coisa? — pergunta ele.

Faço que não com a cabeça.

— E eu não tenho transtorno bipolar, se é isso que você está perguntando.

— Desculpa.

— Fica tranquilo, eu me perguntei a mesma coisa quando era mais nova. Mesmo enquanto ela não tinha sido diagnosticada, eu me perguntava isso. Mas não. Acho que tenho isso por causa dela, ela é a fonte, mas não por causa de nada hereditário. Quando eu era pequena, odiava o quanto ela era imprevisível. Isso me deixou muito ansiosa, me perguntando com que tipo de mãe eu ia acordar ou se ela ia explodir de repente. Eu queria estar preparada para o que viria a seguir, então comecei a estudá-la, a tentar lê-la. Comecei a ver seus humores como cores. Fui mandada pra Academia Clearview porque não sabia lidar com isso. E, depois da escola, eu me escondi em casa, usando a Lily como desculpa, mas também porque eu não sabia como lidar com essa habilidade. Aí cansei de ficar nas sombras e vim para Londres. Aí eu vi você.

— É por isso que você sempre me olha assim. Como se estivesse me lendo.

— Não. — Eu dou risada. — É aqui que a história fica mais estranha. Andy, você é a única pessoa que não consigo ler. Foi por isso que notei você no trem naquele dia, foi por isso que te segui. Você é a primeira pessoa que conheço que não tem cores.

— Eu sou o quê, então, o diabo?

— Não. Acho que você é a pessoa que...

Tento descobrir como colocar em palavras o que ele faz por mim. Como ele me desafia, me faz sentir real, humana.

— Você é a pessoa... — começo de novo, completamente incapaz de explicar.

— Eu sou a pessoa certa — completa ele, sorrindo.

— Ele — diz Andy, me cutucando no metrô.

Levanto os olhos do livro e presto atenção na direção que ele aponta com a cabeça discretamente.

— Azul-escuro — respondo.

— Conservador — diz ele, e eu aceno. Ele sorri como um estudante que recebeu nota máxima. — E ele? Aposto que está usando calcinha por baixo daquele terno.

Bufo de tanto rir e alguns rostos se viram em nossa direção. Descanso a cabeça no ombro dele e dou risada.

Estou na frente do trabalho de Andy. Espero por ele, que sai com uma aluna. Tem um homem esperando por ela, parado ao lado do carro. Eu já tinha notado a presença dele.

— Oi — diz o homem com um amplo sorriso, covinhas nas bochechas, fofo como um cachorrinho.

— Você conhece? — pergunta Andy para a aluna, e ela faz que sim.

— Estou com o carro, pensei em te fazer uma surpresa — diz o homem, abrindo a porta do carro.

Seu rosto está ilegível. Para todos menos para mim, de qualquer maneira.

Andy olha para mim com um olhar questionador.

Balanço a cabeça.

— Na verdade, Jasmine, esqueci uma coisa lá dentro. Você se importa de voltar comigo? Desculpa, cara, não vamos demorar — diz ele para o cara que está esperando.

— Temos mesmo que ir — fala o homem.

— Eu sei, mas isso é importante — insiste Andy, com um sorriso bem-humorado. — Minha culpa.

Ele volta para dentro com Jasmine. Poucos minutos depois, me manda uma mensagem e diz para encontrá-lo na saída lateral.

— Cara malvado? — pergunta ele.

— Muito malvado.

— Malvado nível metálico?

Assinto.

— Cruzes. Ele parecia um moleque de *boyband*. Obrigado — diz ele, me beijando. — Quer jantar fora hoje à noite?

No nosso primeiro encontro, digo a Andy que tenho ingressos para o jogo entre o Crystal Palace e o Aston Villa. Ele não torce para nenhum dos dois times, mas adora futebol, vai a qualquer jogo, a qualquer hora e em qualquer lugar. Eu o fisguei, graças ao Gospel.

Não conto que vamos ficar em um camarote porque também não sabia. Uma refeição é oferecida antes do jogo, e, graças a Jamelle, esposa de Gospel, quando nós nos sentamos do lado de fora, todos os assentos do camarote ao nosso redor estão livres só para mim. Jamelle senta ao meu lado e pergunta:

— Tudo bem assim?

Aquele espécime glamoroso de pernas longas e grandes óculos de sol ignora as câmeras apontadas para ela enquanto assiste ao jogo, embora na verdade não esteja fazendo isso; ela quer conversar sobre um problema que está tendo.

— Não fui eu que decorei a casa — conta. — Ele estava morando com outra pessoa antes de mim. Eu me mudei e já estava assim. Não me entenda mal, a casa é linda, você viu. Mas parece, não sei... — Ela fecha os olhos e estremece. — Talvez seja porque foi ela quem decorou, talvez eu só esteja sendo boba. Consigo conviver com isso, mas é mais por causa dele, ele fica muito... inquieto, sabe? Como se tivesse uma agressividade reprimida. Ele precisa sair o tempo todo. Você conhece ele melhor do que eu, nem sei por que estou te contando isso — completa.

— Não conheço ele melhor que você — digo.

— Ah, por favor, você foi o primeiro amor dele.

Andy fica visivelmente interessado ao ouvir isso, e eu gostaria que ele não tivesse ouvido. Eu contei a ele que Gospel e eu éramos amigos na escola e que tínhamos namorado, o preparei para caso isso acontecesse, mas não mencionei nada sobre amor.

— Talvez eu esteja apenas sendo boba — repete ela.

— Não — digo, mantendo a voz baixa, para que Andy não ouça. — São as coisas de animais, você tem que se livrar delas.

Os olhos dela quase saltam das órbitas.

— É uma energia estagnada. Todas as peles, os chifres, o tigre empalhado ou sei lá o quê. Se livra de tudo isso. Essas coisas bloqueiam o fluxo na casa.

— Você sentiu isso?

— Na hora.

— Ai, meu Deus, eu sabia — diz ela, animada. — Ele adora aqueles troços, mas vai se livrar deles se for conselho seu. — Ela esbarra em mim, animada, depois se afasta às pressas. — Desculpa. Quero te abraçar, mas não vou. Eu sou de abraçar as pessoas. É tão difícil me segurar.

Ela me faz rir.

— Espero que você deixe ele te abraçar — comenta ela, sussurrando e olhando para Andy. — Ele é uma graça.

Andy escolhe esse momento para pular e gritar palavrões para o árbitro.

As poucas pessoas no camarote se viram para encará-lo, o desbocado de Glasgow.

— Foi mal — diz ele, para mim, não para eles, e senta-se novamente.

—

— O que você vê nele? — pergunta Gospel uma vez, quando saímos para tomar uns drinques num bar escolhido por ele, um lugar da moda onde tira fotos com todos que pedem.

É um encontro duplo. Andy e Jamelle estão numa conversa intensa sobre o trabalho dele. Andy é profundamente apaixonado pelas crianças com quem trabalha, eu adoro quando ele fala sobre isso.

Acho que Gospel está com ciúme — na verdade eu sei que está, vejo as cores se misturando à sua felicidade cor de mel como uma máquina de lavar começando a funcionar. Não é bonito, e é ridículo, porque Jamelle é a criatura mais linda, por dentro e por fora, que já conheci.

O que eu vejo em Andy? Sorrio.

— Ele é gentil. E engraçado.

Os olhos de Gospel se estreitam enquanto ele observa Andy, tentando detectar essa suposta gentileza e graça dele.

Gospel estufa o peito.

— De que cor ele é? — pergunta. — Aposto que ele não é cor de mel. Não dá pra ser melhor que isso.

— Ele não tem cor — digo, para confusão do meu amigo. — Isso é que é tão perfeito. A única coisa que sei é que, no segundo em que baixei a guarda, encontrei ele.

* * *

Vou passar o feriado de Natal em casa e estou contando os dias até voltar para a Academia. Lamento não ter aceitado a oferta de Gospel de passar esses dias na casa dele, mas queria ver Hugh. Só que Hugh decidiu no último minuto não voltar para casa; disse que tem provas para as quais precisa estudar e que está trabalhando em um bar em Cardiff e não pode tirar folga. Todas as desculpas em que ele consegue pensar. Fico tão arrasada quanto Lily com a rejeição dele. Visto meu manto azul de autopiedade, assim como ela. Na ceia de Natal, comemos uma refeição deprimente de peru fatiado pré-embalado, do tipo usado em sanduíches, repolho com manteiga, cenoura, batatas assadas e molho em uma bandeja de refeição para micro-ondas. Minhas batatas estão queimadas por fora e grudadas na bandeja, mas surpreendentemente geladas no meio. Lily comprou geleia e creme pronto para a sobremesa. Bebe duas garrafas de vinho, fuma um maço inteiro de cigarros, nós brigamos, e ela fica fora até tarde. Eu a ouço chegar de madrugada e subir as escadas tropeçando. Ela passa o dia 26 inteiro na cama, enquanto eu fico sentada no sofá o dia todo, comendo uma caixa de bombons que Saloni me deu no amigo secreto de Natal, vendo um *Duro de matar* atrás do outro. O melhor dia que tive em casa em muito tempo.

Ou poderia ter sido, se eu não estivesse tão preocupada com Ollie, esse menino com pelos no queixo e no bigode que mal reconheço. Ele engoliu o jantar o mais rápido que pôde, sem dizer uma palavra, depois saiu com os amigos idiotas para fazer sabe--se lá o quê. Um grupo grande, todos com casacos acolchoados e capuzes para cima como se fossem um fã-clube da Dona Morte; são todos problemáticos, e Ollie é o único com 11 anos em um grupo de adolescentes. Não quero saber o que ele fez ou teve que fazer para ganhar o respeito e a atenção deles. Ollie ainda absorve as cores de Lily, se carregando com a energia negativa dela antes de levá-la para o mundo.

Minha briga com ela foi sobre Ollie sair com esses garotos.

Lily diz que está feliz por ele ter amigos, considerando que eu e Hugh o abandonamos, como se ela tivesse esquecido que eu não fui embora por escolha própria.

— Ei, esquisitona.

Eu me viro e lá está ele, Ollie, vindo na minha direção. Tentei encontrar o maior número possível de esconderijos para não ficar em casa com Lily nem perto dele e dos amigos perdedores dele que andam por aí em gangues usando aqueles casacos que em condições normais não poderiam comprar, sem medo de exibir o quanto estão ganhando sem fazer nada de bom. Ollie deve ter me seguido. Estou no parque perto de casa. Saí para caminhar hoje de manhã e não parei, me perdendo em trilhas naturais pelas quais nunca tinha passado antes, qualquer coisa para evitar aquela casa. Encontro um lugar tranquilo e me sento para comer os bombons que sobraram. Delícia de Morango e Creme de Laranja são os de que menos gosto, mas continuo tentando me forçar a gostar. Ollie pisa em um galho enorme, inclina-se para a frente e para trás, para a frente e para trás, quicando, até que ele quebra.

— Por que você me seguiu? — pergunto.

— Não tinha nada pra fazer.

— Estou surpresa que você e seus amigos não estejam em algum lugar roubando coisas.

Ele tem tido tantos problemas com a polícia, basta outra besteira e vai ser levado para um centro de detenção, e suspeito, assim como todo mundo na vizinhança, que seja o responsável pelo roubo do carro dos Ganguly. É humilhante viver com ele.

Ele me encara com raiva. Um olhar sombrio, mas não me intimida. Ollie dá um passo em direção à beira de uma vala profunda. Água, lama, garrafas de cerveja, sabe-se lá o que mais tem ali.

Posso ver que ele está tentando descobrir como atravessar a vala para chegar aos campos de futebol.

— É sério, Ollie, você tem que parar de andar com essa turma. Não pode se dar ao luxo de arrumar mais problemas agora.

— Pelo que ouvi, o reformatório é melhor do que aquele buraco onde você e seus amigos malucos estudam.

— Ótimo. Talvez eu chame meus amigos malucos pra te dar uma surra. Talvez seja exatamente disso que você precisa.

— Eu não estava dirigindo o carro — diz ele, dando de ombros relaxado, os olhos procurando uma reação em meu rosto.

Tenho arrepios quando a cor pisca, como o flash de uma câmera antiga, e depois volta ao normal como se nada tivesse acontecido. Ele admitiu que estava no carro, e tenho certeza de que seu flash colorido também admitiu alguma outra coisa.

Mas por que ele está aqui? Talvez também esteja se escondendo. Talvez esteja com medo. Talvez esteja passando um tempo comigo porque precisa da irmã mais velha e, pela primeira vez, eu tenha que estar do lado dele como Hugh sempre está, não importa o que ele faça.

Ollie salta em mais um galho, olhando para o outro lado, examinando a extensão da vala e os galhos acima. Ele não pode estar pensando em pular, de jeito nenhum. É muito longe.

Ele se afasta alguns passos da vala e se prepara para correr.

— Você não vai conseguir — digo.

— Vou, sim. Eu consigo.

Ele deve querer morrer ou tem uma crença equivocada de que é capaz de fazer o que quiser, porque nunca vai conseguir saltar tão longe. Vejo a determinação em seu rosto, enxergando o garotinho que conheço tão bem, e solto uma risada alta e sincera, surpreendendo até a mim mesma.

Ele me olha, surpreso, um sorriso lento surgindo no rosto.

— Que foi?

— Quem você pensa que é, o Tarzan? Você não vai conseguir pular — digo, ficando de pé.

Tiro meus óculos escuros, e ele me encara. Talvez veja a irmã, a versão de mim que não despreza. Nós rimos enquanto ele faz algumas tentativas de corrida antes de parar de repente, bem a tempo antes de passar do limite. Na tentativa seguinte, ele me puxa para a beirada com ele, finge me empurrar para dentro da vala, mas para logo antes.

Meu coração dispara quando olho para a lama. Choveu todos os dias desta semana, quem sabe até onde iríamos afundar. Não gosto de ser tocada, mas não o impeço. Eu me sinto perigosa. Viva. Brilhando como fogo. Dourada. Um irmão e uma irmã se divertindo, para variar.

— Você não vai conseguir — repito, ouvindo a provocação em minha voz.

Eu quero que ele tente?

— Vou, sim.

Ele olha em volta, avalia tudo. Calcula.

— E se conseguir, o que vai fazer quando chegar do outro lado?

— Vou me preocupar com isso quando chegar lá.

Dou risada.

— Quê?

— Essa é a diferença entre nós dois. Sério, não faz isso, Ollie. Você não vai escapar dessa.

Ele pisca.

— Posso escapar de qualquer coisa.

E, da mesma forma que uma pessoa saberia algo pelo tom de voz ou pela expressão do rosto, eu sei, simplesmente sei no mesmo instante que ele estava dirigindo o carro.

Acontece tão depressa. Ele corre e, quando chega na beirada, salta, como se tivesse uma mola nas pernas, para segurar o galho da árvore do outro lado que está suspenso sobre a vala. As mãos seguram o galho, os músculos de seus braços se flexionam, ondulam nas costas e nos ombros enquanto ele balança para trás, a camiseta subindo para revelar a barriga magra e branca. Ele parece estar no controle. Olha para mim e sorri.

— Eu, Tarzan. Você...

Ouvimos um *crack*. O galho não aguenta o peso dele, se solta da árvore e ele cai. Desaparece lá embaixo. Um baque alto de seu peso morto e um som que sai dele, como se tivesse levado um soco no estômago e perdido todo o ar do corpo.

Na hora sinto vontade de vomitar e corro para a beirada. Olho para o corpo dele e o posicionamento está todo errado. Ele parece uma boneca de pano, com os membros espalhados em todas as direções erradas.

— Ollie — chamo, ouvindo o tremor na voz.

Ele não se move.

A floresta está silenciosa, a brisa sopra, as folhas farfalham. Estremeço.

Olho em volta. Não adianta gritar, ninguém vai me ouvir. Eu poderia voltar correndo e pedir ajuda, mas ele pode morrer enquanto espera, pode já estar morto. Eu não tenho celular; ele tem, mas está no bolso dele. Preciso descer até lá.

De repente, uma luz escapa do topo de sua cabeça, como se ele fosse um tubo de pasta de dente sendo espremido. A luz — de um branco brilhante como nunca vi antes — permanece no ar, pairando sobre o corpo de Ollie. Eu não consigo me mover. Sinto-me congelada, aterrorizada por essa luz que é como um organismo vivo e respirando.

— Ah, meu Deus.

Finalmente recobro o juízo e desço pela lateral da vala, ignorando a bolha branca no ar. Eu escorrego e deslizo. Galhos arranham meu rosto. Caio com um respingo e afundo até as canelas na lama.

— Ollie!

Ele está morto. Eu sei que está só de olhar para ele. Consigo sentir. Nunca vi um cadáver antes, e é exatamente por isso que sei.

Eu o balanço. Dou tapinhas no seu rosto. Estou tremendo da cabeça aos pés. Olho para a luz branca que continua ali, pairando. Fico irritada com ela, como se esperasse que me ajudasse. A luz se aproxima de mim e eu congelo, com medo de respirá-la, com medo de que me toque, tremendo pela própria existência dela.

— Volta — sussurro. — Volta pra dentro. Por favor.

O que diabo estou fazendo? Preciso de ajuda. Procuro o celular nos bolsos dele, mas o aparelho está em pedaços. Deslizo o dedo pela tela, mas o vidro quebrado corta minha pele. A vala se assoma acima de mim por todos os lados, começo a subir, me agarrando às raízes e ervas daninhas que são arrancadas do solo assim que puxo. Deslizo de novo e de novo, caindo na lama. Ela cobre meus olhos e minha boca e todo o meu rosto. A luz branca se move mais uma vez, vai em direção à cabeça de Ollie. Depois cruza direto o topo da cabeça e desaparece.

Seus olhos se abrem. Ele olha para mim.

Então sorri e se senta com uma careta de dor.

— Eu te vi — diz ele. — Eu me vi. Eu estava lá em cima, por aqui, olhando pra baixo. Eu te vi. Você me viu, não foi?

Eu balanço a cabeça.

— Não, não, não. Eu não. Quero sair daqui. Quero sair daqui agora.

— Você me viu. Você me viu, sim. Você olhou direto pra mim, esquisitona, você me disse pra voltar. Você me viu. Cruz credo, o quê... Eu me vi.

Ele está agitado, tentando ficar de pé, mas seu ombro parece mole, assim como as pernas. Ele é como um espantalho sem estofo, tentando se levantar.

— Você está com medo de mim agora — diz ele.

Um flash de prata, um flash de ouro, ambos manchados.

Ele não está errado. Procuro um lugar onde apoiar o pé. Eu o enfio na parede de barro, tentando prendê-lo, e subo, mas deslizo de volta quando a parede desmorona. Ele fica de pé atrás de mim, batendo no peito como se fosse o King Kong, pensando que é invencível, imbatível. Sei que, a partir deste momento, o apetite dele será insaciável. Enquanto isso, só posso tentar desesperadamente escalar e sair de lá. Sinto como se estivesse sendo enterrada viva em uma cova com ele, fedendo, com lama pingando das roupas.

É a primeira vez, mas não a última, que vejo alguém morrer.

É a única vez que vejo alguém voltar à vida.

Lily me liga enquanto estou me arrumando para sair com Andy. Estou feliz, com a música no máximo. É sábado à noite e tenho folga amanhã. Estou usando um conjunto de calcinha e sutiã novos, dançando e cantando alto, quando o telefone toca. Vejo o nome dela e quero ignorar a ligação, mas não consigo.

Desligo a música e fico parada na cozinha, só de sutiã e calcinha.

— É o Ollie — diz ela. — Ele morreu. Teve uma briga na prisão. Acabaram de me ligar. Ah, meu Deus, Alice, mataram ele. Ele se foi, ele se foi.

Quando desligo, não sei o que fazer. Há muito a ser feito, a organizar, pessoas a contatar, decisões a tomar. Lily não consegue cuidar disso sozinha — mas não consigo me mexer. Estou tão triste.

Por um tempo ele pensou que fosse invencível, mas Ollie acabou com suas vidas.

Rosa-dourado

Uma manhã acordo e as cores sumiram; pela primeira vez em vinte e dois anos, nada tem cor. Andy está dormindo, sua aura continua incolor, mas as plantas ao nosso redor não emanam nada. Ando pelo nosso pequeno apartamento, observando todas as plantas; é como se estivessem mortas por dentro, mas com uma aparência exuberante e saudável. Olho pela janela e vejo as pessoas passando, sem cores, como se o controle de luz da Terra estivesse na configuração mais baixa. Eu me sinto tão estranha, confusa, tonta e desequilibrada, como se tivesse perdido os estabilizadores. Preciso aceitar o entorpecimento por um momento para me acalmar. Tento pensar em tudo que fiz de diferente nos últimos dias.

Então meu coração dispara quando um pensamento repentino me ocorre. Se a fonte das luzes é Lily, como acredito que seja, então o que acontece se a fonte deixar de existir? Ligo para Lily. O telefone toca várias vezes.

— Alô? — atende Michelle, minha prima, que foi morar com Lily quando Ollie foi preso de novo e depois acabou ficando.

É uma longa espera enquanto ela vai ver como está Lily, que ainda não se levantou. Ela não vai gostar de ser acordada, mas preciso que ela consiga acordar. Estou enjoada.

— Ela está bem — diz Michelle. — O mesmo de sempre. Me mandou dar o fora.

— Ah! Graças a Deus.

Desligo e corro para vomitar na pia da cozinha. Perco minha visão da aura por exatos nove meses.

* * *

Na gravidez sou tão consumida por mim mesma, pela vida que está crescendo dentro de mim e pelas maneiras como meu corpo está se adaptando para dar assistência ao bebê, que não vejo, não consigo ver, o que está acontecendo com os outros ao meu redor. Só depois descubro o que as pessoas estavam vivendo: um colega passando por uma separação em segredo, um amigo com depressão. As cores sempre me ensinaram que existe uma colmeia de atividade sob a superfície das pessoas, que ninguém jamais pode ver ou saber, mas é só quando as perco que percebo como as pessoas escondem bem, como continuam a colocar um pé na frente do outro com tanta facilidade e graça. É aí que percebo como somos verdadeiramente fenomenais. Todos conseguiram me enganar. Quando as cores voltam, digo a mim mesma para ser mais gentil, mais empática. Não basta apenas ver essas coisas em alguém e compreendê-las em silêncio; preciso compreender de forma ativa também.

Apesar da prática que tive pela ausência de cores de Andy, ainda pareço um alienígena de outro planeta que caiu na Terra. Durante toda a minha gravidez, tenho que aprender a navegar pela vida e pelas relações humanas sem ver as cores. Julgo mal os humores e os momentos. Faço comentários fora de hora. Vou mal no trabalho, vou mal em casa. Tenho certeza de que, em segredo, todos ao meu redor estão contando os dias até eu ter o bebê.

Nove meses depois, saindo de mim em uma avalanche de ouro, minha filha nasce. É um momento de absoluta euforia, a sala de parto ilumina-se com um dourado brilhante como se os portões de outro mundo tivessem se aberto e nos iluminassem. Sei que estou na presença de alguém precioso, que passou pelo portal de algum outro reino para nos agraciar com sua presença aqui.

Nós a batizamos de Joy.

* * *

O nome dela é Joy, mas eu a chamo de Pepita porque ela é uma pepita de rosa-dourado em cor e natureza. Bebo a energia dela, respiro, encho meus pulmões com o cheiro maravilhoso de marshmallow e talco. Joy cheira a urina doce e bacon pela manhã; um embrulhinho rechonchudo doce e salgado de sorrisos que faz minha exaustão desaparecer à primeira vista. Seus pulsos desaparecem em dobras, cada centímetro dela é uma delícia fofa e delicada. Ela é remédio, ela é luz, ela precisa de mim e é tudo de que eu nunca soube que precisava.

Não sou uma mãe nervosa, mas tenho problemas com outras pessoas segurando a bebê. A cultura de passar o recém-nascido para todo mundo traz à tona a mamãe ursa em mim. Principalmente quando estou perto de Lily.

— Me deixa segurar a bebê — pede Lily, estendendo os braços, quando Andy e eu vamos visitá-la pela primeira vez desde o nascimento.

Seguro Joy com mais força. Não quero que o raio dourado dela seja engolido pelo monstro de tentáculos roxos.

Andy me acalma baixinho.

— Está tudo bem.

Eu a entrego devagar, sem querer ver a transferência de cores, mas ao mesmo tempo sem querer desviar os olhos caso eu perca algo importante, alguma cor que permaneça em minha filha e que ela manterá para sempre em suas cores principais.

— Olá — diz Lily com uma voz que nunca ouvi antes. — Olá, menina linda.

Sinto a mão de Andy nas minhas costas, me dando apoio.

Eu esperava o pior, mas o que vejo é uma dança que me traz lágrimas aos olhos. Uma exibição etérea de luzes coloridas cintilantes compartilhadas entre neta e avó.

* * *

Quando Joy completa 18 meses, paro de ver cores de novo e sei na hora que estou grávida do nosso segundo filho. Comemoramos antes de sequer fazer o teste que no fim comprova minha teoria. Certa manhã, às onze e meia, estou plantando morangos no trabalho quando volto a ver cores de repente. Demoro um momento para processar o que aconteceu, então noto o calor e a umidade pegajosa entre minhas pernas, e percebo que esse ganho repentino também é uma perda. O bebê tinha catorze semanas.

A época da minha vida em que rezei e desejei parar de ver cores agora é uma memória distante e nebulosa. Agora há alegria em ver as cores dos meus filhos, em conhecê-los por completo. Que delícia ver suas tonalidades mudarem à medida que aprendem e crescem, à medida que se desenvolvem e formam suas cores proeminentes. Observo as cores mudarem de um extremo a outro do arco-íris, até encontrar o tom certo. Duas meninas e um menino, os tons rosados da puberdade, os flashes metálicos da adolescência, eu os examino, os estudo com afinco, enquanto eles não estão olhando. Enquanto assistem à televisão, eu assisto a eles. Enquanto brincam na rua com os amigos, eu os observo. Quem são, como lidam com as situações, como se adaptam, como posso ajudá-los, o que posso ensinar? Observo como interagem entre si. Será que ficarão bem? Eles me fascinam, eles me ensinam.

A cabeça de Joy nunca para. Algo está sempre se movendo, da melhor maneira. As cores giram devagar acima dela, em círculos, como se uma colher de pau imaginária agitasse seus pensamentos. Aparece uma pitada de laranja como se tivesse sido jogada na panela, adicionada à mistura como um tempero, e então começa a borbulhar, como em um caldeirão. Agitada e borbulhante, minha pequena inventa sonhos sobre as pessoas que deseja ser, os lugares que deseja visitar, as aventuras que deseja viver.

Billy, o caçula, é sensível, gentil e compreensivo, puxou mais a empatia do pai do que a minha. Prefere cantar e ler a falar, também prefere animais a pessoas, para de comer carne aos 12 anos, acha tudo muito cruel, discute com Andy durante os churrascos, pode ser briguento quando quer, quando a vida é injusta, quando há opressão, quando sente que deve representar aqueles que não têm voz. Mas, apesar do amor pelos animais, pode ser muito frio com as pessoas, e é o mais difícil de conquistar. É engraçado isso, vindo do mais silencioso dos meus três filhos.

— De que cor eu sou? — pergunta ele durante uma conversa no jantar.

— A cor de homus — digo para o riso de todos e, felizmente, dele também.

Izzy é a filha do meio. Vejo algo de Ollie nela: a carência. Eu me esforço muito com ela, para parar de ver Ollie. Eu a cubro de amor e carinho, seguro sua mão para que ela saiba que não está sozinha, que é amada. Não quero que ela passe um único momento sem sentir que está sendo protegida. É do tipo que, mesmo em uma sala cheia de gente, ainda se sente sozinha, de repente tem saudade de casa mesmo estando em casa, do tipo que esquece que não está sozinha, que existe um círculo de amor e cura ao seu redor, se ao menos parasse de olhar só para si mesma.

— Você está mimando ela — diz Andy. — Ela não vai saber fazer nada sozinha.

Ele está certo, é claro. Talvez eu exagere.

O sol está brilhando. Andy montou uma piscininha no quintal para as crianças. Elas correm de roupa de banho, Billy está nu, entrando e saindo da água para irritar as meninas com suas partes.

— Eca, peru molhado! — grita Izzy, e Joy ri histericamente enquanto Billy sacode o bumbunzinho.

Andy está sem camisa, bronzeado pelos últimos dias de onda de calor. Observo-o trabalhando no jardim, fazendo as coisas que nunca temos tempo de fazer, lixando e envernizando os móveis, arrancando ervas daninhas, limpando a churrasqueira, juntando os brinquedos espalhados. Estou sentada na minha cadeira de praia com um copo de água gelada e um shot de suco de limão fresco, ouvindo os gritos e observando as cores das crianças dispararem umas contra as outras como pistolas d'água, me sentindo uma rainha em seu trono, e tenho muita sorte por ser tão feliz. Ter pessoas a quem dar amor, amar, me sentir amada, estar rodeada de amor. Amo a vida, amo minha família, me amo. Eu amo, eu amo, eu amo.

As cores ficam mais brilhantes e as enxaquecas se intensificam em certos climas, geralmente antes de tempestades. Quando o dia está pesado e úmido, parece que as nuvens estão esmagando meu crânio, me cercando como se eu fosse o pico de uma montanha. Não tem muitos pontos positivos nesse aspecto, embora seja útil para uma coisa.

— Eu estava pensando em convidar o Greg e a Sarah para uns drinques hoje à noite — diz Andy, espetando uma batata e colocando-a na boca. — O tempo está bom.

Está tão úmido que sinto que mal consigo respirar. Todas as janelas estão abertas, mas não há vento.

Joy praticamente pula da cadeira de empolgação.

— A Alva pode vir também?

Ela ama pessoas. Precisa estar perto de pessoas.

— Por que a Becky não vem? — pergunta Izzy com aquele choramingo, sempre a vítima, como se estivéssemos conspirando contra ela para tirar toda a diversão da sua vida.

— Claro que a Becky e a Alva estão convidadas — diz Andy.

— Oba!

— Elas podem trazer o cachorro? — pergunta Billy, e Joy e Izzy reviram os olhos.

— Quem se importa com aquele cachorro idiota? — retruca Joy, e os três discutem sobre a crueldade contra os animais, o que leva a um debate sobre quem passeia mais com nossa cachorra e a ama mais.

Sinto uma pontada na têmpora, na lateral e na nuca, como se Andy, com a primeira pergunta, tivesse enfiado o garfo no meu crânio e o deixado ali, espetando meu cérebro como um kebab. Isso está acontecendo faz alguns dias, não com tanta intensidade assim, mas ficando gradativamente mais forte.

— Chega — digo baixinho, mas deve haver um certo tom na minha voz, porque eles param e todos olham para mim. — Esta noite não — digo, olhando pela janela.

Eles gemem e reclamam. Eu sempre estrago a vida deles, acabo com a diversão, blá-blá-blá.

— O tempo só vai fechar amanhã — comenta Andy. — É melhor fazer isso hoje à noite, enquanto dá. Eles convidaram a gente da última vez.

— Vai chover hoje à noite — digo, mal conseguindo ouvir minhas palavras por causa das crianças e da minha dor de cabeça.

As cores das crianças sobem e se misturam no centro da mesa enquanto elas brigam. Poderia ser lindo, um arco-íris acima da minha mesa de jantar, se minha cabeça não doesse tanto.

Continuamos comendo. Cutuco a comida, empurro-a pelo prato, observando se as crianças já acabaram para que possamos nos apressar e terminar logo o almoço. Um quarto escuro só meu me chama.

— O bife está com gosto de pé — comenta Joy, e eu nem me preocupo em discutir com ela.

Pego o prato e levo para a pia, onde cai e faz um estrépito. Todos se viram para olhar para mim, e é como se alguém de repente arrancasse o espeto do meu cérebro; minha cabeça parece estar sangrando, me sinto tonta e prestes a desmaiar.

— Mãe? — chama Billy.

Há um estalo que silencia as crianças. Eles olham para fora e há um relâmpago.

— Raio! — grita Joy de alegria, correndo até a janela.

Izzy a segue.

— Trovão!

— Nós colocamos Betty pra dentro? — pergunta Billy.

— Betty! Aqui, garota — chama Andy.

Betty, nossa dachshund, chega saltando o mais rápido que suas perninhas conseguem. Então o trovão ressoa dramaticamente, as crianças gritam de alegria, e Betty para e corre para o outro lado. A luz lá fora parece roxa. Sinto como se minha cabeça estivesse quebrando com o raio. A pressão no meu cérebro só aumenta, então de repente o céu se abre e a chuva cai; pesada, em gotas gordas e determinadas, ela cai sem piedade, encharcando tudo em segundos, e sinto a tensão aos poucos começar a diminuir na minha cabeça, como um parafuso sendo afrouxado, aliviando a pressão.

Joy se afasta da janela com uma expressão sombria e misteriosa no rosto. Ela lentamente levanta um dedo e aponta para mim.

— Aquela que é sábia falou mais uma vez. Churrasco amanhã à noite.

E todos nós temos um ataque de riso.

E pensar que houve um tempo em que isso me assombrava, ainda assombra, mas agora tenho tudo isto. Antes eu pensava que seria uma coisa ou outra, mas posso ter esse dom e mesmo assim viver. Minha família tem o poder de transformar o que é pesado e dominador em algo leve e sem importância. Eles tornam as pequenas coisas alegres tão fenomenais para mim. Nem sabem que estão fazendo isso. Eles me amaram, e por isso ganhei forma.

É um dia fresco de outono, e Joy e eu estamos embrulhadas em casacos e chapéus, andando pela floresta. Fazemos caminhadas juntas, é assim que conversamos. É como ela prefere se comunicar, através do movimento. Suas cores predominantes são e sempre foram vibrantes, enérgicas, cheias de travessuras e aventuras. Mas hoje não posso deixar de notar como estão entorpecidas.

Joy é faladora, o tipo de pessoa que fala em voz alta para pensar. Ela fala sobre tudo o que aconteceu antes do evento problemático, conta tudo que tangencia o evento e enfim chegamos ao que realmente aconteceu. Ela sempre foi uma criança exuberante, que nunca economiza nos detalhes, precisa colocar tudo para fora para dar sentido a qualquer coisa. Para ver se há relações entre coisas diferentes, se os sentimentos correspondem aos pensamentos, e tudo isso precisa ser dito em voz alta, várias e várias vezes, até que desapareça. Andy é arrastado pelos tornados dela, fica tonto com o falatório, mas sou a calma na tempestade de Joy. Ela também fica tonta consigo mesma, quando é tudo muito rápido, mas sei como detê-la, firmá-la, direcionar seu olhar para um ponto fixo no horizonte. Talvez esse lugar seja eu. Aprendi a ser paciente e a entender que o preâmbulo é importante em sua caminhada.

O chão da floresta está esponjoso sob minhas botas de caminhada, cheio de terra úmida, folhas e musgo. As raízes das árvores correm bem abaixo de nós, como uma teia sob a superfície, surgindo de vez em quando como uma ameaça para me fazer tropeçar ou uma ajuda como um degrau. Caminhar na natureza continua a me nutrir como nos primeiros dias em que cuidava de Lily. É um hábito que nunca me abandonou, um dos poucos bons hábitos que peguei naquela época. E, como tudo o mais em minha aura, à medida que envelheci, minha experiência com a natureza se intensificou. Hoje o chão está repleto de cogumelos, fungos de aparência incrível, alguns que parecem ter saído diretamente de um desenho animado, outros dos meus piores pesadelos. Embora eu queira parar para examiná-los, Joy está decidida a continuar andando, sem na verdade ver nada ao seu redor, mas aproveitando a adrenalina que o movimento lhe proporciona.

Não vejo apenas as cores dos fungos, sinto a ligação das árvores sob meus pés, à medida que se comunicam umas com as outras, usando os cogumelos como mensageiros. Posso ver as cores, parecendo fios correndo sob o solo, milhões delas disparando em direções diferentes em uma rede complicada, como o agitado metrô de Londres.

— Então vocês terminaram de vez? — pergunto quando Joy finalmente chega ao ponto e termina de descrever o acontecimento principal.

Tento esconder a esperança na minha voz. Nunca gostei do cara, desde o início. Não cheguei a conhecê-lo, decisão que tenho certeza de que foi dele, mas absorvi o que pude nas breves aparições que fez em nossa vida e nas vezes que o observei de longe. Muito laranja-escuro, que revelava sua natureza ciumenta e tendências controladoras.

— Sim — choraminga ela, dissolvendo-se mais uma vez, e mesmo assim consegue acelerar. — E agora não posso mais voltar pra academia, vou ter que arrumar outro emprego, e eu adoro trabalhar nessa academia. Conquistei tantos clientes. Ele é um idiota, já está dificultando a minha vida. O que vou fazer?

As árvores centrais, também conhecidas como "árvores-mãe", são as maiores e mais velhas, com raízes mais profundas no solo, que dão a elas acesso a mais nutrientes para transmitir às árvores menores. Elas captam os sinais de socorro por suas conexões fúngicas e enviam ajuda. Relações simbióticas complexas. Sinais secretos, pedidos de socorro silenciosos. Acontece abaixo e acima da superfície.

Isso é maternidade.

Chegamos a um cruzamento na trilha, podemos virar à direita, para um trajeto mais curto de volta ao carro, ou à esquerda. Joy funga ao meu lado.

Eu escolho a esquerda.

Billy, já na adolescência, volta da escola para casa cercado de uma nuvem negra. Isso me aterroriza. Seu rosto se dissolve em lágrimas silenciosas assim que ele me vê. Ele tenta fugir para o quarto, mas não deixo.

— Qual o problema, amor? O que aconteceu?

Seu corpo se agita enquanto ele soluça em meus braços, chorando como um animal ferido, um garotinho que caiu e machucou a perna, e quem dera fosse tão simples agora. É tão cru que vem das profundezas de sua alma. Sinto sua dor, a profunda infelicidade, um enorme buraco trágico nele.

— Ah, meu querido — digo, abraçando-o com força, envolvendo-o com meu amor.

As dores de crescer, de viver, as coisas horríveis que as pessoas fazem umas às outras.

Passei a maior parte da minha infância evitando as cores de qualquer pessoa, mas o que aprendo quando tenho filhos é que tiraria deles todas as cores, todos os tons, e as absorveria se isso fosse facilitar a vida para eles. Por um momento, pelo menos, sua dor é compartilhada comigo enquanto nós nos sentamos no sofá, entrelaçando corpos e energias, do jeito que acontecia quando ele era uma mudinha dentro de mim. Eu tiraria toda a dor deles num piscar de olhos, se pudesse. Viveria com tudo isso, se significasse que eles não precisariam sofrer por um dia sequer.

* * *

Nem sempre minha visão da aura é bem-vinda. O primeiro encontro com um namorado ou uma namorada, por exemplo. Por algum motivo, sempre pareço ser a última a conhecer alguém de quem meus filhos gostam muito, mas a primeira a conhecer alguém sobre quem estão incertos. Nem sempre eles acreditam ou respeitam os meus pontos de vista, a minha visão é questionada, dependendo do que vejo, dependendo do seu envolvimento. Eu nunca minto para atender às suas expectativas.

— Não fale — diz Andy, ríspido, enquanto estamos no carro, voltando para casa depois de uma visita à irmã dele em Glasgow.

— Mas você não quer saber? Ela diz essas coisas e ainda assim...

— Não — repete ele, mais alto, com um tom sombrio e taciturno, os olhos desaparecendo sob as sobrancelhas e a testa franzidas. — Guarda pra você.

Sobre o tempo ele quer saber. Outros insights devo aprender a guardar para mim mesma. As pessoas nem sempre precisam ou querem saber de tudo.

Izzy aparece sem avisar. Por acaso, estou olhando pela janela do andar de cima e vejo o carro dela.

— Eu não estou em casa! — grito para Andy lá embaixo.

— Quê?

— Eu não estou em casa!

Ele aparece ao pé da escada.

— Por quê?

— Izzy resolveu aparecer. Não me importo com o que você vai dizer, diz pra ela que estou no banho ou em qualquer outro lugar, mas não posso falar.

Ele ri.

Izzy sempre foi uma criança complexa. Filha do meio, ela é difícil, tinha ciúme de tudo: do tempo com os outros, das outras crianças, dos brinquedos… Ela precisava e ainda precisa ser cuidada, tratada como frágil, circundada na ponta dos pés como se vivesse no centro de um labirinto feito de ovos. Ela é pesada e coloca seu peso nos ombros dos outros. Entende mal as situações, interpreta mal as pessoas, é sempre a vítima em todas as circunstâncias, mas com amor consegue manter a escuridão sob controle. Não conseguimos resgatar Ollie, mas, como mãe, posso garantir que Izzy permaneça à tona, que não fique à deriva nem se afogue. Aos 6 anos, levei-a para Naomi. Limpávamos seus chacras, mas eles voltavam a ficar obstruídos quase que no mesmo instante. Naomi riu quando perguntei sobre uma ponte de safena de chacras, qualquer coisa que pudesse ajudar essa criança. Ou talvez um escudo que pudesse me proteger apenas dela.

— Alice! — riu Naomi como se eu estivesse brincando, mas não sei com certeza se estava.

Sou eu quem melhor a entende, e percebo a importância do trabalho que faço com ela, que pede que ela faça consigo mesma, mas, por mais que eu a ame, nem uma mãe aguenta tudo o tempo todo. Deito-me na banheira com os olhos fechados, me sentindo só um pouco culpada enquanto ela e Andy conversam lá embaixo. Não ouço suas palavras, mas sinto o vibrato baixo e rouco da voz profunda dele subindo pelas tábuas do assoalho. É reconfortante ouvir pai e filha conversando, o que talvez devesse ocorrer com mais frequência, mas eles sempre fizeram uma dança elegante um com o outro. Apesar de seu dom com os alunos, às vezes ele não tem paciência com a própria filha.

A porta da frente se fecha e Andy sobe as escadas.

— Você me deve uma — diz ele, dando um suspiro pesado e exagerado, e rimos juntos.

— Vou estar preparada da próxima vez — falo. — Só não hoje. Nossa pobre filha. Se ela soubesse.

* * *

Entro no apartamento de Lily com a minha chave. Depois que Ollie morreu, ela se mudou para um apartamento térreo com acessibilidade para cadeiras de rodas. Ao vê-la se movimentar, não posso deixar de pensar em como a minha vida, a vida dela, a nossa vida teria sido muito mais fácil se ela tivesse feito isso quando eu tinha 18 anos. Mas isso está no passado. Seu cuidador acabou de sair, limpou e arrumou o apartamento. Lily está sentada no sofá assistindo à TV, tomando chá e comendo biscoitinhos de chocolate, parecendo revigorada. Pijamas e chinelos novos, cabelo recém-lavado e seco. Parece que está tudo bem, mas não confio nas aparências.

— O que é agora? — diz ela enquanto fico parada, congelada, na sala.

Lily odeia quando a visito, porque eu a analiso. Examino tudo ao seu redor para ver o que está acontecendo. Ela sabe o que estou fazendo, e isso a deixa desconfortável. Não é tanto que eu não confie no que ela conta, embora eu não confie, mas é mais porque ninguém sabe de verdade o que está acontecendo em nossos próprios corpos de qualquer maneira. Minha intromissão faz com que ela troque os remédios, marque consultas com novos médicos. Eu mudo a vida dela toda vez que volto para casa. Ela odeia isso, mesmo que seja sempre para o seu próprio bem.

Neste momento, ela me parece um arranha-céu à noite, quando as luzes são apagadas andar por andar. O edifício dela começou a desligar pelo térreo. Agora as luzes estão apagadas dos joelhos para baixo. Na última vez em que a vi, ela parecia estar levitando, mas agora é como se tivesse sido amputada.

Não falei nada disso antes porque ela me pediu para não contar. Lily diz que nunca mais conseguiria enfrentar tratamentos contra o câncer nem outras cirurgias; ela prefere morrer a passar por tudo de novo. Mas como posso ignorar isso? Ela está se apagando. Desligando. Está subindo em direção à cabeça. Cinco meses desde a última vez que a vi. Mais do que o normal, mas o tempo escapou por entre meus dedos. Dos tornozelos aos joelhos em cinco meses; olho para ela, tentando calcular o tempo. Como isso é possível? Encontrar uma unidade Dobson equivalente para calcular o tempo que nos resta? Contar os fios grisalhos de cabelo, as rugas no rosto, as cicatrizes no corpo, os buracos em nosso campo de energia, os sofrimentos no coração, as dores nos ossos, os rancores, as pessoas que amamos, as pessoas que perdemos, as pessoas que abandonamos… Estou tão cansada que poderia me deitar agora e…

— Pelo amor de Deus, Alice, o que foi?

— O que acontece, Alice? — pergunta Lily.

Já faz um tempo que ela não fala, então a pergunta me pegou de surpresa. Está dormindo em uma cama de hospital no quarto do térreo, que costumava ser o quarto de brinquedos das crianças. Ela está morando conosco há três meses. Tem vista para uma cerejeira coberta de flores; ela observa a árvore o dia todo, todos os dias, comentando suas transições. Lily se perguntou se viveria para vê-la florescer. Agora se pergunta se viverá para ver as pétalas caírem, cada transição um milagre compartilhado.

Tiro os olhos da televisão. Estamos vendo um programa de reformas de casa, perdidas na preocupação boba sobre qual sofá colocar onde, enquanto aguardamos o fim da vida dela.

— Como assim, o que acontece?

Mas de alguma forma eu já sei o que ela quer dizer, sempre soube exatamente o que ela queria dizer o tempo todo, como uma mãe que entende os balbucios do seu bebê. Ela quer dizer o que acontece quando a vida acaba.

— Sai por cima — digo.

— Sai o quê?

— A cor. A luz. Quando uma pessoa morre, tudo sai pela cabeça. Eu já vi. É um branco brilhante. Como se todas as cores que nos compõem se misturassem. Não importa qual seja o seu humor, tudo fica branco no final.

Nada de nuvens pretas pesadas, de verdes e marrons lamacentos, do mostarda suspeito, dos tons de laranja vaidosos, dos azuis da autopiedade. Nada disso importa, no fim é tudo branco. Talvez seja porque somos todos inerentemente bons.

— Dourado no ventre, rosa no caminho, depois vamos embora como branco.

— Então nós somos a luz?

Essas minhas bobagens, antes ela não tinha tempo para isso. Sempre pensou que havia algo de errado comigo. Que Andy tinha se casado com alguém problemático e que devia haver algo errado com ele. Ela não conseguia entender. Mas, ao longo dos anos, ela passou tempo suficiente conosco enquanto conversávamos sobre minha visão da aura. As crianças falam sobre isso como se fosse normal. *De que cor ele é, mãe? O que há com ela, mãe? Acho que ela está com ciúme, mãe, o que você acha? Ele parece feliz, mas está, mãe? Ele está mentindo, mãe?* Tão normal e cotidiano, ninguém que me amava achava estranho. Lily começou a ver de forma diferente. Não que jamais tenha dito isso, mas agora, agora ela precisa de paz, precisa que a vida faça sentido.

— Isso, você sai do corpo pela cabeça, você é a luz, e então está livre.

— Pra onde vai a luz?

— Pra onde você quiser.

Dessa parte não tenho certeza, mas espero que dê para escolher. Sinto que sim, para aqueles que se foram, mas não totalmente.

Ela fica quieta por um momento.

— Quem você viu morrer?

Já vi algumas coisas morrerem; ratos na beira da estrada, animais atropelados, um pombo atacado por um pássaro maior, vários cães, flores, plantas, árvores. Cheguei tarde demais para estar à cabeceira do meu pai. Mas só há uma morte que vale a pena partilhar agora.

— Ollie.

— Você não estava lá. Ele morreu na prisão.

— Quando a gente era mais novo. Ele deu um pulo idiota e caiu em uma ravina. Eu vi Ollie deixar o corpo. Ele mesmo disse isso.

— Ele nunca me contou.

Dou de ombros, sem querer discutir.

— Então ele teve uma segunda chance — diz ela enfim, depois de refletir sobre o assunto. — Não fiz tudo certo — completa, olhando de novo para as flores brancas. — Mas fiz o meu melhor.

O nó na garganta só me permite concordar. A fragilidade dos momentos finais.

Mas, Deus, que peso.

Quem cuida, quem zela. Por um momento, pelo menos, o cuidado é compartilhado.

Em uma noite de ventania no final da primavera, as pétalas da cerejeira caem quase todas de uma vez.

Lily parte na mesma noite, o vento levando suas cores embora.

Visito sua lápide no aniversário de um mês de sua morte. No cemitério, há uma névoa baixa verde-esmeralda pairando acima do chão. Ela se agita suavemente enquanto eu passo, sem medo; é pacífico, calmo, não faz mal a ninguém.

Coloco um vaso de aloe vera perto da lápide dela.

* * *

Uma situação recente no trabalho de Andy o aborreceu. Deixou-o abalado. Todo o tempo e respeito que ele dedicou aos seus alunos ao longo dos anos, toda a sua dedicação, mas não há como fugir disso. Andy foi empurrado contra a parede por um aluno, que envolveu o pescoço dele com a mão, e ele sente que, embora tenha sido apenas um aluno e não tenha sido a primeira briga ou confusão, a confiança se foi. O feitiço que o emprego dos sonhos tinha sobre ele foi quebrado. Eu sei como é, digo a ele, me lembrando de Ollie.

— Por que você nunca me contou isso?

De qualquer forma, ele já está com 65 anos, falta apenas um ano para se aposentar, e não quer voltar mais.

— O pai do Jeffery está procurando um motorista — comenta Izzy no almoço de domingo, quando Andy conta para as crianças.

— O papai não vai dirigir vans — diz Joy. — Ele tem 65 anos.

— Com licença, estou bem aqui, consigo ouvir você. Não estou tão velho a ponto de perder a audição — diz Andy.

Embora ele tenha perdido um pouco no ouvido esquerdo, e eu precise repetir tudo pelo menos três vezes. Isso me deixa impaciente, e ele me acusa de estar constantemente mal-humorada.

— Resgate de cachorros — sugere Billy. — Podemos montar uma ONG nossa. Eu vou trabalhar com você.

— Plantas e animais — falo, pensando no que Naomi me disse quando a conheci, que Deus a tenha.

Não é a primeira vez que Billy menciona isso; ele vem falando sobre o assunto há anos. Andy acredita em seu sonho e de repente todos levam isso muito a sério. É uma grande mudança, então vendemos a casa em Londres e mudamos toda a nossa vida para Lincolnshire. Uma casa com um bom terreno, para abrigar os cães. Billy e Izzy trabalham lá também. Billy prefere animais a pessoas de qualquer maneira. Izzy fica um pouco perdida, e estou disposta a ajudá-la da maneira que puder, mesmo que isso signifique trabalhar com seu pai sem paciência. Considerando o trabalho anterior de Andy, é bem irônico, mas nós os mantemos separados, e Izzy dirige a van que leva e traz os animais.

Um dia encontro Andy na janela da cozinha, observando Billy no quintal lá fora, enquanto ele reúne os cachorros para a refeição. Há uma expressão curiosa em seu rosto.

— O que foi?

— Você não se preocupa? — pergunta ele. — Com Billy? Que ele nunca vá encontrar uma mulher. Que vá ficar sozinho. E não me venha com essa bobagem de que "ninguém precisa de amor para ser completo" — diz ele, prevendo minha resposta.

— Eu nunca disse isso. Ninguém precisa de um homem ou uma mulher pra se sentir completo, mas com certeza precisa de amor — respondo, me aproximando dele na janela e apoiando a cabeça em seu ombro.

Sinto seu beijo no topo da minha cabeça.

— Ele está sempre sozinho, raramente sai. Não tem nenhum relacionamento, que eu saiba. Fora você — completa Andy com um sorriso. — Talvez, se você deixar de ser tudo pra ele, ele comece a procurar em outro lugar.

— Nenhuma mãe pode ser tudo pra ninguém — digo com gentileza, mas é verdade.

Eu envolvo meus filhos e todos os aspectos da vida deles com amor porque nunca tive uma mãe que fizesse isso.

— Você vê alguma coisa? Que explicaria por que ele sempre quer ficar sozinho? Pode me contar, sabe. Você guarda muito pra si mesma.

— Andy — falo, rindo. — Você sempre me dizia pra não te contar essas coisas.

— Isso era quando eles eram adolescentes, eu não queria saber. Mas agora estou preocupado com ele.

— Billy nunca está sozinho, está sempre com os cachorros.

— É exatamente o que quero dizer!

Observo Billy. Jim, nosso veterinário, trabalha ao lado dele. Sorrio com os tons de rosa passando um para o outro.

— Não — digo tranquila, depois me afasto, juntando minha papelada.

— Como assim, não? — pergunta Andy. — Não o quê? Não, você não está preocupada?

— Não, acho que ele nunca vai encontrar uma mulher.

E, com essa resposta e uma piscadela, eu o deixo meditando sobre minhas palavras.

Andy não é a única pessoa para mim. Não da maneira que eu acreditava quando o vi e senti aquela atração magnética instantânea. Antes de nós nos casarmos, viajamos para Nova York para umas férias curtas. Não é uma viagem surpresa, ele sabe que odeio surpresas, então me preparei para aquilo. Se consigo sobreviver em uma cidade como Londres, certamente vou sobreviver em Nova York. As cores e as pessoas são diferentes, e levo um momento para sentir a energia única que flui e pulsa, mas, na essência, a experiência é a mesma. Estamos na FAO Schwartz comprando brinquedos para os sobrinhos dele quando sinto alguém me observando, aquela sensação de formigamento que tenho quando os olhos de alguém estão em mim. Inspeciono a minha volta e encontro um homem na fila ao nosso lado, jovem, da minha idade, bonito, e nós nos encaramos por um momento, um momento a mais do que deveríamos, antes de eu desviar o olhar, sentindo um grande sorriso bobo que não sai do meu rosto e um desejo tão grande quanto o das crianças da loja que querem, querem, querem tudo que tocam nas prateleiras.

Tento me recompor e não atrair a atenção de Andy quando percebo, após um instante, o que há de tão diferente naquele homem. Ele não tem cores. Na mesma hora volto a atenção para ele e nossos olhos se encontram de novo. Desta vez, ele é pego e desvia o olhar, mas eu não. Não consigo parar de admirá-lo enquanto nós nos arrastamos pela fila; às vezes ele se adianta, às vezes fica para trás. Tenho a mesma reação física que tive com Andy no trem. Meu corpo reage da maneira usual quando quer alguma coisa, em uma onda de adrenalina. Eu não consigo parar de olhar, e ele também não. Uma competição ridícula de olhares de um lado para o outro, pegando o outro no flagra, desviando o rosto, sorrindo como bobos.

— Alice? — pergunta Andy, me trazendo de volta à realidade. — O que foi?

— Hum?

— Qual é o problema desse cara?

— Quem?

Ele me olha de cara feia.

— Eu estava sonhando acordada, desculpa.

Eu poderia ter contado a ele a grande notícia de que acabara de ver outro homem sem cores, mas precisava de tempo para processar isso. Quando vi Andy sem cores no trem, senti, assim como Hugh, que precisava encontrá-lo, que ele era uma pessoa que poderia ter a chave de algo para mim; que poderia desbloquear minha felicidade futura. Achei que ele fosse o único assim. Até acreditei, no auge da paixão durante a fase de lua de mel, que toda a minha habilidade com as cores era na verdade um dom que me foi dado apenas para encontrá-lo. Era uma crença sentimental que já deixei para trás, mas quem sabe não existe uma pessoa sem cores em cada região, metrópole e país no mundo esperando por mim? Um grupo especial de humanos mutantes espalhados pelo planeta cujo único propósito é acomodar a jornada de minha vida. Talvez sejam um mapa de como e com quem viver minha vida, e eu conseguiria enxergar o caminho. Será que devo seguir essas pessoas como uma trilha, saltando de uma para outra ao longo da vida como trampolins até chegar ao fim? Uma espécie de trepa-trepa em que passo de pessoa para pessoa, com as pernas balançando sem controle, enquanto me agarro a uma e espero pela próxima. E será possível realmente aguentar firme, com uma só mão, enquanto a outra está procurando no ar pela próxima? Em qual você para, em qual relacionamento você investe, quando você diz que chega... e assim por diante, os pensamentos se repetindo.

Penso muito sobre a vida nesta viagem, ao mesmo tempo que procuro o homem que nunca mais vejo. Entende-se que minha distração se deve à minha estranheza e ao meu constrangimento usuais quando me deparo com pessoas, lugares e cenários diferentes. Depois de dias de estudos forenses de cada centímetro do meu corpo, mente e alma, chego a uma descoberta que se revela mais libertadora do que eu antes temia: Andy não é o único para mim, mas é ele quem estou escolhendo.

Nenhum casamento é perfeito, mas nós nos esforçamos. Temos a sorte de um de nós sempre ter a vontade de manter nosso relacionamento vivo quando importa, de em nenhum momento, quando as coisas ficam difíceis, ambos quererem desistir. Um casamento exige que duas pessoas façam a sua parte, sim, mas não necessariamente sempre ao mesmo tempo. Em todos os momentos, é necessário pelo menos um. Às vezes, um está na beirada, e o outro está lá para acalmá-lo. Alguém para ficar acordado no acampamento para garantir que a fogueira não se apague.

Com o tempo, percebo que, apesar de nunca ter conseguido ver Andy da mesma maneira que vejo as outras pessoas, aprendi a lê-lo tão bem quanto consigo ler todos os outros. Conheço a alma de Andy tão profundamente quanto conheço a de um estranho e, embora possa conhecer um estranho à primeira vista e examiná-lo como um raio X, foram necessários muitos anos de amor para chegar a este ponto com meu marido. Talvez seja o fato de ter que me esforçar mais com ele que torna os resultados mais gratificantes e a compreensão dele mais profunda.

    Meu amor, meu melhor amigo, meu amante imperfeito e leal.

branco

Vejo as cores de Andy uma vez.

Elas sobem de seu corpo, sobem, sobem, sobem, desde suas raízes até saírem pela cabeça, enquanto ele está deitado em meus braços, a pele enrugada, pálida, tão magro. Ele está enrolado em um cobertor e descansa contra meu peito, como um bebê, quando sua respiração começa a mudar e sua cor aparece pela primeira vez.

Um branco maravilhoso. A cor mais rara de todas. Luz pura. Um poder superior, um espírito se elevando, o defensor de tudo que existe.

— Ah, querido — sussurro. — Ah, querido. Eu te vejo.

O branco mais brilhante de todos. Meu anjo.

Digo isso a ele.

Beijo seus lábios e o vejo partir.

Mas ele permanece em alguns lugares. Vejo seu branco brilhante pela casa, nos filhos e nos netos, principalmente em Louis, que é tão parecido com ele. Eu o vejo às vezes quando não estou esperando, em nosso destino de férias favorito, seu branco brilhante em torno de uma rocha que era seu lugar para descansar e observar o mar ou em lugares e coisas que eu não sabia que ele amava tanto. Num suéter que usei muitas vezes, no seu canto preferido do seu bar preferido, perto do cachorro com quem ele passeava todos os dias, que permaneceu seu fiel companheiro até o fim. Aprendo ainda mais sobre ele em sua morte.

— Aí está você — digo de vez em quando, quando o avisto. — Aí está você.

* * *

Dias muito curtos, noites que nunca acabam. Tenho muito tempo para pensar,
Sobre ele,
Sobre tudo
Que fizemos juntos,
E cada momento que passamos.
Cada olhar,
Cada toque,
Tenho muito tempo para pensar em como a única pessoa que não tinha cor,
Em sua partida drenou tanta cor da minha vida.

Eles estão todos ao meu redor agora. Não consigo ver os seus rostos, a minha visão se foi, mas consigo ver as cores das energias deles. Eu venho e vou, sem noção do tempo. Toda a minha família, meus três filhos e seus cônjuges, até mesmo Charlie, o ex-marido de Izzy, está aqui. Sou grata por isso, por deixarem de lado disputas amargas para estarem ao meu lado. Separados por um amor, unidos por outro tipo de amor; todos aqui estão ligados pela única coisa que conta de verdade em toda essa jornada insana. Meus oito netos estão aqui. Izzy está segurando minha mão, amada e doce Izzy, que sempre teve medo de se soltar. Dizem que os recém-nascidos não percebem que são pessoas separadas da mãe ou da pessoa que os alimenta. Eu sentia isso especialmente com ela, tão apegada que éramos quase uma só, uma proximidade física e mental que nunca passou. Ouço seu choro enquanto ela aperta e afrouxa seu aperto na minha mão.

Não partirei sozinha e estou feliz por isso, mas não quero deixá-los para trás. Não posso cortar a conexão com eles; quando você se segura tanto tempo pelos seus filhos, a vida toda por eles, é impossível partir por si mesma, não quando eles seguram com tanta força. Mas não podemos ficar todos aqui para sempre, alguém tem que partir primeiro, e eu não quero ficar sozinha. Apesar de tudo o que presenciei na vida, não sei para onde vou. Vi tantos outros partirem e partes deles ficarem para trás, permanecendo nos lugares e nas pessoas que mais amam. Eu me pergunto se também posso estar com as pessoas neste quarto e com as que partiram. Se é por isso que nós nos espalhamos, alguns aqui, alguns lá, um pé neste mundo, o outro além. Na vida, me senti dividida como mãe, esposa, amiga, filha, irmã, colega. Talvez seja apenas na morte que haja o suficiente de nós para tudo e todos.

Sinto falta do meu Andy. Dez anos sem ele. Sinto falta do meu irmão Hugh, que já se foi há cinco anos. Já faz muito tempo que vi o querido Ollie, morto tão jovem na prisão, mas quero vê-lo agora, o garotinho que brincava tranquilamente na caixa de brinquedos quebrados, querendo, mais que tudo, amor e conexão. Naomi, que me abriu os olhos, que me ajudou a remover as proteções e as barreiras, que me ajudou a viver na luz. Meu querido pai. Lily, que partiu há tanto tempo.

As cores dela brilham diante de mim, como um caleidoscópio de tudo o que ela foi, uma mulher tão presa e muito perdida. As cores não são assustadoras como antes; ela estava tão perdida, presa no nevoeiro, em mares tempestuosos, e precisava de orientação para um porto seguro. Já faz muito tempo que não vejo suas cores, mas elas são tão familiares que me oferecem conforto pela primeira vez. Talvez ela seja meu farol agora, me guiando. Ela me colocou neste mundo e está me esperando do outro lado, como um farol.

— Mamãe — digo, de repente me sentindo criança de novo.

Izzy perde o fôlego, e estou de volta à sala.

— Deixa ela, Izzy — diz uma voz, gentil agora. — Deixa ela ir.

Minha Joy. Não quero deixar minha alegria. Minha pepita rosa-dourado que trouxe meu mundo para outro lugar, a um nível que eu nunca soube que existia. Todos os meus bebês, que agora têm seus bebês, cujos bebês terão seus bebês. Todos nesta sala, aninhados como se em um útero, uma fortaleza familiar. Os níveis e as camadas da vida. As teias subterrâneas, as relações simbióticas. As que podemos ver, as que podemos sentir. Cores de transição. Espaços de transição. Eu me afasto, eu volto. Eu me afasto novamente.

— Está tudo bem, mãe — diz Joy, ao meu lado agora. Izzy continua segurando minha mão, não solta. Billy está aos meus pés, massageando-os com suavidade, me dando raízes. Joy beija minha bochecha, ajeita meu cabelo, sussurra em meu ouvido: — Vai encontrar com eles.

Sim. Devo fazer isso agora.

E de repente estou tão leve, sem peso, e não consigo mais vê-los, nenhum corpo, apenas suas luzes gloriosas, buscando umas às outras e enchendo a sala.

Eles são luz, assim como eu sou luz.

Tive uma relação de longa data com as cores. Suportando-as, confrontando-as, aceitando-as, entregando-me a elas. Nosso corpo age como um prisma de luz, e todas as cores brilham através de nós como um show em constante mutação. Às vezes eu me sentia trancada em uma prisão de prismas, mas a luz sempre passa pelas frestas. Aprendi a encontrar as frestas, que se tornaram minhas conexões com o exterior. Eu vi e senti todas elas; todos os tons e variações de cada cor do espectro.

Experimentei a dor dos outros e experimentei a minha própria.

As cores da raiva,

Do ódio, da inveja e da ganância.

As cores da confusão, da frustração,

Da traição e do medo.

As cores do desejo, da saudade, da solidão.

As cores da felicidade,

As cores da esperança,
As tantas cores do amor.
Insípido, vibrante, vívido e nítido,
Uma por uma e todas de uma vez,
Eu vi e senti
Todas as cores da vida.

AGRADECIMENTOS

São necessárias muitas pessoas para publicar um livro, então um agradecimento imenso à HarperCollins UK, em especial:

À maravilhosamente artística e sagaz Claire Ward, por pensar no título perfeito, derivado da citação de Oscar Wilde: "A própria cor, intocada por significado e desligada de forma definida, por falar com a alma de mil maneiras diferentes".

À minha editora de longa data, Lynne Drew, pelo encorajamento, pelo apoio e pela orientação, Kimberley Young, Kate Elton, Charlie Redmayne, a indomável Anna Derkacz, Lucy Stewart, Hannah O'Brien, Abbie Salter, a brilhante Liz Dawson e todos os gênios da equipe. Na HarperCollins Irlanda: Tony Purdue, Patricia McVeigh, Jacq Murphy e Courtney Fitzmaurice. É uma honra trabalhar com todos vocês, e valorizo muito essa oportunidade.

À equipe fantástica e visionária da sede do *think tank* que é a PFLM: Theresa Park, Abby Koons, Andrea Mai, Emily Sweet, Kat Toolan, Ben Kaslow-Zieve, Charlotte Gillies e todos do time.

A Anita Kissane, Howie Sanders e Kassie Evashevski, da Anonymous Content, e Chris Maher.

De mil maneiras diferentes é completamente ficcional, embora, é claro, mesmo coisas inventadas cresçam de sementes reais. Eu li *Manual prático das auras*, de Cassandra Eason, e, embora tenha interpretado a história da minha própria maneira, esse livro técnico é um dos tijolinhos na construção deste romance.

Mando meu amor e minha gratidão às pessoas no centro do meu mundo: Mimmie, Dad, Georgina, Nico, Rocco, Jay, Gia. E a todos os meus amigos maravilhosos, pelas conversas, lágrimas e risadas.

Obrigada à minha tribo: meu David, minha Robin, meu Sonny, minha Blossom… Meu tudo…

Este livro foi impresso pela Vozes, em 2024, para
a HarperCollins Brasil. O papel do miolo é
avena 70g/m², e o da capa é cartão 250g/m².